12
ニートだけど
異世界
につれてかれた
桂
さめだ小判

「痺れ毒をあまり吸わなかったか、
それとも耐性があるのか？」
ダークエルフは落ち着いた動きで軍曹殿に迫り、その剣を振るう。
アデラルード
（ダークエルフ）
マサル・ヤマノス
（山野マサル）
ヴォークト

「この世界は二〇年後に滅亡する」

「いま、滅亡するって言った？」

エリーが恐る恐るといった感じで言った。

「言いました」

「世界が？」

「世界が」

「私は……決して貴方を嫌ってのことではないのです。
もし私の心の中にフランチェスカ殿がいなければ、
今回の婚姻、喜んで受けたでしょう」
カマラ様は感じ入ったようで、
フランチェスカも複雑な心境のようだが、
まんざらでもなさそうな雰囲気である。
ウィルフレッド
フランチェスカ
カマラリート・ヒラギス

ニートだけどハロワにいったら異世界につれてかれた

CONTENTS

12

桂かすが《Katsura Kasuga》

第1話　ヒラギス北方戦役　～支援、増援～

「またずいぶんと思い切ったことをしたわね、マサル」

俺が新たに覚えた光魔法、【鼓舞《チャージ》】と【加護《ブレッシング》】を受けたエリーが言う。

かつて勇者が使っていた魔法にエリーは大喜びするかと思ったのだが、えらく真剣な、深刻そうな表情である。

やっぱ深刻かあ。でももう取り返しはつかんしなあ……防衛線は安定はしていたが、敵の増援は尽きる様子がない。北方砦《とりで》を強襲して奪取はしてみたものの、誰もが魔力も体力も限界の状況で、はっきり言って劣勢、ジリ貧。その状況を少しでも改善するのに、もう光魔法の習得くらいしか思いつかなかったのだ。

ここは北方砦中央付近に設けられた救護所の前。アンはもちろんエリーやティリカにルチアーナが集まっている。リリアとサティは北側城壁を、シャルレンシアたちエルフ三姉妹は南の砦側を守っている。光魔法のお披露目と説明も兼ねて一度に終わらせたほうが効率がいいから、集まれる者は全員集めたのだ。

救護所は砦でかろうじて残っていた大きめの建物なのだが、砦の建築物とはいえ普通の建物なのでハーピーなどに襲撃されると相応に脆《もろ》く、ちゃんと兵士を置いて防衛する必要もある。

しかし建物の警備に回す余分の兵力などなく、魔力切れで前線から下がったエルフが弓や剣を手に過重労働を担っていたのだが、元より弓や剣が得意な者はそのまま前線を支えているため、防衛に当たっていたのは魔法に特化した者ばかり。さらに軽傷は現地で治してしまえるので、救護所まで来るのは重傷者ばかりなのだが、治療してなおまともに戦えないほど具合の悪い者さえ剣を手に、いざとなったらいつでも戦える態勢で休んでいるような、非常に悲壮感あふれる有様だった。

しかし今は召喚ドラゴンが建物脇で睨《にら》みを利かせ、ハーピーはそうそう近寄ってこない状況になり、少し前にはアンと騎士団が一〇名ばかりであるが合流して多少なりとも改善。そして鼓舞《チャージ》と加護《ブレッシング》を受けるためほとんどのエルフや兵士たちが束《つか》の間《ま》手を休めて集まってきていた。

「この魔法は鼓舞《チャージ》と加護《ブレッシング》という。効果は力と速度の増加と、体力と魔力の回復。効果のある時間は半刻《一時間》程度だ」

エリーの言葉には答えず、もう何度目かの説明を繰り返す。エリーたちは村にいた頃に光魔法の検証のため見せているのですでに知っていたが、エルフたちはえらくざわついていて、中の一人が尋ねてきた。

「あの、鼓舞《チャージ》と加護《ブレッシング》といえばかつて勇者が使っていた光魔法だと思うのですが……」

なんで派手に光るんだろうな。別に必要ないだろ？【奇跡の光《ライト・オブ・ミラクル》】も発光現象をどうにかできないかと試したことがあるのだが、どうやってもエフェクトをオフにはできなかったのだ。光魔法もたぶん無理なんだろうなあ。

「まあそうだな」

「では守護者様は勇者だったのですか？」

一般のエルフには当然のことながら加護の詳細は知らせていない。神託を受けていて、神の加護があるという程度。ああ、あと加護を分け与えられることも最近エルフの中ではとみに話題らしい。

リリアを筆頭に、ルチアーナもシャルレンシアも普通では考えられないほど短期間で、しかもありえないほどの大幅な強化を果たしたことは隠しようがない。

「あー、俺は大抵の魔法が使えるってだけで、勇者ってわけでもないんだ。そういう神託もないし」

いまは水魔法はポイントに還元してしまって使えないけどな。使えてたはずの水魔法の知識がごっそりと抜け落ちている気持ち悪い感覚。これがあるからリセットはなるべく使いたくない。

「本当なら覚えるのはまだまだ先の予定だったんだが、状況が悪いから無理をしたんだ」

ここまでまったく使わなかった理由を多少なりとも言い訳しておく。しかし水魔法と格闘スキルをリセットしたのはいいとして、肉体強化と器用と敏捷《びんしょう》の分まで使い切っちゃったのはどうしようかね。経験値的にそろそろレベルが上がりそうなのだが、それでも10ポイント。全部取り直すには57ポイント必要だ。どこかでがっつり稼ぎたいが、最高の稼ぎどきのここでも支援と転移、壁づくりにすべての魔力を注いでいるのが現状だ。ただでさえレベルが上がりにくくなっているのに。

光魔法はもう消すわけにもいかないし、リセットの使用も一ヵ月待ち。肉体強化は当分の間お預けだろう。

「無理、ですか？」

覚えるという言葉には突っ込みは入らなかったか。ルチアーナやシャルレンシアから段階的に新しいスキルを覚えられるくらいのことは聞いているのかもしれない。

「ああ、それは大したことじゃないから気にしないでいい。みんなも無理をして戦っているんだ」

皆、大なり小なり無理はしている状況だ。俺だけリセットを使いたくないとか勇者認定されるのが嫌だからと使える手段を温存するなんてできるはずもない。

だが話はそれで終わらずエリーが立ち上がり、力強く叫んだ。

「いいえ。聞きなさい、エルフたち！　これは守護者殿が代償……大きな代償を払って得た力よ！」

ポイントとスキルのいくつかは代償といえば代償と言えないこともないが……いや、そっちじゃないか。

俺のスローライフ。エルフの里を救い、村を興し、剣聖の弟子となり剣を捧《ささ》げられ、エルフを率いてヒラギスでの主力となって多大な戦果を上げてもまだどうにかなると信じたかったが、こうなってしまってはもはや絶望的だろう。

「だ、代償!?」

代償という少々大げさな言葉と深刻そうな俺やエリーの様子にエルフはショックを受けた様子だ。

「そうよ、だから大いに奮起なさい！」

「「お、おおおおおおおおー！」」

これも必要なことか。敵が諦めるまで砦をなんとしてでも死守するのだ。士気は高ければ高いほどいい。

それに水魔法が消えてなんか気持ち悪いとかスローライフしたいのが台無しになったとか聞かされるより数十倍マシだろう。

「そうだ、諸君らには神の加護がある。勝利を我らが手に！」

落ち着いたところを見計らって言った俺の言葉に再びエルフらしからぬ咆哮《ほうこう》。

使った光魔法であるが鼓舞《チャージ》や体力回復のほうはともかく、回復する魔力は奇跡の光《ライト・オブ・ミラクル》のように俺から譲渡しているわけではなく、魔力消費に対して収支がまったく合わない。じゃあその魔力の出処《でどころ》はというと、神様からという可能性は大いにある。そもそもの魔力の出処の大本が神様だという説まであるのだ。

あくまで推測にすぎないが光魔法が神様の力の一端にアクセスする特別な魔法だとすれば、これまで誰一人として習得できなかった訳もわかろうというものだ。

「さあ、話は終わり。持ち場がある者は戻って。休息が必要な者は大人しく休む」

パンパンと手を叩《たた》いてティリカが言うと、エルフたちは興奮冷めやらぬ様子で三々五々散っていく。

「ところで砦側の状況はどうなってる？」

みんなで小さく集まって顔を突き合わせいつもの密談モードになると、エリーにそう尋ねた。支援をかけるのを優先して聞くのは後回しになっていたのだ。それに悪い状況をあまりおおっぴらに話し合いたくなかったのもある。

「前衛はマサルのお陰で少し持ち直すだろうけど、エルフの魔力はほとんど余裕がないわね。ティリカがいいタイミングで動いてくれて助かったわ」

鼓舞《チャージ》や体力回復はすぐに効果はあるが、魔力回復には速効性がなく期待できない。

それに砦側の壁はいまだ修復中である。抜かれると大変なことになるので、優先して魔物を殲滅《せんめつ》する必要があり、どうしても魔力の消費が激しくなる。ティリカの陸王亀《ランドキングタートル》も輸送任務終了後は砦外に陣取って、自らの体を壁代わりにして奮戦していたのだが、さすがにダメージが積もり、それもあってドラゴンと交代となったようだ。だからタイミングはたまたまだとティリカが答える。

「そう？　あとは魔物側もいまいち統制が取れてなくて少しは時間が稼げたんだけど……」

俺たちが北方砦を占領したときから相当数の魔物が再び北方砦を奪還すべく引き返してきたのだが、それが全軍かというとそうでもなく、結構な数がそのままヒラギス国内に進軍していたそうだ。

北方砦近辺の狭い峠道でそれをやると当然混乱して足並みが乱れる。

だがそれも時間とともに落ち着いて、魔物側の動きも統制が取れたものになってきているとエリーが説明してくれる。

当然俺たちのほうも壁が完成に近づき防衛が有利になっていくのだが、完成するまでエルフの魔力がもちそうにないのが致命的な問題だ。


「じゃあ、すぐにでも増援を連れてきたほうがいいな」

「そりゃあそうだけど……」

「もうちょい待てば一〇〇人分いけるぞ？」

「え、そうなの？　城壁づくりでギリギリだったんでしょ？」

「うん。でも支援かけて歩いてるうちにだいぶ回復した」

「そんなに回復するの!?」

「みんなの回復量は二倍だけど、俺だと三倍だな」

どうも俺だけ、というより術者は支援の効果が高いらしい。普段だと二四時間でゼロから満タンになるのが俺だと八時間。みんなは一二時間ってことになる。数値で言うとエリーで一時間五〇〇くらいのところが、俺の魔力回復は二〇〇〇オーバーである。

「へー、思ったよりいいわね。さすがは光魔法レベル5ってところかしら」

まあそれも俺やエリーたちの莫大《ばくだい》な魔力量と回復力があってのこと。普通の魔法使いでは回復量が倍になった程度ではさほど体感できないだろう。

「そうだな。それに疲労も吹き飛ぶだろ？」

疲労困憊《ひろうこんぱい》のはずのエリーもずいぶんと顔色が良く、元気になっている。

「体もずいぶんと軽く感じるぞ、主殿《あるじ》」

シラーちゃんも上機嫌に言い、ウィルやミリアムなどの前衛組がうんうんと頷《うなず》く。こうしてみるとかなり有用な魔法なんだが、レベル5までとなると結構なポイントを要するのでいずれそのうち……と延び延びになっていたのだ。


魔力不足なんてエルフの里以来だし、ヒラギスでも自分で魔力を使うより、魔力が全快のエルフを交代で転移させてくるほうが圧倒的に効率が良かったのだ。そもそもポイントも、空間魔法のレベルを上げたせいもあるが、光魔法を5まで上げる分はなかったし、村にいた当時、光魔法をテストしたときはリリアが加入した頃でパーティメンバーもまだ少人数。ポイント消費のわりに効果は微妙という評価は今でも妥当だったと思っている。

「しかし思ったより反響がでかいんだが」

「そりゃそうよ。だって勇者よ、勇者！　子供なら一度くらいは勇者の仲間になって魔王討伐に行く夢を見るものよ」

「うん、勇者ごっこは定番だった」

エリーがそう言うとシラーちゃんも頷いて言った。ヒーローごっこかあ。こっちはアニメとか漫画がないし、創作の物語も発展しているとは言いがたい。いきおい子供が憧れるヒーロー像は過去の偉人に集中していて、その頂点が——

「そう！　子供の憧れナンバーワン！　それが勇者なのよ！」

　エリーも大好きだもんな……

　まあわからないでもない。憧れのヒーローが目の前に現れたとしたら、そこがヒーローが出てくるような危険な状況なのだろうことは脇に置いといて、大興奮間違いなしだ。

「とりあえず魔力が溜《た》まったら増援を連れてくるとして、その後はどうする？」

　一応もう転移一回分くらいは回復したのだが、ギリギリでまた底をつくのも嫌だし、光魔法を増援組にもかけておきたいから軽く作戦会議をする余裕くらいはある。

「残りの兵士に支援をかけて回ってもかなり余裕ができる。ええっと、半刻《一時間》の回復量が２１６０で——」

　鼓舞《チャージ》と加護《ブレッシング》をここの兵士全員にかけても一〇回かそこらで５００か６００程度。範囲を広げているから少し消費は多くなっているが、次の支援までに１５００近くは余る計算だ。ついでにポイントが足りなくて水魔法と格闘をリセットしたことも説明しておく。

「これが終わったらもう一回修行やっとく？」

「懐かしいわねー」

　エリーとアンが言う。水魔法はこいつらに特訓と称して一日で仕込まれたんだった。適当に練習したらレベル１くらいはすぐ取り戻せるだろうし、もう一回は御免こうむる。

「とにかく次の支援までに転移で三〇〇人、連れてこれるぞ」

一〇〇人だと焼け石に水感があるが、さすがにエルフの精鋭が一〇〇人からいれば、戦況に多大な影響があるはずだ。

経験値も稼ぎたいが、まずは増援を優先するのが正解だろうな。

「鼓舞《チャージ》の効果で前衛がしばらく奮闘するだろうし、三〇〇人全員エルフでいいわね。ルチアーナ、バルバロッサ将軍のほうはどうなの？」

「私の回復分を回せばまだ時間は稼げますが……」

「なら四回目の転移はバルバロッサ将軍に回そう」

パルマスの町のエルド将軍とサイアスの町のリゴベルド将軍のところの兵力は十分。東部砦は南方からの増援があるし、北方からの魔物の到達にも時間の余裕がある。北方砦とバルバロッサ将軍のところ以外は当面放置でよさそうだ。

「とりあえず俺は支援をかけ終わったら城壁のほうにいるから、何かあったら伝令を出してくれ」

了解と頷くエリーたち。余裕があったら一発二発くらいは範囲魔法を使って経験値を稼いでおきたい。

「そうそう、ウィル。フランが城壁のほうに来てたぞ」

城壁で思い出した。

「マジっすか!?」

そう言ってぱっとエリーのほうを見る。移動の許可が欲しいのだろう。

「んー、まあ余裕があればね？」

エリーはウィルに甘いなあ。俺から言っといてなんだがそんな場合じゃないだろうに。まあエリーの言うとおり、余裕があればその程度はと思うし、ウィルの士気も高まろう。

「あー、あとできれば勇者うんぬんをうまく誤魔化す方法を考案してくれるとありがたいんだけど」

エリーたちは互いに顔を見合わせるが、誰からもなんの発言もない。諦めたほうがいいよとでも言いたげだ。ダメだよ、諦めたらそこで試合終了だよ！

「ええっと、マサルのお陰で状況は好転しそうだけど、まだまだ厳しい戦いが続くと思うから油断だけはしないようにね！」

無言に耐えかねたエリーが話題を逸《そ》らすかのごとくそう作戦会議を締めくくった。

誰か俺が勇者であることを誤魔化すナイスアイデアを出してくれないかと思ったがすぐには無理か。俺？　もちろん考えたけど、勇者ジャナイヨと繰り返し強弁するくらいしか思いつかなかった。

それとも、今回無事に乗り切れたらほとぼりが冷めるまで当分の間エルフの里に引きこもっていようかな。あそこならすでに英雄扱いだし気心は知れてるし。上げ膳据え膳のニート生活が堪能できる。実に楽しそうだ。

そのエルフの里へと転移し、鼓舞《チャージ》と加護《ブレッシング》をかけてまた同じような説明をして同じような騒ぎが起こる。ついでに増援のペースが上がりそうなので、その準備も頼んでおく。そうして一〇〇人の転移をするとティリカが待っていてくれて、そのままドラゴンごと護衛としてついてきてくれることとなった。

魔法を使うと目立ってハーピーの集中攻撃を食らいそうになるし、兵士たちに支援をかけると勇者勇者と大喜びでどうしても注意が逸れるから非常に助かる。

そうして救護所に戻って、最初に支援をかけた集団にシャルレンシアがいたので、もっと大騒ぎするかと思ったのだがその反応は薄いものだった。むしろ周りがすわ勇者の登場かと騒いで、俺の勇者ジャナイヨとの否定という何度目かのいつものパターン。それで終わるかと思ったのだが珍しく普段は大人しいシャルレンシアが話しだした。

「このお方はエルフの守護者《ガーディアンオブエルフ》。勇者などと一緒にするのは実に無礼なことなのです」

そうだそうだ、もっと言ってやってくれ。

「守護者様は勇者など比ぶべくもない、もっともっとはるかに偉大な存在なのです！」

いやそれもさすがにどうかと思うのだが。ヒラギスでずっとまじめにやっていた弊害か。特にオレンジ隊に対しては加護持ちがまた増えないかといいところを見せようと意識して動いてた部分もあって、エルフからの敬意はもはや信仰といったレベルにまで達している。

「うんまあ、偉大とかは置いといて勇者とは別だってわかってもらえばそれでいいよ……」

変な否定をしてもどこかで墓穴を掘りそうなのでそれだけ言っておく。何かいい案が出るまで、とりあえずは勇者ジャナイヨ説で一点突破だ。だいたい世界を救った実績のある勇者と一国を救うのにひーこら苦労している俺とではそれこそ比べるのも無礼な話だと思うのだ。

そうして順に砦の外周を回って左翼側、師匠のいる防衛地点に移動した。左翼は城壁修復が遅れているから先に回ることにしたのだ。

「ホーネット、しばらくここを見ていろ」

「えっ？」

待ち構えていた師匠に支援をかけると、師匠はホーネットさんにそう言い置き、建造中の城壁の脇を抜けて、魔物のあふれる砦外へと突っ込んでいった。

「ちょっとマサル！」

いや、俺のせいかもしれないけど俺に言われても。そりゃあ俺が言えば戻ってくれるかもしれないけど。

「最近伸び悩んでたって言ってましたし、一時的とはいえパワーアップしたのが嬉《うれ》しかったんでしょう。放っておけばそのうち戻ってきますよ」

老い先短い老人の楽しみだ。多少危険だろうと奪うのはよくない。

「そうだけどー」

災難なのはむしろ魔物のほうだな。右翼側の壁が完成間近のいま、師匠のいる左翼側が唯一の侵入路となりつつある。防衛側もそれは重々承知で、左翼に向かう魔物には重点的に攻撃を加えていて、魔物はやっとのことで壁が途切れた地点に着いたと思ったら剣聖がこんにちはである。

なるべく城壁から離れた位置を移動していた魔物が溶けるようにばたばたと倒れていく。警戒外の方向からの奇襲に魔物は対処のしようもないようだ。まあ警戒しててもどうにもならないと思うが。

師匠はやっぱ強《つえ》えな。雑魚相手では到底実力の底は測れないが、それでも集団に平然と突っ込んでもまったく危なげなく殲滅していく動きは美しくさえもあり、いつしか俺やホーネットさんや周囲の者も戦闘の手を止めて観戦していた。

「本気のお師匠様なんて久しぶり……」

ホーネットさんがそう呟《つぶや》く。名実ともに人類最高峰の剣士の本気だ。滅多に見られるもんじゃないのだろう。俺は三ヵ月ぶり二度目になるけど。

サティはあれくらい強くなりたいらしいが、改めて見ると相当人間離れしている。先はまだまだ長そうだぞ、サティ。

俺は師匠の姿などいつでも見られるからと支援を続行していると、最後の集団に軍曹殿や剣士隊がいた。支援をかけると軍曹殿はさすがにちょっと驚いた顔をしたのだが、何がおかしいのかすぐに声を殺して笑いだした。

まあ初期の頃の俺を知っていれば勇者なんてお笑い草なんだろうな。俺もすごくそう思うわ。余裕があればここでそのあたりの愚痴でも聞いてもらいたいところだが、これが終わればいくらでも話す時間は取れる。もはや転移は秘密でもなんでもないんだし、俺が勇者であることもバレたっぽい。もうそろそろ色々なことを話してもいいかもしれない。

「さあ、もう少しで城壁が完成する。気を抜くなよ！　ブルー、ドラゴンは味方だ。ちょっかいをかけるな！」

ブルーは光魔法よりドラゴンに興味があるようだが、軍曹殿に叱《しか》られてしぶしぶ城壁のほうへと向かった。他の剣聖の高弟たちの反応は様々だった。

調子に乗んなよと威嚇するのはザックだ。こいつとは剣の腕はほぼ互角。光魔法の鼓舞《チャージ》があれば勝敗は決定的になることに気がついたのだろう。まあそうでなくとも俺に対しては大抵威嚇してくるのだが。

コリンなんかはぽかんと口を開けて俺を目で追っている。

そしてデランダル・カプランは俺と目が合うとさっと逸らした。そうだよな、勇者の使う光魔法なんてどう考えても厄ネタ。面倒事に巻き込まれたくないのだろう。

「じゃあそろそろ二回目の転移に行ってくるけどティリカは……ここで待っててくれるの？」

光魔法はとにかくピカピカ光るから敵からも丸見えだし、護衛続行はほんと助かる。ここにきてエルフを大量投入してさすがに転移もいつバレるかもわからないし、そうなると今までみたいに護衛がミリアムとエルフ数人じゃ少々心許《こころもと》ない。

助かる、ティリカにそう言って転移魔法の詠唱を始めた。

エルフの予備戦力は潤沢だし、砦側の城壁も完成へ向けて加速するだろう。一時は覚悟を決めたものだが……

「どうやらなんとかなりそうだな？」

「ん。でもマサルならなんとかしてくれるって信じてた」

転移する直前のティリカとのやり取り。俺もそれくらい自分のことを信じられたらもう少し楽なんだろうけど。しかしティリカの言葉もあってか、キリキリとしていた胃が少し楽になった気がした。

第2話 ヒラギス北方戦役 ～武人とは～

「エルフの増援だ、助かった！」

転移したとたん誰かの喜びの叫び声が耳に入った。かなり切迫した状況だったようだ。

一〇〇人のエルフを連れてバルバロッサ軍の篭《こ》もる町へと転移すると、すぐさまエルフたちが前線へと案内されていく。

「じゃあ光魔法をかけるから、手筈《てはず》どおりに先発しているエルフの部隊と手の空いてる兵士を集めてくれ」

俺の周囲に残ったエルフに指示を出し、送り出す。余裕があれば光魔法の支援はなしで済ませることも考えたが、報告どおり状況は悪いようだ。

幸いにもこの町はそう大きくもなく、兵力の配置も魔物の到来方向である北側の防衛に集中していた。人を集めて光魔法をかけるのもさほど手間ではないだろう。

さっさと終わらせて北方砦《とりで》へ戻ろう。ミリアムとシラーちゃんを護衛に城壁へと向かうと、前線の城壁上でなにやら真剣な顔で話し合っている将軍二人。一方はむろんバルバロッサ将軍で、もう一方はエルフの将軍、王弟でもあるエリオン将軍である。俺から見ると義理の叔父さんだな。

エリオン将軍も出陣にあたって俺のいる北方砦の最前線を希望してたらしいのだが、エルフ王とのジャンケンに負けてバルバロッサ軍の支援担当となった。

「おお、守護者殿！」

「エリオン将軍。それにバルバロッサ将軍も」

無視するわけにもいかず俺も城壁に登り、軽く挨拶をする。バルバロッサ将軍は大抵本陣、前線から離れた安全な場所に造った司令部で偉そうにふんぞり返っているのに珍しいこともあるものだ。

「少し遅れたか？」

ぶっちゃけていえばここへの増援は後回しになっていた。送り込もうと思えばもっと早いタイミングでもできたのだが……

「北方砦の状況は聞いておる。あそこが落ちればここで耐えていても無意味であるからな」

この町はたまたまバルバロッサ将軍がこのタイミングで通過しようとしていたというだけで重要度は極めて低い。むろんここが陥落すれば、ヒラギス北方中央部は魔物の好き放題となるのだが、最悪北方砦を守りきればヒラギス奪還は成立する。

「北方砦も状況は好転しつつある。こちらへの支援も多少は増やせるはずだ」

だが好転しつつあるとは言ってはみたものの、城壁がほぼ完成して当座の窮地を脱しただけというのが現状だ。俺の魔力こそ余裕が出てきたが他の転移術師、エリーやルチアーナの魔力はカツカツだし、十分なだけの戦力を送り込めているとは言いがたい。前線に当てる戦力に限れば多少の余力が出てきたが、予備兵力がまったく作れないのが問題で、それこそ状況が変われば一気に修羅場になりかねない。

「ここは我らに任せ、なるべく北に集中されるがよかろう。守護者殿のためとあらば我らエルフは最後の一兵となろうとも戦う。たとえこの場で朽ち果てようと一片の悔いもない」

「おい！」

バルバロッサ将軍には悔いも異論も大ありなようだ。

「ところでうちの部隊や兵士たちを集めているようだが……？」

エリオン将軍はバルバロッサ将軍の抗議は意にも介さず、そう尋ねてきた。エルフはすぐに集まったようだが、兵士のほうはさすがに時間がかかっているようだ。

バルバロッサ将軍に許可を得ずに勝手に集めているのだが、そこはそれ。エルフ《俺たち》の積み重ねてきた信用というものだろう。バルバロッサ将軍の部下、それも副官や参謀すら籠絡《ろうらく》済み。彼らはエルフにたいそう恩義を感じているから理由を告げずに集めろと言っても応じてくれているようだ。時間はかかっているがしっかりと門前の広場に集結しつつある。

「ああ、少し待ってくれ。集まってから話す」

やる前に話すと二度手間になるし、実際にやってみせてからだと説明が大幅に減るから楽なのだ。別に驚かせたいとかそんなどうでもいい話じゃないぞ？

勇者の使っていた魔法だ。使う前に話すと根掘り葉掘りうるさくなるのは想像に難くない。魔法をかけて簡単に説明してさっと移動。これに尽きる。

北方砦では大勢の護衛付きでぞろぞろと移動していたから周りの騒がしさからもガードしてくれていたが、いまは護衛はたった二人だ。それすら移動に使う魔力がもったいない、単独なら魔力の節約ができると言ったところ、護衛なしとかありえないとつけられたのがシラーちゃんとミリアムの二人。敵相手なら無双する二人であるが、味方相手にガードするには少々心許《こころもと》ない人数だ。

まあそれはそれとして、エリオン将軍も何も聞いてないのか。驚く顔が楽しみだな。バルバロッサ将軍はまあ、どうでもいいわ。

「それなら守護者殿からもバルバロッサ殿に教えてやってくれ。真の武人とはなんたるかを！」

なにを真面目な顔して話し合ってるのかと思えば。いまそんなことをしている暇は……兵士が集まりきってないことを除外しても、まあないでもない。

目の前の危機は増援のエルフにより一掃されつつあるし、そもそも光魔法を覚えてから、俺は完全に後方支援に回っている。短時間いないからといって防衛への影響はない。加えて魔力回復のための待ち時間が常に発生するから案外暇がある。

「真の武人？」

バルバロッサ将軍の評判はエルフの中では最悪である。助けてやったのに感謝のひとつもなく、俺に金を叩《たた》きつけて無礼な態度。それでエリオン将軍はひとつ説教でもしてやろうと思ったのだろう。

だがそんなことを言われたところで俺は武人って柄じゃないしなあ。そこそこ戦闘経験は積んできたし、剣士としては修行で一端《いっぱし》にはなれたと思うが、武人と言われると違和感がありすぎる。

このエルフの将軍は二〇〇年近くに及ぶ軍歴を持つ歴戦の、バリバリの武人である。その将軍が劣勢の防衛戦の真《ま》っ只中《ただなか》に話そうというのだ。一応聞くだけ聞いてみることにした。

「うむ。真の武人とはどういう存在か。武門の名門？　広大な領地に高い地位？　数十万の兵を従える？　そのようなもの、たとえ少数といえど仲間との信頼、絆に比ぶれば塵芥《ちりあくた》よ」

あー、バルバロッサ将軍がそんなこと言ったんだろうな。うちは伝統ある武門の名門で——みたいなマウント取り。

「人と人との信頼、つまり信義こそが精強な軍を作るのだ。他は添え物にすぎぬ。信義あればこそ必ず守護者殿が増援を寄越す。窮地にあっても決して見捨てられはせぬと信じ、前線に立つこともできる。必要なればこの命も惜しくはないし、死しても同胞がそれに必ず報いてくれようと信じられるのだ」

絆に信義か。きれいごとではあるが、二〇〇年戦ってきた軍人が言うと重みがある。

「それをこの期に及んで自分一人、亀のように縮こまって後方に引き篭もるとは言語道断。武人として将としてあるまじき姿よ。時には陣頭に立ち、共に戦って辛酸を嘗《な》め合ってこそ固い絆が育まれるというもの」

それでバルバロッサ将軍を司令部から引っ張り出してきたのか。

防衛戦である。前線といっても危険はさほどでもないし、きちんと指揮を執るなら司令部に篭もるのは悪手だ。

「なにを言う。エルフなど所詮《しょせん》は金金金の冒険者崩れであろうが！」

実際お金の要求はしたし、そもそも本業が冒険者だしで返す言葉もないわ。冒険者稼業が他の職業より下だということはまったくないとは思うが、一部の者の素行のせいで世間の評判がさほどよろしくないのも事実である。

「言うに事欠いて金だと？」

そうエリオン将軍はバルバロッサ将軍を小馬鹿にしたように鼻を鳴らした。五〇〇〇万ゴルド《五〇億円》を要求したのはつい数時間前。俺たちに関することはエルフ側に勝手に情報がいくのだが、さほど重要じゃないと将軍にまで報告が届いていなかったかもしれない。

「今朝方の話だ。貴様のところのハイエルフとやらは手助けの対価に五〇〇〇万ゴルドを要求しおったのだぞ」

そう俺を指差して勝ち誇ったように言う。真の武人とはとか言い出して、裏ではお金の要求では言い訳もできないわな。将軍の姪《めい》っ子のやったこととはいえ、すまぬ。

「ふむ？　守護者殿たちは金に困ってはおらん。なにせ我らエルフが最大限の支援をしておるからな」

だがエリオン将軍は落ち着き払ったものだ。真の武人はこの程度では狼狽《うろた》えないんだな。

「それでも資金面では自力でやっておるようだし、その自らの資金の多くはヒラギス居留地の支援に投じていると聞いておる。大方バルバロッサ殿から得た金もヒラギスに投じるつもりなのであろう？」

あっさりバラされたけどまあよかろう。宣伝するような話ではないが、隠すようなことでもない。

「そうだ。首尾よくヒラギスを取り戻したとしても、この荒れようでは食料の生産をすぐに開始することもできんだろう。五〇〇〇万ゴルドもあれば多くの命を救える」

「そもそも我らエルフは義勇兵よ。ヒラギスへの出兵に際してなんの報酬も貰《もら》ってはおらんし要求もしておらん。わかるか、バルバロッサ殿？　断じて金ではないのだ。もしバルバロッサ殿がヒラギスに金を出せぬというのなら、我がエルフ王家で肩代わりしてもよいぞ？」

五〇〇年生きるエルフの作る工芸品や産物は並の人族の職人では足元にも及ばない芸術品にまで昇華され、生産数が少ないことも相まって非常に珍重され、相当な高値で取引されている。しかし里に引き篭もっているエルフにお金の使い道はそうはなく、長年無駄に貯《た》め込んでいる。リリアの金銭感覚がおかしい理由だろう。

「ば、馬鹿にするな！　その程度、即金で用意してくれるわ！」

「結構結構。こうして前線を共に守り、私財を投じてヒラギスの民の困窮を救ったとあらば、バルバロッサ殿の評判も多少は良くもなろう」

　支援の見返りに無理やり出させたとはいえ将軍からのお金なのは違いないし、大きな金額だ。黙っていても出処《でどころ》は隠せないだろう。それなら最初からバルバロッサ将軍からの支援だとはっきりさせるのも手か。あまり恨みを買うのもよくないし、多少の花を持たせるのも悪くない。

「貴様らから施しなど絶対に受けぬ。この借りは別の形で必ず返す！」

　借りとか言わずにお金を出してもらえればそれで十分なんだけどな。エルフの何がそんなに嫌なのか、バルバロッサ将軍は絞り出すようにそう言った。


「まあそれはどうでもいい。急ぐから用事を済ますぞ」

　話しているうちに城壁を守っている以外の兵士たちがすべて集まったようだ。すぐに詠唱を始め、光りだす俺を見てエリオン将軍が首を傾げた。

「鼓舞《チャージ》――加護《ブレッシング》――効果は力と速度の強化、体力と魔力の回復で半刻《一時間》程度続く」

　詠唱を発動させ、いつもの説明を行う。だいたい驚くか呆然《ぼうぜん》とするか、勇者勇者と興奮するかの反応だが、エリオン将軍は面白そうに俺を見て眉を上げるのみ。さすがにこの程度では動じない。肝が据わっている。

　だがバルバロッサ将軍は顎《あご》が外れそうなくらい大口を開けて驚いている様子だ。こいつは肝が据わってない。

「な、なぜ貴様がソレを使える!?」

今まで強気な態度を一度も崩さなかったバルバロッサ将軍がなぜだかこの世の終わりのような顔だ。動揺しているのか？　ちょっと珍しい反応だ。

「勇者の血族である我が一族ですら誰も使えなかった、勇者にだけ許された、特別な……」

バルバロッサ将軍は勇者の子孫か。ガレイ帝国の貴族になってたらしいし、先祖にいてもおかしくないな。

「それは守護者殿が特別だからであろうよ、バルバロッサ殿」

そう。光魔法はおそらく神の加護がないと使えない、特別な魔法だ。普通に習得できるならこれまでに誰かが使えていたはずだ。

「ゆ、勇者……なのか!?」

「このお方は勇者ではない。エルフの守護者殿だ」

「そうだ。俺は勇者では断じてない」

そこはどうしても譲れない一線である。

さて用事も済ませたしこれ以上長居は無用。さっさと移動だ。報告は受けているが一応東部砦の様子も見ておきたいし、北方砦を長々と離れるのも心配だ。

「では……」

そう言って転移しようとしたのだが、バルバロッサ将軍に呼び止められた。

「ま、待たれよ」

「何か？」

「それはどうやって習得したのだ？」

バルバロッサ将軍は勇者になりたかった少年カテゴリだったか。実家が勇者の家系ならなおさらその気持ちは強かったのだろうか。

「俺とバルバロッサ将軍との仲でそのようなことを教えてもらえるとでも？」

俺の言葉にバルバロッサ将軍がぐっと詰まる。エルフ王やエリオン将軍にすら詳細は教えていないのだ。まあエルフ王たちはともかく、バルバロッサ将軍に教えたところで無駄というしかないし、変に好感度を上げにこられても困るというものだ。

そもそも根本的に信用ならないから好感度以前の問題だな。

「か、金か？　金が必要ならもっと……」

「将軍」

金と言うバルバロッサ将軍を強く遮《さえぎ》る。

リュックスのときもそうだったが、俺はお金は好きなんだが他人からそれを言われるとなぜだか無性に腹が立つらしい。色んなことが金でどうにかなるならどんなに楽か。そう思うのだろう。

「こういうことを口に出して言うのは俺の好みではないのだが……俺はヒラギスを救いたいのだ」

そもそものきっかけは神託だが、本音を言うとなるべく人が死ぬのを見たくないという消極的な理由だ。それで餓死しそうな居留地の獣人も支援したし、最初のオークキング部隊との戦いにも積極的に打って出た。

「私財もあるだけ投じたし、ヒラギスの各軍をできる限り支援してきた」

まあできる範囲、無理のない範囲でだが、それでも直接間接合わせて、俺の手で救えたヒラギスの民や兵士たちの数は多いはずだ。

「それがどうだ。金のための傭兵《ようへい》だと決めつけ金貨の袋を投げつける。魔物の殲滅《せんめつ》をすると苦情を言う」

エルド将軍をわざと見捨てようとしたこともあったし、下賤《げせん》なエルフと罵《ののし》られたこともある。

「出世や面子がそんなに大事か？　俺は必要なら投げつけられた金貨も喜んで拾うし、俺程度の頭でよければいくらでも下げよう」

いつしか辺りが静まり返っていた。バルバロッサ将軍に文句を言いたかっただけなんだが、そんなに話に聞き入られても……

「自らの行動を省《かえり》みてみろ」

おまえでは絶対に勇者にはなれない。その言葉はさすがに飲み込んだ。それではまるで俺が勇者か何かみたいに聞こえてしまうじゃないか。

「俺はおまえのことが嫌いだよ、バルバロッサ将軍」

それだけ言うと踵《きびす》を返し、行くぞとミリアムとシラーちゃんに声をかけ、ゲートの詠唱を始めた。

「はっはっは！　言われてしまいましたな、バルバロッサ殿」

転移する直前にそんなエリオン将軍の声が聞こえた。無駄に長居しすぎた。次はもっとスピーディーにやろう。

転移した先は東部砦。ここは南方に近く、兵力も物資も支援が手厚いと聞くし、俺に助けられて苦情を言う現地指揮官もいないし、すぐに終わるだろう。

「やることをやってさっさと北方砦に戻るぞ」

そう言って、東部砦での俺たちの拠点で待機していたエルフに矢継ぎ早に指示を出していく。

「守護者様、あの……」

「どうした？」

サティ以上にいつも静かに俺に従うミリアムが、珍しく俺に声をかけてきた。どうせ待ち時間があるからそんな遠慮がちじゃなくて大丈夫だぞー？

「ありがとうございます。ヒラギスの民に成り代わり感謝を」

さっきの演説っぽくなっちゃったやつか。本当にバルバロッサ将軍にひとこと言ってやりたかっただけなんだけど……

別に大したことじゃない。そう言ってしまうのはさすがに卑下しすぎだろう。実際ヒラギスでの戦いは長期にわたるし、ほんとできる限りがんばってきた。だがそれ以上に……

「みんな必死に戦ってるんだ。俺に礼を言う必要なんてないよ」

あのバルバロッサ将軍ですら戦場での働きに関しては否定できない。まあ部下が優秀なんだろうが。

「でもそうだな。どうしてもお礼が言いたいなら夜にでもたっぷりとだな？」

冗談めかす感じでそう言うと、フル装備フルフェイスで表情も見えないミリアムがうぇっと動揺の声をあげた。

「そう茶化さなくても、主殿《あるじ》が立派にやっているのはよーく知っている。主殿こそ真の武人だ」

シラーちゃんもそう口を出してきた。別に茶化したわけじゃなくて俺はすごく真剣にそう思ってるんだ。お礼なら体でたっぷりのご奉仕が本当に一番嬉《うれ》しい。

「シラーちゃんもここのところご無沙汰だよな？　戦場だからって俺のことを疎《おろそ》かにしすぎじゃないか？」

どうもこの娘は戦いが楽しいらしくていかんな。もっと俺を大切にすべきだ。まあビエルスでは修行修行で、ヒラギスは戦場。俺のお相手をするメイド部隊が一〇人も増えたこともあって、お相手の要望といえば剣でのほうが圧倒的に多い。

「この戦いが終わったらじっくりたっぷりねっとり相手をしてもらうぞ。いいな？」

俺の宣言にシラーちゃんももじもじとし始めた。

ここ数日ヤバいくらい忙しくて本当にしんどかったけど、ようやくちょっと元気が出てきた。

ヒラギスが魔境に接する二ヵ所のうちの一つである東部砦は問題なさそうだ。あとは北方砦さえ完全に押さえてしまえば、この戦いは終了だ。

終わりは近い。

第3話　ヒラギス北方戦役　～威力偵察～

「防衛の兵に疲労が見えてきた？」

「ええ、それも一気になのよ」

バルバロッサ将軍と東部砦《とりで》の支援を終えた俺が北方砦に戻って、軽く休憩しているところに、エリーがそう報告してくれた。

「加護《ブレッシング》は確かに体力回復効果はあるが、別に無尽蔵になるというわけでもないしの。鼓舞《チャージ》で力と速度が上がった分、無茶をするとすぐに限界が来るようだな」

そう言う師匠は俺の魔法で年甲斐《としがい》もなくはしゃぎすぎたようで、いまはお休み中である。加護《ブレッシング》と鼓舞《チャージ》の意外な弊害か。運用テストなんかしてないものな。そもそもが一時間で効果が切れる魔法である。長時間の使用は想定外なのだろう。

「ちょっとまずいか？」

エリーが頷《うなず》く。本来、疲労は時間をかけて溜《た》まるものだ。それが一斉にとなると……

「増援のペースは上げないとダメね」

いま北方砦に送り込まれてきているのは、精鋭やベテラン兵が中心である。体力もあるだろうし、戦場でのペース配分も心得ているだろう。それが俺の支援で乱されたか。

だが到着してからこっち戦い詰めで、体力を温存している余裕などなかった状況で限界が来ただけかもしれない。あるいは支援がなければ限界はもっと早く来ていたのかもしれない。まあ調査や検証をしている余裕はないし、いまは考えないでおこう。

「とりあえずいまの師匠の話を砦中に伝えてきてくれ。無理はしないようにってな」

エルフの一人にそう指示を出す。あとは増援の手配だな。相変わらずエリーやルチアーナに余裕はないし、追加分は俺が担当することになる。

「まずは一〇〇人、前衛を連れてくるとして……それで足りるか？」

「様子を見ながら調整していくしかないわね」

綱渡りだな。

俺の魔力回復が相当量あるのが救いだが、このあとがっつり使いたい場面もあるし……

「わたしが軍を連れてくる」

「ティリカの陸王亀《ランドキングタートル》か」

北方砦のヒラギス側は俺たちが魔境を封鎖しているお陰で魔物の数は相当少なくなってきている。ある程度の損耗を覚悟すれば、ティリカの陸王亀《ランドキングタートル》を先頭に行軍し、大軍を連れてこられるだろう。だが首都近くの二つの町はいまだに多数の魔物に包囲されている状況だ。まずはその撃破からになる。軍の編成も必要だ。今の時間は午後も半ば。

「今からだと急いでも移動は完全に夜になってしまうな」

そうなると到着は夜中となる。ライトの魔法を活用すれば少数なら行軍には困らないだろうが、数千、数万単位で移動するとなると夜間行軍、それも敵中突破しての移動は危険極まりない。

「エルド将軍とリゴベルド将軍にまずは相談だな。エリーとティリカで話をしに行ってくれ」

大軍になると編成する時間も相応に必要だし、作戦立案も考えると明日の朝にしたほうがいいかもしれない。もちろん即出発して日付が変わらないうちに北方砦に到着してくれるなら実にありがたい話であるが、それではかなり無理な行軍になるだろう。北方砦を奇襲したときのように、五〇〇人程度の少数ではないのだ。思いついて即動くというわけにはいかない。

「それよりも。俺たちで偵察をしたいんだが」

「このタイミングで？」

エリーがそう言って眉をひそめる。そもそも近場なら砦から空に上がれば見えるのだが、山岳地帯で見通しは悪い。それに砦上空も制空権があるともいえない。隙《すき》あらばハーピーが大挙してやってくるし、飛竜なんかもまだどこかに隠していそうだ。

砦を離れての魔境方面への魔法使いのフライでの偵察は、エルフの精霊使いであってもかなりの危険が予想される。

「夜になってからティリカのドラゴンを使いたい」

ここにきてティリカが大活躍だな。召喚は使い方次第で非常に強力で役に立つ。

「どらごに乗っての偵察を考えたんだけど、俺たちでフライとレヴィテーションで押してやれば、かなり高空に上がれるんじゃないか？」

ドラゴンは特に夜目が利くわけでもないが、それは俺たちで補完できるから問題はないはず。

「ふうむ。普通ならあのような巨体を動かすとなれば簡単ではないが、我らなら余裕じゃろう」

自重は自分で運べるからあくまで後押しだ。そうして普通では到達できないような高度から偵察する。しかも夜間だ。暗視に鷹《たか》の目のある俺たちなら偵察に困ることはないし、うまくすれば敵陣奥深くまで到達できるだろう。

見つかったとて高度数千メートルの高さだ。ハーピーではまず届かないだろうし、たとえその高度に迫れる存在があったとしても、接近には相応の時間がかかる。

そして近寄れたところでサティたちの矢の的である。魔法攻撃の手にも困らないメンバーだ。

「それならうまくいきそうね」

俺の説明にエリーもしぶしぶそう言う。やはりタイミングが悪すぎてあんまり気が進まないか。

「今日の月は……」

「新月が過ぎて細い三日月ですね」

俺の問いにサティが答えてくれる。真っ暗な新月がよかったが贅沢《ぜいたく》は言えまい。

ティリカや俺たちが一時抜けることになるが、夜間は鳥目のハーピーが飛べなくなるから防衛も少しは楽になるはずだ。

「行くのは俺とティリカとサティ。それにリリア」

「わたしも行くわ。ウィルも来なさい」

「うぃっす」

エリーとウィルね。それと俺の護衛を務めているミリアムとシラーちゃんも当然同行と、二人が俺を見るので頷いておく。いまも仮の治療院に詰めているアンは、偵察で特に役割もないし、少々高所恐怖症の気があるから誘ってもあまり喜ばないだろう。ルチアーナは水精霊のガードがあるから保険にはなるだろうが、フライが使えない。シャルレンシアは風系統だがどうするか。幼いこともあって夜は弱いし、無理もさせられない。

これだけメンバーがいれば十分か。

「師匠もどうですか？」

「やめておこう。ワシはお前らみたいな便利な目は持っとらんし、空では剣はほとんど役に立たんしな」

それに、はしゃぎすぎてお疲れですしね。なにせ御年《おんとし》一〇〇歳だ。無理は利くまい。

「あとは進路と帰路だけど……」

なにせ夜間飛行だ。俺たちがヒラギスに来たばかりの頃、エルド将軍に会いに南方方面に行ったとき、日の出前に移動して迷子になったことがある。まあ多少進路がずれてたくらいだったが、今回は往復とも夜間で、それもまったく地形のわからない敵地だ。

「地形はわたしがしっかり見ておきますね」

「おれも注意しとくっす」

夜目持ちのサティとウィルがそう言ってくれる。俺も夜目はあるが、正直地形を読む自信はない。

敵の襲撃はずっと続いているから、その流れをたどれば何か見るべきものに行き着くだろう。

「進路は敵のいる方向をたどればいいな。帰りは迷子になりそうならドラゴンを消して転移しよう」

迷子じゃなくても敵に追われたり囲まれそうだったりしたときには転移で緊急離脱してもいい。

「でも本当に危険を冒してまで偵察する意味はあるの？」

「ある。こいつは威力偵察だからな。ついでに攻撃もするんだ」

偵察のついでに攻撃もしようというのが威力偵察である。むろん危険ではあるが、敵の動きも知ることができるし、奇襲にもなる。

「でもあんまり高度があると魔法なんか……あー」

「そうだ。普通は何千メートルもあると射程外だけど、俺のメテオなら普通に使えるはずだ」

ここが作戦の肝である。高い高度からの攻撃は試したことはないが、できないという理由も考えられない。大岩も相変わらずアイテムボックスにワンセット入ってるし、そいつも投下してみようか。エリーたちのサンダーも高度次第では使えそうだが、転移に使う分だけで魔力がかつかつである。今回は出番がないだろう。

そしてもし攻撃魔法がダメでも普通の偵察になるだけだ。まったくの無駄にはなるまい。

まあそんなのがいればの話だが。もしかするといま向かってきている敵が最後かもしれないし。

「高空から敵の主力を叩《たた》けるだけ叩く」

「それはとてもいいプランだわ！」

ようやくエリーさんが納得したようだ。それどころか大喜びである。エリーは一方的な蹂躙《じゅうりん》とか大好きそうだものな。

高空からの攻撃は前々から考えてて、一度やってみたかったんだよな。ただ俺のフライだとそれほど高度は出せないし、今回の偵察の成否はどれくらい高度が出せるかだな。敵がすぐに接近してくるようだとサティや俺たちで撃退できるにせよ、早々に撤退することになるだろう。

なぜフライで高度が出せないかというと、結局空気を利用する魔法なんで、空気が薄くなるほどの高さだとフライの効率が徐々に落ちて、そのうち落下し始める。空気も薄くなるから、優秀な術者が無理な高度を取って気絶して落下死、なんてこともあったらしい。

エルフの風精霊にしてもそこらへんの事情は同じである。空気が薄いと精霊の力も弱まってしまう。むろん俺たちよりかなりの高度に上がれるのだが。

「エリーはティリカと軍と詳細を詰めておいてくれ。俺は増援の一〇〇名を連れてこよう」

偵察のほうの作戦は……いつもの臨機応変でいいな。決行時間はどうするか。あんまり時間が早いと魔物の動きが活発なままだろうし、できれば真夜中くらいが一番いいのだが、そうなると俺たちの負担も大きくなる。

「偵察は日の入り後の一刻《二時間》後としよう」

暗くなったあとならいつでもそう変わりはないだろう。早めに終わらせて少しでも寝る時間を確保だ。

そうしてエリーたちとパルマスのエルド将軍のところへと転移。そこで別れ、俺は兵士の転移に北方砦での支援のかけ直しをして回り、再び北方砦の拠点に落ち着いたところにルチアーナが飛び込んできた。

「守護者様」

「どうした？」

「東部砦で動きが。かなり大規模な襲撃です」

北方での敵の反撃が始まった当初、俺とリリアがそこそこの規模の部隊を叩いて以来、比較的平穏だったのだがとうとう来たか。北方砦が奪還されて慌てて動いたのかもしれない。

東部砦にはエルフもすでに十分な数を送り込んであるし、兵士の数や防衛体制も充実している。あそこだけは手がかからないと思ってたのに。

すぐにどうにかなるものでもなかろうが、本気の攻勢だとすると……

「エルフの里から一〇〇名、追加で送っておく。あとはルチアーナが注意をしておいてくれ」

ルチアーナが頷いた。早めに手を打っておかないと、このあとどれだけ余裕があるかわからない。

エルフの里に転移して東部砦に一〇〇名。それが終わったらまた北方砦の支援のかけ直しか。

少し休んで威力偵察。その威力偵察が成功したら東部砦のほうも偵察ついでに叩いてもいいかもしれんな。

そのあとは明朝のティリカの作戦の支援。これは先ほど決行が決まったと連絡があった。

忙しいな。腰を落ち着ける暇もない。だがすぐ側《そば》の前線ではいまもエルフや兵士たちが命がけで魔物を食い止めている。泣き言は言えない。

ここが正念場だ。俺とティリカの作戦が成功すれば、状況は一気に良くなる。良くなるはずだ。

■■■■■■■■■■

で、アンやシャルレンシアの留守番組に見送られての日没後の威力偵察である。眼下の魔物の軍勢をたどりつつ順調に高度を上げ、空気が薄くなったところでレヴィテーションを使い、えいやっとさらに高空にどらごを押し出したのだが……

「息苦しい」

そうどらごさんが訴えてきた。俺たちは精霊の風ガードに包まれて移動している。それで寒さも空気の薄さもほとんど気にならず、むろんどらごもカバーしているのだが、それではドラゴンの呼吸量には到底足りなかったようだ。

「短時間であれば、さらに高度を上げられなくもないが……」

そうどらごさんが苦しげに言う。まあ、いま無理をすることはなかろう。

「どのみちこれ以上高度を上げても雲に入りそうね。十分高さは稼げたし少し下げましょう」

いまの高度は、どらごによれば普段到達できる高さの倍近く。すでに敵陣深く入り込み、今のところ俺たちの存在がバレた徴候もないから偵察のし放題である。眼下の敵はところどころで野営をしているのか、焚《た》き火らしき火も見える。

「見えてる範囲でも二〇万か三〇万ってとこっすかね」

ふうむ。豆粒みたいな魔物が下界で多数うごめいているのが俺の目にもしっかりと見えている。だけど数とかさっぱりわからんぞ。

「そういうのどうやって数えてるんだ？」

「そうっすね。こうやって指で囲ってその範囲の数を大雑把に数えるんすよ」

そう言ってウィルは両手の指で長方形を作ってそこから下を覗《のぞ》き込む。

「それであとはどのくらいの面積か計算してだいたいの数を出す感じですかね」

ほー。

「ただ俺は素人なんで正確かって言われると……」

ベテランの偵察兵だと相当正確に把握するんすけどね。そうウィルが言う。専門家が必要だったか。だがその専門家を連れてきたところで、暗視も鷹の目もなしだと、この闇夜《やみよ》では魔物の姿を捉えることはできない。

ウィルがいてよかったわ。俺たちだけだと大雑把な数すらわからない。なんかいっぱいいたというだけの偵察の報告をエルフたちにしなきゃならないところだった。

勉強熱心なサティがさっそくウィルの教えてくれたとおりにやっている。難しそうだし俺はやめておこう。ウィルをして正確にやるのは難しいという難易度だ。できなくても俺が偵察兵の真似事をすることなどそうそうあるまい。

「なにか……あっちのほうにもっといませんか？」

だがサティの指差す方向をじっと見てもまだわからんな。

「進路をそっちへ」

俺の命令に従ってサティがティリカにガイドを出す。月明かりはほとんど役に立たないほどの弱々しさで、ほぼ真っ暗闇での飛行である。方角どころか上下感覚すら喪失しそうになるのを、サティが上とか右とか頭を少し上げてとか細かく指示を飛ばすのだ。

そうして移動した先。

「さっきのところの五倍か……もしくはもっとっすね。森の中だとほとんど見えませんし」

森にも焚き火が見えるから、数がわからないまでも、存在自体だけなら確認できなくもないのだ。そうなると一〇〇万は最低数。二〇〇万は考えたほうがいいってことか。

地竜の巣もあるな。五頭ほどが集まって寝そべっている。それからハーピーも忘れてはならない。あいつらは森の中で寝るから数の把握は不可能に近い。

もっと近寄れば探知が使えるのだが、高度は落としたくない。

「ここが本隊か。メテオの狙いはどこらへんがいいかな？」

まず地竜のところと、それから敵の集団のど真ん中にメテオをぶちこむ。範囲を広げても一発じゃ足りないな。三発か、五発くらい？　これだけの集団が壊滅すればさすがに魔物もヒラギスを諦めるだろう。

「待ってください。あっちにもいます」

　サティの見つけたほうへと再びの移動。

「これは……恐らくさっきのと同規模の集団っすね」

　最低でも一〇〇万規模の軍勢が二つ。ヒラギス奪還軍の総勢はおおよそ六〇万であるが、エルフと俺たちの火力もある。魔物が二〇〇万、あるいは四〇〇万だとしても防衛戦なら負けるとは思わない。問題のない数だ。

「もういないよな？」

「念入りに偵察しておきましょう」

　エリーの提案に従ってさらに偵察を続行することにした。圧倒的戦力を擁することへの油断からか、それともここまでまったく偵察をしてこなかったお陰か。俺たちが発見された様子はない。

「まずはあっちのほうっすね……それからあっちへと進路を……」

　今度はウィルの指示に従って二つの大集団の外周をぐるっと回るように移動する。

「いました」

「あの、なんか前の二つよりさらに規模が大きいように見えるんすけど……」

　倍か……三倍。あるいはもっとかも。さすがに数に自信が持てないのだろう、おずおずといった感じでウィルが言う。

「合計すると一〇〇〇万くらいか？」

「最低でも」

「多めに見積もれば？」

「二……いえ、下手すれば三〇〇〇万以上ってところっすかね……」

夏場で寒さの心配はないし、これだけの軍だ。敵の心配もないから焚き火の必要性は薄い。それで森の中で休まれると、果たしてどれほどの数がいるのかまったくわからない。ただそれでもところどころから焚き火は見えるから、森にも相当数がいるのは間違いない。そうウィルが言う。

ヒラギス奪還軍の総勢六〇万のうち、ガチの戦闘員は三分の一程度。しかもいまはヒラギス国内で分断されていて、公都近辺と北方砦に振り分けられている戦力は一〇万ほどだろうか。

いま襲撃を受けている東部砦のほうも忘れちゃいけないな。そっちのバックアップもこういう感じなんだろうか？　あんまり考えたくもないが。

ウィルのあまりにも桁違いな予想に誰しも声が出ないようだ。

前衛に二〇万。一〇〇から二〇〇万規模の軍が二つ。そして一〇〇〇万を超えると思われる本隊。

「偵察しておいてよかったな」

三つの大集団の周囲を確認し終えて俺がやっと発言した。さすがにこれで打ち止め。万一、偵察範囲外にもっといたとしても、大軍の移動には時間がかかる。すぐには考慮に入れる必要はないだろう。

「そうね。それでやるの？」

「もちろんだ」

こんなことならもっと魔力を溜めておくんだった。アンも連れてくるんだったな。魔力がまったく心許《こころもと》ない。

息苦しいのは空気が薄いからだろう。深く息を吸って言う。

「あそこに飛竜の巣がある。まずはそこからだ」

いまの俺たちを脅《おびや》かせる可能性のある唯一の存在だ。猫団子のように折り重なって寝ているのが一〇頭ほどもいるだろうか。

ああいうのは飼ってるんだろうかね。それともドラゴンは知能が高いから、なにかの契約でもしているのだろうか。気になるところだが、とりあえず死んでもらおう。一〇頭もまとめて来られては堪《たま》らない。

メテオ詠唱開始――

「気づかれました」

サティがそう告げる。もうか!? まだ詠唱し始めたばっかなのに。探知能力が優れているのか、それとも寝ずの番でもいたのだろうか。すぐにバタバタと飛竜が飛び出してきた。だが――

「メテオ！」

俺の詠唱のほうが早い。白熱した隕石《いんせき》がほぼ目の前の高さに出現し、ゆらりと落下、加速し、速度を増すにつれごうごうと燃え盛っていく。見ればすべての飛竜が巣から飛び立ってしまったが、メテオを抜けることができたとしても俺たちの高度へはまだまだ程遠い。

「次だ」

戦果を確認している時間も惜しい。今度は敵集団のど真ん中に。詠唱開始――さっきより範囲を広く――

「二頭、落ちました」

直撃を食らったのはたった二頭か。だが巣の周囲の魔物は壊滅している。レベルも上がった。

二発目のメテオが発動する。一〇〇〇万からの軍勢は平野部に相当広く布陣している。完全に殲《せん》滅《めつ》するにはどれほどの回数が必要だ？

「ティリカ、もっと高度を上げて！」

気がつけば飛竜のうち二頭がかなり接近していた。どらごが短時間であればもっと昇れるとか言ってたな。あるいは飛竜はどらごより航空性能が上なのか。

「ブレスが来るわよ。リリア、風壁を強化！」

「落ちろ！　落ちろー！」

シラーちゃんがそう叫びながら接近する飛竜に矢を放つ。三発目のメテオが発動。そしてすぐさま次の詠唱にかかる。すでに下界は火の海と化しているが、まだまだ無事な部隊は大量にいる。

「寄ってきたやつは撃ち落としました！」

「あと二発、あそことあそこをつぶしたい。移動を頼む」

広範囲にしたメテオでようやくカバー……いや、まだ結構残ってるな。半分も殲滅できていれば御の字ってところか。

「あと一発、あのへんがいいな。それが終わったら二つ目の集団へ向かってくれ」

そうしてメテオを放つこと計六発。本隊をもっと殲滅していくべきか？　だが最初の二つも少しは叩いておきたい。魔力はすでに残り少ない。効率のいい攻撃を考えないと。

「もっと高度を上げるのよ！」

「どらごはちょっと我慢して」

「加速するぞよ、マサル」

また飛竜が数頭迫ってきていた。この高度は安全じゃなかったのかよ。だがリリアやエリーのブーストを得て加速するどらごに、下から飛び上がってくる飛竜たちはあっという間に引き離される。

「多少の揺れで俺の詠唱は止まらん。そっちは任せた！」

エルフの霊薬も飲んでおくか？　今朝方飲んだばかりで効果は薄いが、いまは少しの回復でも喉から手が出るほど欲しい。

俺がメテオを放つたびにレベルがぽこぽこと上がり、レベルアップによる魔力量の上昇に伴い、時間あたりの回復量も微量ながら増えていく。

これなら一発か二発、余計にメテオを放てるか？

「俺の魔力が尽きるまで、ぎりぎりまで粘るぞ！」

いまここで、削れるだけ削る！　でないとヒラギスは……。

第4話　ヒラギス北方戦役　〜失われしモノ〜

「思ったより危なかったわね……」

「いや、ほんとにな」

どらごが高い高度では酸素不足になるので、ある程度は高度を下げざるを得なかったのだが、そこまで上がって迫ってくる魔物がいたのだ。油断してもう少し高度を下げると、飛竜はもちろん、ハーピーですら俺たちを攻撃できそうな範囲まで迫ってきていた。あのハーピーたちは上位種なんだろうな。

無理して高度を上げてどらごの限界を試すのはぶっつけ本番では怖すぎた。どらごが行動不能になっても、もちろんリリアの精霊や俺やエリーでも飛行状態を引き継げるのだが、大量の敵の真《ま》っ只中《ただなか》で試したいものではない。

ただ、速度に関してだけは、ブーストしてあらゆる魔物の追随を許さなかったのが朗報だろうか。

「東部砦《とりで》のほうもやりたかったけどどうだろうな」

「もう警戒されちゃうでしょうね」

今すぐ行ければまだ奇襲の効果は期待できるかもしれないが、さすがにもう魔力がない。俺はすでにメテオを何発も撃てるだけの魔力が回復しているが、エリーやリリアも行きがけの駄賃と、二〇万ほどいた前衛の部隊に魔法をブチかました。どらごの加速に使った魔力も少なくない。

それで高度をだいぶ下げたせいで最後のほうはめちゃくちゃ追いかけ回されたのだが、敵を大量に連れて北方砦に逃げ込んでもまずいだろうってんで、魔境の地形が険しいほうへと進路を取り、適当な深い森へと逃げ込んですばやく転移、今まさに北方砦に無事帰還したという顛末《てんまつ》である。

ちょっと話してようやく落ち着いてきた。

「ともかく敵は大混乱じゃな！」

「そうっすね！」

俺もレベルが大量に上がってほくほくである。これでようやく強化系を取り戻せる。そしたらビエルスに戻ってリュックスをボコるのだ。

「でもこの手はまだ使えそうじゃないか？」

危険は増すが、高空からの奇襲である。しかも夜間となればそうそう防ぎようがない。さすがに今回みたいに好き放題に何発も撃つのは厳しいだろうが、敵の迎撃も高い高度まで上がってしまえば一部の飛竜のみ警戒すればいいし、作戦失敗だったり帰還したりするときは、転移で瞬時に安全に行える。

「そうね。もし敵が諦めないようならもう一度やる価値はあるわね」

問題は俺たちの存在が唯一無二であり、敵陣深く入り込む攻撃で何かあれば取り返しがつかないってことだ。

ヒラギスでは敵陣への偵察自体ほとんどやってこなかったこともあって、今回は完全な奇襲となった。しかし今後はなんらかの対策を取られることが考えられるし、一度の反撃を受けただけで致命的な事態に陥ることも考慮に入れなければならない。

火魔法と召喚の加護持ちを増やせばいいのか。そいつらに攻撃を任せ……いや、それも結構ひどい案だな！　そもそも加護持ちも簡単に増やせないし、貴重な存在なことには変わりない。

「全員無事戻ったのね。よかった！」

そこにアンがやってきた。続いて師匠やエルフ王夫妻なんかもやってきた。

「それで攻撃の首尾はどうだったのだ？」

そう師匠が聞いてくる。

「大成功ですよ。とりあえず広間のほうに行きましょうか」

今いるのは拠点の転移ポイントである。最近は一〇〇人分の転移をすることもあって広めに取られているが、いつでも使えるように連絡員を残して完全に無人にしてあるし、家具も何もない、休むのには適さない部屋だ。

ゆっくりできる部屋で威力偵察の報告と反省会だな。


「最初から順を追って話すか」

最初に発見した敵陣は、砦から五、六キロメートルといったところだろうか。

「ここに二〇万ほどの敵が待機していた」

恐らく後方の本陣から部隊を送り込んで、出発前に休憩や編成を行う場所だったんじゃないだろうか。待機所だな。

「むろんそやつらは殲滅《せんめつ》したのでしょうな？」

「まあまあ父上。話はここからですよ」

「ところがそこは本陣じゃなかったんだ。偵察していくと、次に発見したのは一〇〇万から二〇〇万以上と見られる大部隊だった」

　数に関しては偵察が専門じゃないので正確ではないと言い添えておく。続けて同規模の部隊の発見。ここらでエルフ王の顔色がちょっと悪くなって、さらに平原に広く布陣していた一〇〇〇万超の本軍を発見と聞いて、さすがに動揺の色が見られた。

「し、しかし攻撃は大成功だったのだな？」

「ええ、父上。マサルのメテオを一〇発以上も撃ち込んで、敵陣は完全に火の海です」

　最初の二〇万も含めて、敵陣のすべてに攻撃を加えたから、今頃敵は大変なことになっているだろう。夏場の森林火災である。そう簡単には鎮火すまい。ただ一番数の多かった本軍のいた場所は草原がメインだったので、大きな火災は期待できそうもない。

「敵は諦めるでしょうかな？」

「どうでしょう。半数くらいは倒せたと思うんですが……」

　エルフ王の問いにそう答える。半数でも膨大な数だ。攻撃を続行しようと思えば戦力にまったく不足はない。

「あやつらがとことんやろうというのなら受けて立つまでじゃ！」

「そうだな。そのときは万全の魔力で、今度こそ完全に殲滅してやろう」

　二度と攻撃してくる気がなくなるくらい、徹底的にだ。

　そうして報告と反省会は恙無《つつがな》く終わったのだが、俺がお休みできるのはまだまだ先である。夜間にもかかわらず、敵の攻撃は続いていて到底楽な状況ではないし、敵の数を知ってしまえばなおさらである。

「ところで外向けの話はどうするの？」

「今の話をそのままして大丈夫だろ」

　エリーの問いにそう答える。敵の数とか殲滅具合を誤魔化すのもまずいだろうし、指揮官クラスにだけ情報を流すといっても北方砦にいるのはエルフとベテランと精鋭で構成された部隊である。強い箝口令《かんこうれい》でも出さないと情報漏えいは防げないだろうし、防ぐ意味もさほどない。

「敵情は正確に知っておいてもらおう」

「エルド将軍やリゴベルド将軍にもすぐに伝えておくわね」

「バルバロッサにも我らの多大な戦果、しかと伝えておくのじゃぞ！」

「よっし。じゃあ各自戻って引き続き防衛に当たってくれ。あと敵の動きはこれまで以上に注意して、何か変化があれば教えてくれ」

　窮鼠《きゅうそ》猫を噛《か》むという言葉もある。俺の攻撃に激怒して今以上に反撃してくるということも十分考えられるのだ。

　いや、窮鼠でもないな。敵の数はいまだ俺たちより圧倒的だ。

「敵の数はまだまだ多い。油断だけはしないようにな」

　そう俺が締めて、各々がそれぞれの役目を果たしに散っていく。俺はといえば、夜通し一時間ごとの支援。五回の北方砦への増援の転移。東部砦とバルバロッサ軍にも一回ずつ。

　そうして朝を迎えたわけだが、ティリカの軍の輸送作戦では俺はお留守番である。

「守護者様と聖女様はやってきた軍を出迎える役ね」

　そう言ってエリーやティリカたちは出立していった。北方砦に到着したところで俺の支援をかけてやればいいらしい。まあ俺のフクロウの召喚獣をつけてあるので、状況は常時見られてその点は心配はない。

もし何か不測の事態があったときのため、北方砦側でも部隊を編成しておいて、いざというときは出撃して合流する予定である。

「そういうわけで編成と指揮をお願いします」

そうヴォークト軍曹殿に依頼をする。少数精鋭の剣士隊とエルフオレンジ隊。それと俺とこっちに残ったパーティメンバーの予定である。

前衛は元気そうなのを二〇名ほど。出撃はエルフの風精霊のフライで行く予定なので、多くは運べない。まあ状況によりけりだが、前衛より魔法火力優先の編成で間違いないだろう。

「心得た」

そうして軍曹殿を護衛に加えての定例の北方砦一周の支援回りである。さすがにもう騒ぎ立てられることはないが、魔物から狙われる状況には変わりないから腕の立つ護衛は外せない。

ミリアムはずっと俺についているが、サティやウィルはティリカと一緒に行ったし、シラーちゃんはいまも城壁で踏ん張っているリリアの護衛に回した。

その分エルフの手《て》練《だ》れが多めについている。この護衛は新規で連れてきたメンバーだから、まだまだ元気いっぱいである。前衛が少なすぎるが俺自身も剣は使えるし、十分だろう。支援をかけるときは周りじゅう兵士かエルフなので、砦の中での俺への襲撃となると基本は空からである。弓か魔法で迎撃できるエルフが強く、精霊のガードもある。

そのときはそう思ったし、その判断が間違いだったとは思わない。

ヒラギスではあまり話す機会がなかったが、軍曹殿とはこの後しばらく一緒である。奥義の習得具合なんかで相談に乗ってほしいことがあったし、休憩中に久しぶりにゆっくり話せるだろう、そう思って拠点に戻るべく歩いていたところ、その女は道端にぽつんと佇《たたず》んでいた。

早朝である。力尽きた兵士がそのへんでごろごろと寝てたり休憩してたりするのは特に珍しくもない。建物はどこもぼろぼろだし夏だから道路のほうが涼しいしな。

ローブ姿だったが体形は明らかに女性だった。顔を隠して不審な感じだったから俺の前を歩く護衛のエルフが軽く警戒する動きを見せたが、その女は俺の姿を認めると被《かぶ》っているフードを外してみせた。エルフか。

「あの、守護者様にお話が……」

おずおずとした声とは逆に、その目はするどく力強い光を放っていた。きつい感じだが美人さんだな。

「ふむ、どうした？」

「守護者様はお忙しい。手短にな」

見ない顔のエルフだったが、増援として大量に送り込んできたのでそこは珍しくもない。護衛のエルフもそう思ったのだろう。

「はい。夜中の奇襲攻撃でメテオを何発も撃たれたとか」

かすかに漂ってくる甘い香り。香水をつけているのか？　それにエルフにしては胸があるな。

「うん、それが？」

その女は一歩、二歩。俺たちを通せんぼするように道の真ん中へと動いた。ピリッとする感覚。

なんだ？

「それは間違いなく、守護者様が？」

「そうだけど……」

　変なことを聞くエルフだ。そう思ったときはすでに手遅れだった。

「こ、こいつ!?　ダークエル……フ……」

　護衛の一人がそう言いながら前に出ようとして崩れ落ちた。

「そうかそうか。エルフの里で陸王亀《ランドキングタートル》を倒し何度もメテオを浴びせかけ、今また我が軍勢を好き勝手に蹂躙《じゅうりん》してくれたのは貴様だったか」

　それまでと打って変わって凄《すご》みのある声で言うダークエルフ。ダークエルフ!?

「しかもそれが勇者だったとはな。まさかエルフから勇者が出るとは驚きだよ」

　剣に手をやろうとするが、その手は痺《しび》れて動かず、それどころか足にも力が入らず、がくりと膝をつく。

「よく効くだろう？　なに、心配はいらない。これはただの痺れ薬だ。すぐに回復する」

　周りでも護衛がバタバタと倒れていく。

「こいつのいいところは魔法を阻害するところでな。そして精霊ですら完全に無力化するのだ」

　さっきの甘い香りか！　魔法も？　魔法、解毒魔法……ダメだ。魔力を集めようとしただけで体中を電気が走ったようにビリビリとなる。声すら痺れてまともに出せない。

「貴様のお陰でどれほどの配下が失われたことか。今ここで、その報いを受けるのだ」

　ダークエルフの狙いは間違いなく俺だ。それがわかってエルフたちから一斉に声にならない声があがる。

「貴様らは大事な勇者様が殺されるのを、そこで無様に横たわったまま見ているがいい。フハハハハハハ！」

そう言うや歩み寄り、俺の前に倒れるエルフを邪魔そうに蹴飛ばした。

「おや？　まだ立っているとはがんばるな。だがもはやまともに動けまい」

俺の横で一人立っていたのは軍曹殿だった。しかもその手にはしっかりと剣が握られていた。そうして俺を守るようにスッと足を前に運ぶ。

「痺れ毒をあまり吸わなかったか、それとも耐性があるのか？」

ダークエルフは落ち着いた動きで軍曹殿に迫り、その剣を振るう。キンッ。剣が弾《はじ》かれる。再び剣が振るわれるが、それも軍曹殿が最小限の剣の動きで防いだ。

「その剣技、剣聖の配下か？　厄介な。だが毒はかなり効いているな？」

ダークエルフの本気を出した剣は、ビエルスの基準で見ても手練れと言っていいものだった。みるみるうちに軍曹殿が斬り裂かれていく。なんとか耐えてはいる。が……

「時間がない。さっさと倒れろ！」

ダークエルフの一撃が、軍曹殿の革鎧《かわよろい》を深く貫き通す。明らかな致命傷。最後まで立っていた軍曹殿もついにその膝をついた。

その光景を目の当たりにしても俺にできることはなにもなかった。

体は動かない。膝立ちのまま、倒れないようにするので精一杯。魔法も使えない。助けも呼べない。

火矢の一発でも使えればこんなやつ！

だが……ほんとうに魔法は使えないのか？　魔力を集中しようとするたび、体を痺れが走る。しかし魔力はある。消えたわけではない。集中せずともそこにあるんだ。ならば使うことはできるはず。コントロールはまったく期待できないが——

「予想外に手間取った」

ダークエルフはそう言って新しく取り出した短剣を構えて俺の手の届く範囲に入った。

ここだ。

「も……（燃え上がれ!!）」

刹那《せつな》。大きな火柱が俺の目の前に噴き上がった。なんのコントロールもない、ただの火。だが俺の強力な魔力で生み出した強い炎だ！

「ぎゃあああああああ!?」

炎はダークエルフを包み込んだ。俺自身も鎧越しにその炎をまともに浴びた。無理をして魔力を放出した影響か、息が止まるほどの痺れ、痛みが体中を駆け巡る。ダークエルフがよろよろと後ろに後退した。

「き、貴様。きっさまあああああ！」

くそっ。倒しきれなかった。やはりただの火では火力がまったく足りない。

「なんだ、こっちで火が……人？　……エルフが倒れているぞ！」

火に誰かが気がついたのが、俺の聴覚探知にかすかに捉えられた。よし、これで助かる。

「……この短剣には即効性の猛毒が仕込んである。貴様はここで死ぬのだ」

そう言うや、素早い動きで俺へと迫る。

「!?　邪魔をするな、この死にぞこないが！」

その足に倒れていたはずの軍曹殿が組み付いていた。

「このっ、このっ！」

軍曹殿に猛毒の短剣が何度も何度も振り下ろされる。だが軍曹殿は組み付いたまま離れようとしない。

軍曹殿!?　もう一度だ。火よ！

だが痺れに耐えて生み出されたのは拳大くらいの情けないほど小さな炎。それもダークエルフにはまったく届かない位置。

それでもダークエルフがびくっとしてその攻撃の手が止まった。

「守護者様が倒れているぞ！　敵襲！　敵襲ー!!」

助けだ。即効性の猛毒でもまだ間に合う。俺の強力な治癒魔法と解毒があれば。

火よ！

今度はうまくいった！　最初の半分くらいであるが、攻撃力のありそうな炎が燃え上がる。

「チッ」

ダークエルフが俺の炎を避《よ》けようとした動きでとうとう軍曹殿が力尽き、その手が力なく地面に落ちる。だがようやく助けのほうもやってきた。

「毒か!?　風で吹き飛ばせ！　あの立ってる女が敵だ、撃て！　撃て！」

飛来する矢を避けたダークエルフは素早く崩れた建物の上に飛び乗った。

「この焼かれた顔の礼、必ずするぞ」

そう言うや姿を消した。

「追え、逃がすな！」

後方でバタバタと足音が入り乱れる。そして一陣の風が吹き通った。甘い匂いが消える。

麻痺《まひ》は……くそっ。すぐに回復するっていつだ!?　目の前で大量の血を流す軍曹殿は、もはやぴくりとも動かない。

「血を流してる者がいるぞ、治癒術師を呼べ！」

体の痺れはいまだ取れない。思うように魔力が集中できない。治癒術師はまだか。治療拠点はここからそう遠くは……

「マサル!?」

マサルじゃない、守護者と呼ぶはずだろう……だがアンだ。助かった。

「ヴォークト殿!?」

「お、俺はだ、だいじょう、ぶ……」

ようやく出たか細い声でアンに訴える。

「ど、毒も……」

「わかった、解毒もね」

そう言ってすぐに詠唱を始めていたヒールを軍曹殿に向けて発動させた。

その余波か、範囲効果にしていたのか、俺の顔のやけどの痛みも軽くなる。そして続けて解毒魔法の詠唱を始めた。

「キュア・ポイズン！」

ようやく痺れが取れた。さすが聖女様の治癒魔法だ。

「軍曹殿、しっかりしてください！」

立つ間も惜しいと軍曹殿のもとに這《は》って近寄る。アンの解毒は成功したはずだ。エクストラヒール詠唱開始――

「マサル」

うるさい。集中が乱れる。発動！

変化はない。足りなかったか。くそ、焼けて変形したヘルムが視界の邪魔だ。ヘルムを脱いで投げ捨てる。今度は奇跡の光《ライト・オブ・ミラクル》――

「マサル……もうダメよ」

「そんなことがあるものか！」

「死んだ者は生き返らない。マサルでもどうしようもないのよ……」

奇跡の光《ライト・オブ・ミラクル》、発動！

だが、軍曹殿はぴくりともせず、その目が開かれることもない。呆然《ぼうぜん》とアンを見る。

アンは首を振って跪《ひざまず》くと、軍曹殿の倒れたまま横たわっていた体を、血にまみれるのにも構わずまっすぐにさせ、丁寧に整えた。

「ヴォークト殿は勇敢に戦ったのね？」

「あ、ああ。俺を守って」

「神の戦士、ヴォークト殿に最後の祝福を。そして迷いなく神のもとに召され、安息が得られますように」
そう言って祈りを捧《ささ》げるアンを、俺はただただ見ていることしかできなかった。

第5話　ヒラギス北方戦役　～そのひとかけらの命の価値は～

死んだ者は生き返らない、とアンは言った。だが本当にそうか？

ダークエルフも魔法が使えないと嘯《うそぶ》いて、俺の炎をまともに食らっていた。

心臓が止まった者の蘇生限界は二〇分、それとも三〇分か？　しかし単純な心停止とはとてもいえない。何度も剣を叩《たた》きつけられ、お腹を深々と突き刺された。そこに即効性の猛毒。回復魔法があるとはいえ、心臓マッサージ程度で復活するとは到底思えない。

「マサル……？」

黙り込み動きを止めた俺に、心配そうにアンが声をかける。

「大丈夫だ。俺は大丈夫」

軍曹殿の側《そば》に跪《ひざまず》いたままアンにそう答える。死者などヒラギスでは日常だった。オークに叩きつぶされた無残な死体を目にしたこともある。この程度。落ち着いて考えろ。可能性はある。

禁呪。あらゆる病や欠損すら治したという禁じられた治癒術。術者の生命力を削り、やがて死へと至らしめるというが、一人くらいなら。

でもどうやるんだ？　ダメだって言われたくらいで諦めないで、こっそり練習くらいしておくんだった。

軍曹殿が倒れてから何分経《た》った？　時間がない。

「神よ、伊藤神《いとうしん》よ。もし今、俺のことをご覧になっているなら聞いてほしい」

ここは困ったときの神頼み。

「マサル？」

アンが不思議そうに俺に声をかけた。

「代償に差し出すは俺の命、そのひとかけら。俺はこの人をどうしても失いたくない」

「ダメ、ダメよ。それはダメ！」

アンの悲鳴にも近い制止を無視して魔力を高めていく。

「神よ。今こそここに真の信仰を捧《ささ》げる。捧げると誓う」

光が周囲に集まってくる。俺と、倒れた軍曹殿の周りに集まった者たちが息を呑《の》むのがわかった。

正直、伊藤神のことは仕事上の上司程度にしか思ってこなかった。もしこの魔法を成功させてくれるなら……いや、成否にかかわらず、今後俺は神を心から信じよう。だから。

「これは貴方《あなた》の忠実なる使徒の最初の願い。神よ、神よ。もしこれを聞いているならどうか俺の願いを聞き届けてほしい。俺には貴方の助力が必要だ」

これまでもお願いは何度もしたような気がするし、いつだって加護に頼ってばかりいたかもしれない。

「お願いよ……それは……」

アンがささやくように小さな声で懇願した。だが、もはや魔法は発動待機状態となっている。

すまない、アンジェラ。

「奇跡の光《ライト・オブ・ミラクル》」

回復魔法が発動した確かな手応えがあった。俺から膨大な魔力と何かが抜け、土気色だった軍曹

殿の顔がみるみると生気を取り戻していく。

軍曹殿の胸で組まれていた手がぴくりと動き、すぅーと息を吸うと、いきなり咳《せ》き込みだした。

「軍曹殿、しっかり！　大丈夫ですか!?」

成功した。成功したぞ！

「う、マ……マサルか。無事、切り抜けたのだな……」

「ええ、ええ。軍曹殿のお陰です」

当然のようにあたりはいま目の当たりにした光景のことで騒がしい。完全に死んでいて、しかも聖女様が死者へ捧げる祈りをしていたのだ。

「し、死者が蘇生した!?」

「神が応えた……神の奇跡」

「なんと偉大な力か……」

「どういうことだ？　あれってどう見てもエルフじゃないぞ」

人払いをしておくべきだったか。だが騒ぎを聞きつけて相当な数の兵士たちも集まってきていたし、一刻を争う状況だった。勇者だなんだと言われてるのだ。今さらか……今さらか？

「俺は……致命傷……猛毒の短剣も食らったはずだが……」

「治癒魔法がぎりぎりのところで間に合ったようで」

「ええ。治癒魔法が間に合ったようですね」

俺の適当な誤魔化しにアンも乗っかってきた。

「皆もいいですね？　聖女の名において、この場では変わったことは何もなかった。通常の治療行為が行われただけ」

そうアンが強く言い切る。

「はっ、聖女様。ここではいつもの、通常の治療が行われただけ。それ以外我らは何も見ませんでした。そうだな？　皆も」

常に聖女に付き従っている騎士団長がそうドスを利かせた声で言って、周囲を睥睨《へいげい》する。

「もちろんです。我々は何も見なかった」

エルフたちも口々に同様のことを言って頷《うなず》き合い、あたりの兵士たちにも睨《にら》みを利かせる。そのやり取りに軍曹殿が怪訝《けげん》な顔を見せる。

ヘルム……邪魔だったから取っちゃってるよ。この格好で顔出ししてしまったら、誤魔化しはもう無理だろうなあ。まあ元々守護者の中の人が誰なのかは、知ってる人は知っていたわけで、バレるのは時間の問題だと思ってはいたのだ。

あー、でもなあ。守護者の正体とか、信仰心とか、命のひとかけらとか、大事な何かを一斉になくした気がする。

「立てそうですか？　どこか具合の悪いところはないですか？　かなり血を流したんで当分動かないほうがいいですよ。歩くのが無理なら俺が運びましょうか？」

「ふむ」

そう言って体の傷の具合を確かめ、軍曹殿はゆっくりと立ち上がった。

「不思議だ。かつてないほど具合がいい。運んでもらう必要はなさそうだ」

そう言ってもう一度、血の海と言っていいほど血溜《ちだ》まりができている足元を、怪訝そうな表情で見る。すぐにわかるような後遺症はないようだ。あらゆる余計なことを一切すっ飛ばして治療にかかったのは正解だったな。

「それはよかった」

欠損も治すんだっけ。だから血も補充されたのかな。なくしたものは色々だが……後悔はない。

ふと俺たちの血まみれの姿にようやく思い至って浄化をかけておく。

「膝……膝の痛みがない？」

軍曹殿は俺がかけた浄化にも気もそぞろで、しきりにぐっぐっと膝を伸ばしたり曲げたりしている。

「かなり強い治癒術を俺と聖女様でかけたんで、そのせいかもしれませんね？」

ずっと昔に故障した膝程度、当然治るんだろうな。まあ死者が蘇生したことに比べると軽い軽い。

いや、それよりも俺のほうの具合がなんだか……これが、禁呪の代償か？

急にフラフラとなった俺は、アンと軍曹殿に両脇を抱えられ北方砦の拠点へと戻ることとなった。

顔出しはまずいんじゃね？　という声に顔を誰かのローブで隠した状態で。

犯罪者かい！

「魔力酔いだわ、これ」

拠点の居間の椅子に深く腰掛け、落ちついた状態で自分の状態を確認してそう言った。

ただの魔力酔い。元々過労ペースだとは感じていたのだ。ここまでよくもったほうだろう。禁呪を使ったのは、最後のひと押しになった程度のはず。一回使うごとにこんなに具合が悪くなってたら、最初に禁呪を開発した人も、そうぽんぽん使わなかったろう。

「すまんが魔力酔いになったから支援魔法は打ち切るって、砦《とりで》に知らせて回ってくれないか？」

護衛のエルフにそう指示を出す。死んでいた軍曹殿がぴんぴんしてて、俺が寝込むとか、どういう状況だこれ。

「軍曹殿も念のために体調を見がてら、俺の護衛を続行してください」

「わかった」

軍曹殿にも事情を話しておいたほうがいいだろうな。禁呪の使用に関しては神殿がどう動くか判断できない。バレなければそれが一番いいのだが……

「マサル、襲撃されて危なかったんだって？」

そこに師匠がのんびりとした調子でやってきた。寝坊だよ、師匠。護衛失格だわ。しかし前日無茶をしたのもあって、休ませていたのは俺たちである。ホーネットさんが休ませるよう強く主張したこともあるが、いくら馬鹿みたいに強いっていっても一〇〇歳の老人に無理はさせられない。

朝まではきっちり護衛はついていたし、そこから軍曹殿に交代。結果として軍曹殿は俺を守りきり、護衛の任をきっちりと果たした。

確かに師匠がいれば結果は違ったかもしれない。師匠は異様に戦闘勘がすぐれているところがあるから、もしかすると麻痺《まひ》毒を撒《ま》かれる前にどうにか対処できたかもしれない。だがそれはどこまでも結果論だ。

「危なかったなんてもんじゃなかったですよ。もうダメかと思いましたね」

修行が……、そう師匠が言いかけたのを遮る。いくら剣の修行をしてもあんな襲撃はちょっと防げないんじゃないだろうか。

「毒です。無色透明の麻痺毒を撒かれたみたいで。みんなで仲良く倒れましてね？」

そのときの状況を掻《か》い摘《つま》んで説明する。麻痺毒を使ったうえで猛毒の短剣で殺しにかかるなんて迂遠《うえん》な方法を取ったのは、精霊がいるからだろうか。危険を察知した時点で精霊のガードは自動で発動する。術者が判断することもあるし、精霊も自己の判断で術者を守ろうとする。単純な毒だとあのように一網打尽にするのは無理だろうし、術者を毒で倒したところで精霊が即座に無力化するわけでもない。

「ほう。それでよく助かったものだ」

「軍曹殿が身を挺《てい》して盾になってくれまして。でなかったらあれは死んでたでしょうね。ほんと、ありがとうございます」

そう言って軍曹殿に頭を下げる。あと神様、禁呪を成功させてくれてありがとう！

でも感覚は覚えたから次は自力でいけそうな気がする。

「よくぞマサルを守ってくれた。礼を言うぞ、ヴォークトよ」

「はっ。しかしこやつを失うくらいなら、この身を投げ出す程度、安いものでしょう」

決して安いとは思わないが、俺のためにありがたい話である。やはり頼りになるのは軍曹殿だ。あとで軍曹殿も拝んでおこう。

「それで軍曹殿には話しておかないといけないことがあるんですが……」

改めて聞かれてまずい人間がいないか確認するが、もとより拠点内は関係者以外立ち入り禁止だ。アンも大丈夫だという風に頷いた。

「これは絶対に他言無用の話です」

禁呪はかなりの数の人に目撃された気がするが、詠唱の文句はともかく、魔法自体は普通の回復魔法、奇跡の光《ライト・オブ・ミラクル》を使っただけ。聖女様が死んだと勘違いしていただけで軍曹殿にはまだ虫の息があった。そういうことで対外的には押し通すことはできないだろうか？

アンがはぁーと小さなため息をついた。ほんと、ごめんて。

「軍曹殿はほぼ死んでました」

「そ、そうなのか……？」

さすがの軍曹殿にも動揺の色が見えた。

「もう一度言います。これは絶対に他言無用の話です。いいですね？」

そう言って言葉を切り、念のために周りを見回す。

「回復魔法には禁じられた呪文、神殿により禁じられ、言及すら許されない禁呪があります」

静寂の中、ごくりと誰かが息を呑む音がした。

「名前は知りません。ただ禁呪と。こいつはあらゆる病、欠損をも治す、究極の治癒魔法です。ただし代償に術者の生命を削ります。この魔法を開発した術者は禁呪を使い続けて、一年も経たずに死んだそうです」

しかし一年もったのだ。三日に一回使ったくらいだろうか？　一年で一〇〇回。一回で寿命が一年分ってところか？

「もしあらゆる病や怪我を治せる術者がいたら？　そんなことが知れ渡ったとしたら、たとえそれが術者の生命を代償としていたとしても、治療の依頼はやまないでしょうね」

アンはそう言って俺をじっと見る。非難もしたい、だが軍曹殿に禁呪を使用した俺の気持ちもわかるんだろう。口に出して非難はしなかった。あとで謝り倒さないとなあ。

「それにそういう呪文が存在するとわかっただけで、誰かが習得を強制して使わせるかもしれない。だから禁呪。名前もつけられず、言及すら禁じられている」

しかしたった一人の蘇生例だけで禁呪になったとは考えづらい。当然神殿も一度は試したのだ。その結果、禁呪になった。

「死者の蘇生すら可能なのか……」

軍曹殿が呟《つぶや》く。

「いえ、それは恐らく無理でしょう。軍曹殿の状態は正確には心臓が停止しただけで、言ってみれば水中で窒息して気絶したような状態になっていたんです」

状態はもっと悪かったですが、そう付け加える。酸欠とか脳死って言っても異世界では通じないよな？

「その状態でもまだかろうじて生きているとは言えます。恐らく三〇分。それくらいまでに引っ張り上げて水を吐き出させてやれば、なんとか死なずに済むんです」

人間の体で一番の急所は、心臓と脳だ。どっちが止まっても死ぬが脳のほうが脆《もろ》いし、心臓は現代世界では代用が利くが、脳を取り替えるわけにはいかない。だから厳密な死は脳死が基準となる。

しかしなんで心停止の段階で治癒魔法の効果が出なくなるんだろうか。心臓と魔力になんらかの関連がある？　心臓が止まれば魔力の循環が止まり、治癒魔法が働かなくなる？

あるいは魂のようなものが存在するのだろうか。

魂が抜けたり活動を停止したり、あるいは心臓が止まって体内の魔力が枯渇する。その状態では治癒魔法は発動されない。それを術者の魂の一部なり魔力なりで補完して治癒魔法を発動させる？　欠損に関しても同様だ。欠損部には魂も魔力も存在しない。それは術者の何かで補う必要がある。

　理屈としてはこんな感じだろうか。色々と穴がありそうだが検証するのは……

「だから他言無用はもちろん、マサルに治療を依頼するようなことは断じて許されないし、マサルも。もう二度と使ってはダメよ？」

　アンの強い口調に頷いておく。検証はアンが許しそうにもない。俺の命を削るのだ。無論のこと二度とは使いたくない。使いたくはないが、万一のことはある。あくまでも万一のときの保険として、みんなにも話しておいたほうがいいかもしれない。

　理論的には頭さえ無事なら、死後三〇分以内であれば復活は叶《かな》うはずだ。もし家族になにかあれば……俺はきっとまた使ってしまう。

「よし。この話はここまでだ。このことはここで話を聞いた者同士でも話し合うことすら禁ずる」

「たとえ誰に聞かれても知らぬ存ぜぬを通すこと。相手が神殿であってもよ。ヴォークト殿は虫の息で、ぎりぎり治癒魔法が間に合った。それだけの話です」

　目撃者は多かったが、周りは護衛で固めていたし間近で見られたわけではない。ある程度は誤魔化せるはずだ。

「マサルは……」

　わかってる。みなまで言うな。数日はちゃんと休む。もうかなり気分が悪くなってきてる。支援だけじゃなく転移の需要もあるし、休んでる場合じゃないのだが……

「ティリカのほうは順調なようだ。まあなんとかなるだろう」

夜が明けると同時に町の周囲を掃討し、進軍を開始している。到着までもたせれば、俺の不在は問題ではなくなる。

北方砦のほうの敵の数は減っているが、いまはまだ早朝。夜間は元々攻撃の手は緩むから、昨日の攻撃の影響かどうか、いまいち判別はつかない。砦に一番近い二〇万の部隊も叩いておいたから、魔物側が攻撃続行をするとしても確実に影響はあるはずなのだが。

だが休むにせよどうするか。北方砦でも拠点は作ったが、簡易も簡易。倉庫とそう変わらないくらいの殺風景さだ。家具くらいはすぐ用意できるが、個室を作るには部屋が不足しているし、俺は魔力酔い。大人しくそのへんで雑魚寝《ざこね》しておくか。野営に比べれば屋根もあるし、エルフの精霊使いがいれば空調は万全。部屋は快適な温度に保たれる。

「ところでヴォークトよ、ずいぶんと膝を気にしているようだが？」

「治ったのかもしれません」

「余裕で治ってますよ」

「ほほう。ならば少し手合わせしてみるか？」

「今はマサルの護衛が優先です、お師匠様。またいずれ」

あんな暗殺者がいるのだ。拠点の中でも安心はできない。しかし軍曹殿の実力って……他のイベントがどデカすぎて、膝が治ってよかったね、くらいに軽く考えていたが、膝を壊した状態ですら俺より強かったのだ。なら万全の状態なら？

「少し外に出ましょうか」

「ほれ、護衛対象もこう言っておるぞ」

剣聖の後継者。その可能性は十分にある。俺はもちろん剣聖なんて御免だし、そもそも実力が不足しすぎている。サティは強いが、それでもまだホーネットさんやブルーブルーには及ばない。

だがもし復活した軍曹殿がブルーブルーやホーネットさんを上回る実力を見せたら？

見たい。いまはそんな場合じゃないのはわかってるが、めっちゃ見たい。

「仕方ありませんな……」

そう言いつつ軍曹殿も腕を試してみたくてうずうずしていたのだろう。喜びの表情が隠しきれていない。

砦に廃墟《はいきょ》や空き地はいくらでもあって、拠点のすぐ側の空き地で二人は相対した。むろん真剣である。

「懐かしいですな」

「そうだな。最後に剣を交えてから何年経ったか」

そこはただの空き地で石やゴミが乱雑に転がっており、足元がいいとはとても言い難い状態だった。だが二人とも足元の確認もせずに、軍曹殿は正眼、師匠は剣を持ってるだけの構えともいえない立ち姿。

さっさとしろとでも言うように師匠がくいっと顎《あご》を動かした。それを合図に軍曹殿が軽く踏み込む。

何合か打ち込み合う。ただのウォーミングアップだな。そう思った次の瞬間、師匠が動いた。これまでより数段鋭い連撃に軍曹殿は防戦一方となったが、最後に反撃を放ち、師匠が距離を取った。

「少なくとも鈍《なま》ってはおらんようだな」

「実のところ、ここしばらくは暇があれば修練していたのですよ。お前らのせいでな」

そう言って俺の方を見る。

「ありえないほどの速度で強くなるお前たちに、無様なところは見せられん」

「結構結構、では……」

師匠が初めて構えらしい構えを見せた。来る！

だがタイミング悪く邪魔が入った。またホーネットさんの目を盗んで出てきてたのか。

「お師匠様ー。また勝手に抜け出してー」

「ちょうどいい、ホーネット。こいつの相手をしろ」

師匠、まだ体がつらいのかな。そんなそぶりはまったくなかったが。

「ヴォークト殿……ですか」

「うむ。ヴォークトを倒せれば、当分大人しくお前の言うことを聞いてやろう」

「ほんとですか！　約束ですよー」

本気だ。師匠は本気でやらせるつもりだ。相変わらずスパルタだ。だが……

合図もなしに襲いかかるホーネットさんの容赦ない斬り込みを軍曹殿は受け流し、反撃している。

押されているのはホーネットさんだった。

手を止めたホーネットさんがすぅっと目を細める。

「なるほどー。話には聞いていましたがー、これほどとは」

ですがー、と俺の見たことのない構えを見せ、動いた——そして交錯したと思ったら軍曹殿がホーネットさんに剣を突きつけていた。

「その技は知っている」

なんだ、今の動き。サティがいれば一緒に検証……いや、軍曹殿に聞けばいいのか。

「負けた……この私が、負けた？」

それよりこっちだ。ホーネットさんが負けた。それもまったくいいところも見せずに。

「ヴォークト、ビエルスに戻ってこい」

「いやしかし……」

「この期に及んでギルドの教官もあるまい？」

まったくその通りだな。

「指導がしたいならビエルスのほうが、活きのいいのがたくさんいますよ、軍曹殿」

それでも軍曹殿は考え込んでいる様子だ。長くいた冒険者ギルドに愛着があるのだろうか。

「これはきっと運命なんですよ」

運命などと言ったが、リリアではないが俺には神の導きがあったのだ。

「俺が最初に入った町の冒険者ギルドに、剣聖の弟子が教官としていた。それは俺のために用意された運命だと思っていたんですが……軍曹殿にとってもそうだったのかもしれません」

俺に出会い、そして怪我を治す。再び剣の頂《いただき》を目指す。

「一度は死んだんです。残りの人生、自由に、思うとおりに生きてみてはどうですか？」

俺の言葉で腹を決めたようだった。その目に力が宿る。

「我が剣を継げ、ヴォークトよ。貴様にはその資格がある」

俺では軍曹殿の実力は測れないが、師匠が言うのならそういうことなのだろう。

「私が剣聖などおこがましいですが……修行のやり直しも悪くないかもしれませんな」

禁呪で差し出した俺のちょっとした命も、このためだったとあれば価値のある代償だったというものではないだろうか。

長きにわたり剣聖の探し求めていた後継者が、いま定まった。

俺はいま、めっちゃ動揺している。

「ええ、うっそ。マジ？」

アンにはまず、禁呪を行ったときについ俺の名前を呼んじゃったことを謝られたその後である。

名前はまあいい。俺もヘルムを投げ捨てちゃって、素顔を晒《さら》してたし。

「マジ？　ええと、確かに一ヵ月後だったはずよ」

禁呪の術者の死んだ時期、一年後だと勘違いしてた。

「私はてっきりヴォークト殿が気に病まないように多く言ったのかと思って黙ってたんだけど……」

術者が禁呪を始めてから死ぬまでの期間は一年で、代償になるのは多めに見積もっても一回で寿命一年分程度かと思っていた。それが一ヵ月だとすると、代償は三年、あるいは五年？　使用頻度が三日に一回程度だとすると、一〇年分ということもありうる。

「一ヵ月……一ヵ月かあ……」

俺の寿命が一〇年分。

「もう二度と、絶対に、使わない」

絞り出すように、心底からそう言う。

「そ、そうね。それがいいわよ」

「ちょっと……しばらく誰も通さないでくれる？」

動揺しすぎてきっとひどい顔になっている。それだけ言ってアイテムボックスから引っ張り出して設置してあったベッドに潜り込む。

ありがたいことにエルフたちが俺のために小さな個室を用意してくれたのだ。そこで自爆の炎で焼け焦げた鎧《よろい》も脱ぎ、久しぶりの楽な服装である。予備の鎧はあるから装備しておいたほうがいいのだが、いまはまったくそんな気になれないし、体調もよろしくない。サティ、戻ってこないかな。サティに甲斐甲斐《かいがい》しくお世話されたい。

アンのお世話も全然悪くないんだが、扉のすぐ外に護衛がいる状況では、アンに濃密なお世話は期待できない。ミリアムもいるんだが、ミリアムではべたべたに甘やかしてはもらえないし、また護衛として役に立たなかったので、いまのテンションは最低である。ずっと一言も喋《しゃべ》らず、ちょっと思いつめた感じで影のように俺に付き従っている。いまは俺もミリアムを励ましたいような気分じゃないしな……

「そういえばリリアたちはどうしてるんだ？」

俺を心配して真っ先に飛んできそうなものだが。

「ダークエルフが出たでしょう？　エルフ総動員で砦《とりで》じゅうを調べて回ってるのよ」

あのダークエルフの侵入方法や足取りを調べるため、聞き込みなどをしているようだ。

そうか。みんなやるべきことをやっているんだな。

「アンも忙しいだろ？　ミリアムもいるし俺はここで大人しくしてるから仕事に戻っていいよ」

もちろん部屋の外には師匠を含めて護衛ががっちりと守りを固めている。

「そう？　ほんとに大丈夫？」

「大丈夫。俺は大丈夫だ」

俺の一〇年。一〇年あったら何ができただろうな。

「ティリカのほうは……順調だな」

（どうしたの？　何かあった？　そう？　暇なの？）

そうだよ。退屈だ。そう召喚獣のフクロウで鳴くと、ティリカがなでなでしてくれたので目を細める。

「ああ、緊急時の部隊はそのまま軍曹殿に率いてもらってくれ。いまは師匠も俺の護衛についてるしな」

万一ティリカのほうで魔物との衝突が起こるなら、砦からも部隊を出す手筈《てはず》になっているのだ。

「わかった、伝えておくね。じゃあミリアム、あとをよろしくね？」

「はい、アンジェラ様」

アンも去り、急にすることが何もなくなった。

……しょうがない。暇だからミリアムのフォローをしておくか。

「よし。装備を脱げ」

唐突にそう命令する。

「え、でも」

「いいから。何かあっても装備をつけ直す時間くらいある」

装備を外した薄着のミリアムをベッドに引っ張り込む。夏である。装備を剥《は》ぎ取れば、俺もミリアムもほぼ下着だ。

ミリアムも抱き心地がいいんだよな。胸もしっかり大きくて、顔を埋《うず》めるととても幸せな気持ちになれる。

いや、こうじゃないな。俺が慰められるんじゃなくて、ミリアムを慰めるんだった。

「どうした、元気ないぞ？」

俺の言葉にミリアムはぴくりと体を震わせた。元気のない理由は言わずともわかるのだが、まずは一応聞いておこうか。

「ごめんなさい。私、いつも全然うまくできなくて。マサル様のお役に立てなくて、ごめんなさい」

胸に顔を埋める俺をそれでもしっかりと抱きしめながら言った。嗚咽《おえつ》も漏れだした。これは重症だな。

「いいんだ。そんなにいつもいつもうまくいくわけがないんだから」

さっきの襲撃でまともに動けたのは軍曹殿だけだったよと付け加えるが、あまり慰めにはならなかったようだ。余計に泣きだした。

思えばミリアムも可哀想《かわいそう》なやつなのだ。祖国を蹂躙《じゅうりん》され、居留地では餓死しそうになり、自分を奴隷商に売る寸前まで思いつめ、やっとお金持ちに引き取られたと思ったら否応《いやおう》なしに剣の訓練をさせられ、護衛というまったく向かない職につけられ、護衛対象の主人は常に戦争の最前線で、自分も何度も最前線に立たされる。

しかもまったくのド素人からの、訓練期間はわずか二ヵ月である。そこから激戦のヒラギスに一ヵ月以上。

こうして見るとブラックもブラックの働かされ方。そのストレスは相当なものだろう。ミリアムは加入したタイミングが非常に悪かった。

「ミリアムはちゃんと役に立ってるよ」

たまにミスもするが、剣も弓も一級品。うち以外ならどこへ行っても即、エースオブエースになれるだけの実力は備えているのだ。師匠はあの剣聖だし、もし存在が明るみに出ればスカウトはひっきりなしだろう。

俺が異世界に来てそのくらいの時期、何してたっけ。エリーとドラゴンを倒してサティを買って、ハーピーにやられそうになって。ゴルバス砦で二ヵ月目くらいか。そのときの俺と比べたらミリアムのほうが絶対に強いな。だが戦闘力は加護で上がっても、メンタルばかりは時間をかけてなんとかしていくしかない。

「生きていくってのはつらいよな」

軍曹殿を救うためとはいえ、一〇年分の寿命を消費したばかりである。その言葉にはとても実感が篭《こ》もっていたことだろう。

「はい」

「でもいいことも楽しいこともいっぱいあっただろう？」

「はい」

「俺もな。こっちへきて結構つらい目に遭ってな」

まあミリアムほど過酷じゃないが。

「どこか魔物のいない安全な場所で、農地でも作って暮らそうって考えたことがある」

考えたというか、エリーやアンに実際そういう話をしてたな。そのときは即座に却下されたけど。

「ミリアムもな。ほんとうにつらいなら、逃げてもいいんだぞ。俺の側《そば》にいればたぶんずっとこんな感じだろうし」

ビエルスでもいいし、ヒラギスに戻ってもいい。それか村でまた俺のメイドをやってもいい。ミリアムの今の力なら、どこでだって立派にやっていける。そんなことをヒックヒックと泣いているミリアムにつらつらと話す。

「す、捨てないで……見捨てないでください……もっと、もっとがんばりますから」

だがミリアムはそう言って俺をぎゅうっと強く抱きしめた。

「うんうん。見捨てたりはしないよ。ミリアムが望むならずっと俺の側にいるといい」

「はい、ずっとお側に……」

「よしよし。ずっとだな。ずっとだ」

今日を乗り切れば軍が北方砦を押さえてくれて、かなり楽になるはず。

「だからもうちょっとだけがんばろうな」

「はい」

もし魔物が諦めなければ、俺の回復を待ってもう一度、今度こそ徹底的にやるしかない。

「聞いてるかもしれないけど、俺たちは本当はエリーの実家に行って、そのまま帝国の首都とかに遊びに行くつもりだったんだ。ヒラギスに片がついたら、ミリアムも一緒に旅をして、遊んだりのんびりしたりしような」

のんびりできるかね……いや、するのだ。強い意志で。邪魔は入れさせない。ハネムーンの続きをするのだ。

「はい、楽しみです」

ミリアムの声がやっと少しは明るいものになった。俺もミリアムを慰めてたら気分が落ち着いてきた。そして格好が格好だしムラムラしてきた。

体勢を変えてミリアムを組み敷く。昨日、バルバロッサ将軍のところへ支援に行った帰り、ミリアムがヒラギスを支援してくれたお礼をしたいって言っていたのを思い出した。

「あの……マサル様は体調が……」

「大丈夫大丈夫。ちょっとだけ、ちょっとだけだから」

泣き腫《は》らした顔もかわいいな。まあ激しい運動じゃなければ体調が悪化するとかはないだろう。

「でもほんとうにいいのかなー？　俺といるといつでもこんなことをされちゃうんだぞー？」

「あ。だ、大丈夫、です」

涙が塩辛い。だが俺が色々言ったりちょっかいを出したせいで、すっかり止まってしまったようだ。残念。そういえばしばらく誰も通さないよう頼んであったな。ちょっとだけとかの必要はない。

ここはじっくりとねっとりと――

――事後のゴミを始末し、軽く浄化……はダメか。魔力酔いだった。アイテムボックスに水が少し入ってた。タオルを出して軽く拭くだけにしておく。ベッドも仕舞っておこう。これで痕跡はほぼなくなったはずだ。

やることをやって冷静になった。

「こうしてグダグダしてても仕方がないな。きちっとしておこう。きちっと」

いつまでも余韻に浸っている場合でもないと、気合を入れて起き上がる。

「はい、マサル様」

ミリアムもすっかり元気を取り戻したようだ。よかったよかった。ミリアムに手伝ってもらって下着も全部替えて新品の鎧を着込む。


「若いのう」

部屋を出たところで師匠にそうからかわれる。

「健全な証拠ですよ」

人間の三大欲求なのだ。ミリアムは顔を赤くしたが、何を恥ずかしがることがあるものか。まあ必要以上に周囲にバレないに越したことはないけどな！

ティリカのほうは変わらず順調か。召喚獣のほうは、あまり気にしないようにしてたけど、魔力酔いの悪影響はどの程度だろうな。レベル1召喚なんで魔力消費自体ごく微量だし、それで具合が悪くなってる感じはない。距離があるとティリカのほうで維持の魔力消費の負担をしてくれるシステムがあるから、それで助かってるのかもしれない。どっちにしろ、消すって選択肢はなるべく取りたくないから、現状維持だ。

もう一つ考えられるのは、今の状態の悪さが魔力酔いなどではなくて、禁呪の代償だという可能性。これは考えてもわからんな。検証するわけにもいかないし、神殿が禁呪の資料でも隠し持ってたりしないだろうか？　まあこれもすぐに確認するのは無理だし、そもそも正面から見せてくれと言うわけにはいかない問題である。

「軍の移動は順調だ。ダークエルフの調査はどうなってるんだ？」

護衛を引き連れ居間へと移動し、誰へともなく尋ねる。するとリリアが来ているらしくすぐに呼んできてくれた。

「すまぬ。我らエルフが雁首《がんくび》を揃《そろ》えながらダークエルフの侵入を許し、あまつさえマサルに手をかけられそうになるなど言語道断。マサルには顔向けができん」

開口一番、リリアはそう言って深々と頭を下げてきた。

「謝罪は後でたっぷり承《うけたまわ》ろう。調査してたんだろ？　どんな感じなんだ？」

まあそもそもリリアやエルフに落ち度があるわけでもなし。

「うむ。まず使われた麻痺《まひ》毒じゃが、該当するものがあった。魔法使いを無力化するために使われる麻痺薬の一種だそうじゃ」

効果はあるが持続時間が短すぎるのと、体も一緒に痺《しび》れてしまうのであまり使われていないそうだ。

「独特の甘い匂いがするのでな。覚えておいて素早く息を止めて風で吹き散らかせば、恐らくそう脅威ではないはずじゃ」

効果のほどは不明だがそんな単純な対策でいいのなら、周知しておけば少なくとも今回のような、全滅する事態は防げるだろう。

「件《くだん》のダークエルフであるが、侵入経路はいまだ判明しておらぬが、普通に兵士たちに色々聞いて回っておったそうじゃ」

侵入経路は砦のどこからでもあり得るだろう。時間的に夜間だったろうし、どこの時間帯でもそこかしこで散発的に戦闘はあったのだ。

「普通に？」

「普通に、堂々とじゃ」

ううむ。外からのスパイの侵入なんてまったく想定してないしなあ。

「人相書きを作ったのじゃが知っておる者がおった。名前はアデラルード。少なくとも三〇〇歳以上。我らを何人も倒してくれた、ダークエルフの幹部と目される者じゃ」

「剣の腕はかなりのものだったな」

「だから厄介での。魔法も使う。剣の腕も立つ。そのうえ毒物を好んで使う。一対一ではまず返り討ちじゃな」

逃げ足も速そうだった。それに毒物に耐性でもあるのだろうか。麻痺毒の中で普通に行動していた。それとも中和剤とかを事前に服用したとかか？

そういった俺の疑問に答えたり、情報を整理したりして、最後にリリアは、今度見かけたらぶち殺してくれると姫様らしからぬ言葉で報告を締めくくった。

「まあこっちも警戒してるし、当分出てこないだろうな」

そこまで頭が悪いとかそういう感じでもなかったが、しかしペラペラ情報を喋ってくれたあたり、ぽんこつ臭はするな。

「そういえば名前までわかってるんだ？」

「うむ。過去には普通に話しかけてきたこともあったらしいの」

馬鹿にしおって。そうリリアが吐き捨てる。お話し好きなのかな。襲撃中もずっと一人で喋ってたもんな。

そもそもがダークエルフは指名手配のような感じでエルフの中では情報が出回っており、外の世界に出るようなエルフは当然その情報に接しているそうな。だが今回はヒラギスへの大量動員のせいで、その情報を知る者が少なかったということのようだ。

それでも髪と肌の色を変えて変装していたダークエルフを見抜いたエルフが護衛の中にはいた。

「ところであの麻痺毒の中で魔法を使ったそうじゃな？　どうやったのじゃ？」

「あー、あれね。麻痺で魔力の集中はできなかったんだけど――」

魔力を制御せずに魔法を発動させる。集中がいらない分、うまくすれば最速の魔法になるんじゃなかろうか。ただ他の、普通の魔法使いは使えないな。集中せずとも十分な魔力が確保できる俺や加護持ちくらいの魔力量が必須だし、俺の魔力でもひどいやけどを負わせるくらいで精一杯。威嚇用と割り切るか、魔力集中を少し付け加えるか。

前回みたいな自爆はごめんだから最低限距離は離して、ただの炎をぶっ放す。近接戦闘用となるだろうが、詠唱を短縮したエアハンマーよりかなり放出が速くなるはず。魔力酔いが治ったら実験しないといけないな。

「だから次に作る鎧は耐火性能がもっと欲しいな」

そう説明を締めくくる。

「おお。鎧といえば、ヘルムを回収しておいたぞ。相当焼け焦げておるのう」

リリアは俺の装備マニアである。装備に限らず、俺の使った色んなお古なんかももれなく集めて、コレクション部屋を作って大事に飾ってある。このヒラギスでずっとお世話になった鎧一式もリリアのコレクションに加わるのだろう。

しかしヒラギスでは怪我をすまいと誓ったのに、最後の最後にケチがついたな。それともあれは自爆だからノーカウントでいいだろうか？　うむ、そういうことにしておこう。

「ところで防衛のほうはいいのか？」

「それなのじゃが明らかに敵の数は減っておるの。じゃが撤退かどうかはどうにも判断ができん」

知るには偵察が必要か。いまは無理だな。もちろん不可能という話でもないが、敵の警戒が厳しすぎる。間違いなく俺たちの威力偵察が原因で警戒されていて、誰かがフライで飛び立っただけでハーピーがわらわら出てきたそうだ。

ティリカもいまは軍の輸送にかかりきりでどらごは出せないし、犠牲を覚悟してまでやるほどのものでもないだろう。

そのティリカのほうはやっと半分ほどか。様子を見るついでに、こっちは順調だと取り決めた合図をしておく。俺への襲撃は知らせてないがそれは軍の動きには関係がない。すでに終わったことではあるしあえて知らせて心配させる必要もないだろう。

それに詳しい情報を伝えるには伝令を出す必要がある。こっちから出すのは危険だし、転移で公都方面から送ることもできるが、俺の転移や支援が使えなくなった以上、魔力はなるべく温存したい。

動けないのがもどかしい。

「俺に何かできることは？」

「将は堂々と構えておればよい。もはや趨勢《すうせい》は我らに傾いておる。これはもはや勝ち戦《いくさ》ぞ」

相変わらず楽観的というか、自信家だな。

「そういえば俺の話は広まってなかったか？」

そう尋ねると、リリアが困ったように俺から視線を外した。

「ここにはビエルスの者が多いじゃろう？」

ビエルスだと俺はかなり有名だしな。守護者の格好での剣聖との絡みも多かったし、サティはもちろん、ウィルやシラーちゃんも名前はかなり売れている。勇者疑惑が出た時点で、かなり特定されてた可能性は高いし、まあこれは仕方ない。疑いが確信に変わった。あるいは疑惑の答え合わせをした。その程度だろうか。

本気で隠蔽《いんぺい》しようとすると相当気を使って、行動の制限も必要となる。それは正直めんどくさかったし、勇者だ禁呪だみたいな事態になるとは思わなかったのだ……

「死者蘇生の件はわからぬな。聞いて回るわけにもいくまいし」

ただ、話題になってるような気配はないらしい。こっちは聖女様たちの口止めが効いているのだろうか。

「どっちもこれまでどおり、知らぬ存ぜぬで押し通すぞ」

「うむ、そのようにしておこう」

勇者認定など絶対に御免であるし、禁呪を使った罪とかで神殿に追及もされたくない。ただ、禁呪の情報は欲しいのだが、何かいい手はないものか。

たしか聖女の擁護派が上層部にいるとか言ってたな。その伝手《つて》をたどってみるか。どっちにしろ聖女認定の話はヒラギスが終われば放置ってわけにもいかないだろうし。

だがそのへんはアン次第。対応するか、無視するか。まあ無視してもまた追いかけてきそうではあるが。

なんにせよすべてはヒラギス奪還作戦を終わらせてから。

神託は……当然ながら変化なし。まだまだ戦いは続くようだ……。

■■■■■■■■■■■■

【魔境某所】

「シ、失態ダナ。ア、アデラルード」

「勇者を殺せなかった……以上……約束どおり……我らは……撤退する……」

「構いませんな、偉大なる王よ？」

「よい。好きにせよ」

見たところ、砦の兵は相当疲弊していた。だからこその勇者への奇襲だったのだろう。このまま続行すれば、あるいはヒラギスを再度奪還できたかもしれぬものを。そう思いながら三体のオークの王が去っていくのを苦々しく見送る。

あの麻痺毒も今後は対策されよう。たくさんのエルフを始末した便利な薬だったのだが。

「意気揚々と出たものの勇者を取り逃がすばかりか、手ひどくやられたようだな。アデラよ」

怪我はポーションで治るが、髪はそうもいかない。焼け焦げてチリチリになった髪は短く切り揃えざるを得なかった。

「申し訳ありません、我が主《あるじ》。剣聖の手下に邪魔されました」

勇者にも腹が立つが、邪魔をしてくれたあの剣聖の手下め。剣聖もよくよく我らに祟《たた》ってくれるものだ。

「剣聖……父の仇《かたき》」

「はい、我が主」

「いまだ彼奴《きゃつ》は健在。我の力は父に遠く及ばぬ」

「はい、我が主」

「……その勇者、味方にならんか？」

「は？」

「魔族世界の半分の支配権と我の副王の地位を約束しよう。アデラよ、交渉してまいれ」

「はああああああ!?」

「不服か？」

「でもでも！　エルフですよ！」

あんまりな主の言葉に思わず素に戻ってしまう。

「お前も元はエルフではないか」

「そうですけど」

「人手が足りないと常々嘆いておったではないか？　今代の勇者は間違いなく優秀な人材だぞ」

「危うくこの離宮も焼かれるところだったではないですか！」

いまも部屋の中にまで、森の焼ける焦げ臭い匂いが充満している。

「空から何度も何度も降り注ぐ火球の数々。美しい光景であったな……」

そう言ってうっとりと目を瞑《つむ》る我が主。

「どうした。行かんか」

「はい、我が主……」

先ほど襲撃して勇者を殺しそうになったばかりで相当警戒してるはずだ。潜入だけなら簡単だが、勇者には近づくことすら容易ではないだろう。

どうしよう……。

■■■■■■■■■■■■

「魔物が撤退を始めている？」

「うむ。ほぼ間違いなかろう。ハーピーどもも大挙して飛び去っていっておる」

「んー。念のため、もう少し様子を見ようか」

神託はいまだ変化なし。とりあえず北方砦を押さえただけで、ヒラギスにはまだかなりの魔物が残っている。気は抜けない。

ティリカと軍は砦から小一時間程度の場所まで進んで、いまは最後の小休止をしているところだった。

召喚獣のフクロウでティリカの注意を引き、魔物が撤退したかもしれないという合図を送る。

かもしれない、だ。一旦《いったん》引いて、態勢を整えてまた反撃に出るなんてことも十分あり得るからな。

しかし魔物の撤退の動きはその後も変わらず、ティリカたちは歓呼を以《もっ》て砦に迎え入れられた。

そして翌日、魔力が十分に戻った俺たちパーティの手によってヒラギス公都を奪還。

「神託はなされた」

留守番の俺は、引き続き俺の護衛をしているミリアムだけに聞こえるよう、そう告げた。ミリアムは緊張の糸が切れたのか、感極まって泣き崩れた。

「さあ、家に帰ろう」

こうしてヒラギス北方戦役と呼ばれることになる数日間の戦いの幕が引かれ、ヒラギスの民はその国土を事実上取り戻した。

第7話　神託

ヒラギス奪還作戦は成功裏に終わり神託も無事クリアとなったが、俺たちはいまだ家には戻れていなかった。

もちろん戻ろうと思えば一瞬なのだが、各地に送り込んだエルフは後続の軍が到着し防衛体制を確立するまで主力として、残存する魔物の相手をせねばならなかったし、疫病がまたぞろ再燃しそうな気配があって、アンも忙しくヒラギス各地を飛び回っていたのだ。


俺が不在の中での大量に送り込んだエルフの帰還もなかなかに大変だったようだが、リリアが空間魔法をレベル4まで取得できたのもあって、俺が復帰する頃にはほとんどが帰還していた。

俺はといえば、ヒラギス公都の王城にほど近い豪邸をエルフの拠点用にと提供されたので、魔力酔いから回復するまでの間、食っちゃ寝食っちゃ寝しながら、みんなの報告を聞いたり、レベルアップした分のポイントを割り振ったり、自堕落な数日間を送っていた。

「一応完治ね。だけど……」

試しに物資の輸送を転移でしてみたがもうなんの問題もなさそうだった。禁呪の影響はどうなのか。

「しばらくは無理しないよ」

俺の言葉にアンが頷《うなず》いた。一回の使用くらいなら平気なのか、魔力酔い以上の具合の悪さは見られなかったから、俺もぼちぼちとお仕事の再開である。

まあ仕事といっても今のところはボランティア。無償でのヒラギス復興作業となる。公都の城壁は取り急ぎ修復する必要があるし、ヒラギス国内は荒れ放題。どこまで俺たちが手を貸すかは今後の状況次第であるが、当面の手助けは必要だろう。

まあそれはいい。城壁づくりや村づくり、農地作成は俺の得意分野だ。

問題は各方面からの招待や招聘《しょうへい》、召喚、面会や会談希望などの連絡がひっきりなしに来るようになったことだ。

主立ったところで神殿、帝国、ヒラギス公国、冒険者ギルドに商業ギルド。それからバルバロッサ将軍からも手紙が来てたし、戦場で知り合った魔法使いや、東方国家のいくつかの国からも連絡が来ていた。冒険者ギルドや商業ギルドは帝国本部やどこやら知らない町の支部からも別々に連絡が来ていたし、ヒラギスの貴族からも個別に相当数。吟遊詩人が直接話を聞きたいと申し入れてくることもあった。

しかもそれが俺たち各人へ別々に届くのである。エルフ宛てはもちろん、俺、エルフの守護者宛てもあるし、アン宛ても多い。

内容も多岐にわたっていた。呼び出しから単なるお礼、仕事の依頼や寄付のお願い。仲間に入れてくれなんてものもあった。

しかもこれからまだまだ増えることが予想される。魔物の数はだいぶ減らしたとはいえ、ヒラギス国土でも北端に近い公都にやってくるにはそれなりに大変だし時間もかかる。いま届いているのは現地に近いか、相当気合の入ってる組織や個人からの分だけでしかない。

とりあえずそのあたりの対応と、今後の予定を話すために全員集合である。俺にサティ、エリー、アン、ティリカ、ウィル、シラー、ミリアム、リリア、ルチアーナ、シャルレンシア三姉妹と、おまけに師匠。

「誰がこのヒラギスを取り戻したのか、皆よくわかっておる」

各陣営や個人やどこかよくわからない組織や商会から届けられた手紙や召喚状、そして部屋の片隅に積み上げられた贈り物を前に、大した成果ではないかと、リリアが満足げに言う。今回エルフは大動員だったしな。リリアにはそう言ってのけるだけの権利がある。

「エルド将軍はしっかりと宣伝活動をしてくれていたようね」

エリーも大活躍だったしこれは間違いなくSランクに昇格よ、なんて言って喜んでる。

他はまあほどほどに機嫌がいいかいつもどおりで、浮かない顔は俺とアンくらいである。

「それでどうするの？」

エリーがそう聞いてくる。いっそ全部無視してしまいたい。だがエルフの体面や外交を考えると、ちゃんとした対応をしておかなければならない。

「エルフ宛てのはリリアのほうで好きにすればいい」

リリアが頷く。エルフの守護者宛てはリリアと相談だな。

「見知ってる人からのにはちゃんと対応しておこう」

商業ギルドからのには一律お祈りの手紙でいいな。今回はご縁がありませんでしたが、今後のご活躍をお祈りしますといった内容の、丁寧なお断りの手紙である。

「ヒラギスのは王女……大公様がもうすぐ戻るらしいし、そのときだな。後でまとめてやろう」

問題は帝国、神殿、冒険者ギルドである。どれも単純に無視するわけにはいかない。ちなみにリシュラ王国からは特に何も連絡がないが、フランチェスカが窓口になっているので、ここでの用事がすべて終わって、王国に戻ってから対応する約束をしている。しっかりしたコネがあると楽である。

「バルバロッサにも一度きっちりと話をしに行かんとな！」

リリアがご機嫌な調子で言う。俺はあんまり会いたくないが、バルバロッサ将軍とはお金のことがあるからな。手紙で返事を出すか、使者でも送れば十分だとは思うが、リリアが行きたいというのなら、まだヒラギス国内にいるしそう手間でもない。

「帝国は後回しにしよう。それかウィルがやってくれるか？」

「え、いやあ。おれは家出してる身っすからねえ」

使えないやつめ。ウィルは最近、自分に自信がついてきたのか、ちょくちょく口答えをするようになったな。俺に頼らなくなったのはいいことなのだが、少々腹が立たないこともない。まあ自分で考えて色々動いてくれれば俺はそのほうが手間がかからなくて楽だし、しっかりと自立してむしろ俺を支えていってほしいものである。

「じゃあ帝国はエルド将軍につなぎを頼むか。冒険者ギルドは軍曹殿に相談することにして、問題は神殿だな」

アンと俺、それぞれへの召喚状。もちろん文面はごくごく丁寧なのであるが、待っているので必ず来るようにと念を押されていた。場所は帝国首都の大神殿。

「俺は絶対行かないぞ」

「うーん。それがいいのかしらね？」

「そうだぞ。マサルは修行をせねばならんからな。くだらん呼び出しになど応じている暇はない」

護衛としてすっかり居着いている師匠が言う。

「修行はおいおいですね」

修行もするけどすぐにはいやだ。俺はハネムーンの続きをしたい。だが行き先に予定していた帝国首都は完全に敵地《アウェー》の様相を呈している。お忍びで行くにも俺やサティくらいならともかく、全員でとなると目立ちすぎる。それとも平気だろうか。地元住民《ウィル》もいることだし、注意すれば多少の観光くらいは問題ないかもしれない。

だがそれも言ってみれば些事《さじ》。些細《ささい》なことだ。魔力酔いで臥《ふ》せっていて暇で暇でずっと考えていたことがある。

異世界に来てあと一週間ほどで丸一年となる。

二〇年後の世界の滅亡のうち、一年分が過ぎようとしていた。そろそろみんなに話そうと思っていたのだが、考えると胃がキリキリしてくる。

「それで今後のことを話す前に……」

そう話し始めたところで、外が騒がしくなった。すぐにお客人です、そうオレンジ隊のエルフが部屋の外から告げた。

「誰も通すなと言っておったじゃろう？」

「それがその、ネイサン前宰相殿とヒラギス女大公陛下でして」

もうまもなく到着とは聞いていたが、結構早かったな。リリアが俺を見るので頷く。これはさすがに会わないわけにもいかない。

「応接間にお通しせよ」

一応公式には、俺はエルフの守護者ということになっている。顔を隠すため、会いに行くのに装備を整えなければならないのは面倒ではあるが、ネイサン卿は話のわかる人物だそうだ。俺は一度、リゴベルド将軍との会合で見かけた程度だが、リリアたちは何度か会談をもっていて、ヒラギス国内でのやりたい放題を許可してもらっていた。

恐らく今回は挨拶程度で、ややこしいことにはならないだろう。

エルフの里から家具を運び込んでそこそこ豪華になっていた応接間に入ると、女大公とネイサン卿は立ち上がって俺たちを迎えた。ヒラギス女大公は、齢《よわい》一二だったか。幼さは残るがキリリとした表情をして凛々《りり》しい感じの少女だった。お忍びだからだろう、服装は簡素だったが、それでもそこはかとなく威厳が感じられた。

フル装備の俺を見て、ちょっとびっくりしたようだがすぐに気を取り直し、スカートをつまんで優雅に膝を折る礼をして喋《しゃべ》り始めた。

「こにょたび……あ……」

いきなり噛《か》んだ。そして途端に凛々しい仮面が剥《は》がれ、おろおろし始めた。

「や、ち、違う。こ、こにょたび……」

果敢にも最初からやり直そうとするが再び噛んで、涙目になってあうあうと言いながら後ろのネイサン卿に助けを求めるように視線をやった。全員でぞろぞろ来たのはまずかったか。人数がいるところで話すとあがってしまうのはよくわかるのだが、こんなことでヒラギスの女王としてやっていけるのだろうか……

「大丈夫ですぞ、陛下。この方たちはとてもお優しい方々ばかりですから」

ネイサン卿が後ろでそう励まし、リリアも優しげに声をかけた。

「そうじゃぞ。ここは正式な場でもないし、我らは普段は冒険者をやっておっての？　礼儀作法など気にせずとも一向に構わん」

「そうだな。立ったままもなんだし、とりあえず座ろうか」

「ありがとうございます、守護者殿。さっ、陛下。こちらへ」

俺とリリア、エリーとアンが代表して座る。ヒラギス側は二名のみで護衛は部屋の外で待機していた。

「改めてご紹介致します。こちらカマラリート・ヒラギス女大公陛下でございます」

「カ、カマラリートです」

そう俯《うつむ》き加減で言う。こっちが素か。

「こ、この度はヒラギスのためにひとかたならぬご尽力を賜り、ヒラギス公国とヒラギスの民に成り代わり、深くお礼を申し上げます。ほんとうにありがとうございました」

今度はなんとか最後まで言えたようだ。これでいいのかというふうにネイサン卿をちらりと見た。

ヒラギスの今後は大変そうだ……

「うむうむ。こちらに着いたばかりじゃろうに、休みも取らずに挨拶に来たのか？　小さいのに偉いのう」

「いえ、あの。すみません、リリアーネ様」

「おや？　妾《わらわ》は名乗ったかな？」

「失礼ですが、調べさせていただきましたぞ」

「ほう」

すうっと目を細めるリリアにネイサン卿は落ち着いた様子で語り始めた。

「最初に断っておきたいのですが、我々は貴方《あなた》がたに不利益をもたらす気は毛頭ないのです。貴方がたがいなければヒラギスをこれほど早く取り戻せなかったし、犠牲もこの程度では済まなかったでしょう。我々はただただ、感謝しておるのです」

「うむうむ。それでどこまで調べがついたのじゃ？」

「最初は聖女様の周辺を調べたのです。そこから冒険者ギルドに問い合わせをしたのですが……」

みんな普通に冒険者ギルドに登録してるし、居留地にいた頃は正体を隠す必要もなかったし。それもリシュラ王国まで問い合わせるまでもない。居留地の砦《とりで》のギルドでも正式な依頼で荷物を運び込んだし、建物を造ったりちょこちょこ活動はしていた。俺たちの情報は当然持っていただろう。

そして一国家の代表に正式に問い合わせをされれば回答しない理由もない。あるいは俺たちがものすごく活躍したから礼とか騎士に取り立てたいみたいな好意的な話があったのかもしれない。冒険者ギルドとしては推奨しないまでも、引き抜き自体は容認していて、よくある話なのだ。

「ふむふむ。なるほどのう」

冒険者ギルドに登録している俺、サティ、エリー、アン、ティリカ、リリア、シラー、ウィル。

そしてそこまで調べがつけば、俺がエルフの守護者だろうことはよほど察しが悪くなければすぐに気がつく。

多少は隠せるかもと思ったが、そもそもの最初から無駄だったか。

それでもヒラギスではエルフに紛れての活動を徹底して、目立つアンあたりときっちり距離を置いておけば、どうにか隠し通せただろうか。

だが隠蔽《いんぺい》も、転移魔法の使い手がいるとわかると面倒だという程度の理由だったのだ。活動が派手になるのは最初から覚悟の上だったし、さほど真剣には隠蔽してこなかったので仕方がない。

「マサル・ヤマノス殿。Aランクの冒険者で剣聖殿の弟子。王国では子爵になるのが内定しているそうですな」

「みたいですね」

「どうです。よければこのままヒラギスに住みませんかな？　ヒラギスでなら子爵などとケチなことは言いませぬ。陛下はさすがにやれませぬが、我が係累に適齢期の娘がおりましてな。これがなかなか器量良しでして、貰《もら》っていただければ王族の一員として、将軍でも宰相でも、むろん領地でも必要なだけいくらでも差し上げましょう」

荒れ放題の国でも魅力的に思う人もいるのだろうが、そもそも俺はそっち方面は食傷気味である。いまでさえやることが多いのに、これ以上面倒事は増やしたくない。

「申し出には感謝しますが、俺はすでに王国に骨を埋めると決めてますので」

バレたのならもう意味はないとヘルムを外し、そう答える。

「それにそのあたりはすでにエルフが申し出て断られているからのう」

「そうですか、残念です」

ネイサン卿はそう言ってあっさりと引き下がった。感謝を示すのが主で、提案を受けてもらえば儲《もう》けものくらいのことだったのだろう。しかし将軍に宰相か。まかり間違って承諾して、俺みたいな社会経験皆無な若造に任せてしまったら大変なことになるぞ。

「そうなると何をもって貴方がたの功績に報いればよいのか……」

難しいところだな。生半可な報酬では到底足りないし、かといって何もなしではヒラギスの国家としての見識や体面が疑われる。地位と名誉が一番簡単ではある。あと女の子。お金は厳しいだろう。これから復興だの戦費だのと色々と物入りだ。

俺としては俺たちに何かくれるくらいなら、ヒラギスを強い国に復興させて、魔物からの攻勢にしっかりと対応してほしいのだが。

「ウィル、おまえはどうだ？　領地とお嫁さん。喜んで譲るぞ」

「遠慮するっすよ。おれはフランチェスカさんのところに婿入りするんす」

「おまえ、告白もまだだろう……」

俺の言葉にウィルが目を逸《そ》らす。

「フランチェスカ殿といえば、リシュラ王国軍を率いておられる？」

ネイサン卿が初めてウィルをしっかりと見た。冒険者ギルドでもウィルの素性は掴《つか》んでいないから、ただの冒険者だとでも思っていたのだろう。剣聖の弟子ではあるが、俺たちに交じれば実に地味な存在である。

「しかしあの方は公爵令嬢。もし身分差でお困りのようでしたら爵位の相談に乗りますぞ？」

ネイサン卿がウィルにそう声をかけた。

「あー、自分はそこそこいい家の出なんで、身分差には困ってないんすよ」

「ほう、ウィル殿は公爵家にも劣らぬ家の出でしたか！」

ネイサン卿はウィルに完全に興味を持ったようだ。ウィルに話を振ったのは失敗だったか。まあこいつはバレても家に連れ戻される程度。危険なことはなにもない。すでにバルバロッサの前でも名乗ってたしな。

「ええ、まあ。上に兄がたくさんいるので家は継げないっすから、こうやって外に出て色々と」

物は言いようである。帝国は大きな国だ。その気になれば王族のやるべき仕事や役職はいくらでもある。本当のところは能力的にどの兄よりも劣り、魔法も使えない。箸にも棒にもかからない扱いで、将来を悲観して家出してきただけである。

「ウィル……ウィルフレッド・ガレイ王子、様？」

俺たちの会話ですっかり蚊帳の外だったカマラリート女大公が、ぽつりと言った。

「うえっ!?」

驚いて声を出すウィル。おおう。俺もちょっと驚いた。

「ほう。そう思って見てみれば……若い頃のガレイ王によく似ておりますな」

「ナ、ナンデ!?」

「ええっと、わたくしももうすぐ適齢期ですので、他国の王族がたの調査をしておりましたのよ」

帝国の隣国で小国のヒラギスにとって、帝国の王族、それも直系ともあれば嫁に出ても婿に取っても非常においしい。兄がたくさんでも一番下のウィルの年齢が近く、チェック済みだったようだ。

本来であればカマラリート女大公には幼い弟がいて、そっちが大公を継ぐ予定だったという話だ。

しかし年齢がまだ三つか四つくらい。さすがに無理があると、この動乱の最中にカマラリートが後を継ぐこととなった。

　一二歳から婚活かあ。異世界の王族も大変だな。

「こいつ家出してきてるんで、このことはご内密にお願いします」

「ご家族はここにいることを知らないと？」

「ええ」

「たしかウィルフレッド王子は剣聖殿のお弟子で、常に最前線にいて部隊の指揮を執ったり、切り込み隊に加わって非常に勇敢に戦ったとか……」

　俺のパーティの一員だ。そのあたりの活躍は調査済みだったようだ。しかしそれを聞くと、すうっとネイサン卿の顔色が白くなった。

「よ、よくぞご無事で」

　老練な政治家であるネイサン卿の声がちょっと震えていた。知らなければ平和だったのにな。俺も話題を振ったとはいえ、ウィルの不用意な一言が悪い。俺はたぶん悪くない。

「ほんとにねえ」

　エリーが実感の篭《こ》もった声音で言う。もしこいつに何かあれば、本人の自己責任とはいえ、帝国がどういう行動に出るか。

　ガレイ王は必要とあらば肉親すら躊躇《ためら》わず切り捨てるほどの非情な人物らしい。他国で自分のところの王子が死亡したとなれば難癖はつけ放題だろう。実家が帝国の男爵家であるエリーにとっても相当に頭の痛い問題である。

「まあ。ウィルフレッド王子はそのような活躍をなさったの！　わたくし、詳しくお話を聞きたいです！」

「ええ、まあ。そのうちであれば……」

「約束ですよ、ウィルフレッド王子！」

「あの、名前はウィルと。少々はばかられる身分なので……」

「はい、ウィル様ですね」

さきほどまで俯いていた女大公陛下がにっこにこである。ウィル、王子でイケメンだしなあ。そのうえ剣聖の弟子だったり、最前線に立ったり、武勇も兼ね備えている。

「陛下はウィルフレッド王子が気に入りましたかな？」

「き、気に入っただなんて、おじいさま……」

そう言って頬《ほお》を赤らめている。めっちゃ気に入ったようだ。これ、ネイサン卿にロックオンされたんじゃね？　俺は結婚相手としては最悪だし、ウィルなら俺よりはるかに立場もよく、女大公陛下の婿としても見劣りはしない。フランチェスカの名前が出たが、国家同士の政略結婚の前では恋愛感情など、それこそ塵芥《ちりあくた》のように扱われる。

「……それでなんの話じゃったかの？」

完全に脱線した話を引き戻すべくリリアが言う。そうだった。俺たちへのお礼の話だな。

「恩賞、いかが致しますかな……」

「正直、何が欲しいとかはないのじゃ」

むしろさらに追加で支援する用意がある。

「此度《こたび》の戦いは我らエルフの名声を高めるのに利用させてもらったにすぎぬ。最後は少々立て込んでおったが、もとは数百人を義勇兵として動員した程度。結果として大きく貢献したようではあるが、恩賞など端《はな》から求めておらぬ」

そう言われても簡単に引き下がれないのが責任者のつらいところである。

「それではこれは貸しにしておきましょう」

困った様子のネイサン卿に、俺のほうからそう提案してみる。

「ヒラギスが完全に立ち直ってから……一〇年後か二〇年後にでも、俺たちやエルフが困っていたら、ヒラギスは全力で助ける。それでどうです？」

我ながらひどい罠《わな》だ。だが、助けはどんなものでもかき集めておく必要があるし、世界が滅亡するならどっちみちヒラギスも否応《いやおう》なく巻き込まれるのだ。

「しかしそれでは……」

「わたくし、エルフやウィル様に受けた恩、終生忘れませんわ。ヒラギス女大公の名に誓って、このご恩はきっとお返しします」

「ヒラギス女大公陛下の誓いの言葉、確かに聞いた」

そうティリカが言った。当然ティリカの存在は知っていたはずだ。真偽官の前での誓いの言葉は重い。

「今はそれで十分です」

迂闊《うかつ》に誓われた言葉だったが、それでももう取り返しがつかないとネイサン卿はしっかりと頷いた。

「とりあえず現実的な話をしましょう。恩賞を配る謁見《えっけん》とかを予定しているのよね？　そのときに、名誉やら友情やら適当な言葉で散々にエルフを持ち上げればいいと思うわよ？」

「エリーはぶっちゃけるのう。じゃがまあそういうことじゃ。我らが得たエルフの名声は何よりの報酬じゃ。いまはそれでよい」

とりあえず文面を考えて持ってくるので確認してくれということで落ち着いて、何か名案が浮かべばまた相談に来ると、二人は辞去していった。

恩賞を発表する式典は恐らく一ヵ月後くらいになるだろうとのことだ。それにしては気が早いことだが、領地や地位もからむとなると調整に時間がかかる。それで一番の功労者である我々に真っ先に声をかけにきたのだろう。

「うう。やっぱりそうっすよね……」

「ウィル、おまえさっさと告白しとかないと、あれ完全に狙われてるぞ」

ウィルがヒラギスの大公になる。すべてが丸く収まる妙案であろう。

フランチェスカはまだヒラギスに滞在中で、部隊を率いて残存している魔物の狩りをしてまわっている。帰りは俺たちが転移で王国へ送る約束だから、会えないという心配はない。だがウィルは修行とヒラギスでの作戦中、まったく進展がなかったようなのだ。

まあどっちの期間も大変でそれどころじゃなかったしな。これからゆっくりとでも考えたのだろうが……すまんな、ウィル。

「邪魔が入ったな。俺のほうの話の続きをするか」

「そういえば何か言いかけてたわね。今後の予定の話だっけ？」

「うん、俺がこっちへ来てほぼ一年になるよな」

最初のうちはどうにかして生き延びることで必死だった。それが一年でこうだ。二〇年のうちのたった一年。その短期間によくぞこれだけたくさんの仲間を集めたものだ。成果は上々と言っていいだろう。

「こっちに来るときに伊藤神《いとうしん》……いや、イトーウースラ様からいくつか神託を賜ったんだが、一つだけみんなにも言ってないことがある」

そこで言葉を切って、ふむふむと興味深げに聞いている仲間を見回す。サティ、エリー、アン、ティリカ、リリア、ウィル、シラー、ミリアム、ルチアーナ、シャルレンシア三姉妹。そして師匠。

みんな信頼できる仲間だ。

「この世界は二〇年後に滅亡する」

それだけ言うと目を閉じて、俺は深々とソファーに腰を沈めた。

第8話 「この世界は二〇年後に滅亡する！」

「この世界は二〇年後に滅亡する」

俺のその言葉に静まり返った後、皆が一斉に喋《しゃべ》り始めた。それをパンパンと手を叩《たた》いて黙らせる。

「みんな静かに！」

俺の大声にピタッと騒ぎが静まる。応接間は十分な広さはあるが、あまり騒ぎすぎると外に聞こえないとも限らない。

「いま、滅亡するって言った？」

エリーが恐る恐るといった感じで言った。

「言いました」

「世界が？」

「世界が」

「うそぉ……」

エリーがこれまで一度も聞いたことのないような情けない声をあげた。しかし神託というと、ほんとみんな欠片《かけら》も疑わんな。まあ神託を偽って町ごと神罰で消滅したって実話を聞けば、偽る者などいないのだろう。それにこの場にはティリカがいる。嘘《うそ》はつけない。

「二〇年……マ、マサルはいやに落ち着いておるの？」

無理のない話であるが、リリアも目に見えて動揺している。二〇年はエルフにとってはさほど長い期間でもないのだろう。

「二〇年も後だし、これは確定した未来じゃない。それと正確な神託の言葉は、この世界は放置しておけば二〇年以内に滅亡する予定、だ」

言葉は二〇年以内。俺が下手を打てばもっと短くなることもあり得るのだ。ちょっとした違いで意味は大幅に変わる。ちゃんとメモっておいてほんとよかったよ。

「放置しておけば？」

「そうだ。俺たちが何もしなければ」

エリーにそう答える。

「これまでの神託と同じだ。俺たちの行動次第で結果は変わる。俺たちが何もしなければヒラギスの奪還は難しかっただろうし、エルフの里もだ。つまり俺たちががんばればいい」

「なんとかなるのじゃな!?」

「たぶんな」

ヒラギス奪還作戦もかなり際どかった。偵察で見たあの魔物の数。わかってはいたが世界を救おうというのは難事業だ。

「神様には世界を救うだとかは考えないで自由に過ごしてもいいって言われてる」

「マサルはスキルのテストのために送り込まれたと言っていた」

ティリカはいつもと変わらない、内面が窺《うかが》い知れない表情だ。そもそもティリカは俺が送り込まれた理由に関して、確実に何かあると考えていた様子があった。まあテストがあるのだ。本番があると考えるのは妥当な話ではある。

「そうだな。俺に課せられた仕事はそれだけだ。だから別に逃げてもいいし、立ち向かってもいい。俺がやらなくても恐らく本当の勇者が送り込まれるはずだ」

「それで頑《かたく》なに勇者じゃないって言い張ってるのね」

エリーの言葉に一応頷《うなず》いておく。純粋にそんな大役は嫌だというのが一番でかい理由であるが、破滅が二〇年後だということもある。その頃に俺は四四か？　勇者というには歳《とし》を取りすぎているし、時間的余裕がありすぎる気がする。

「だがそれは何年後だ？　本当にちゃんと送り込まれてくるのか。俺がそう推測しているだけで、確実な情報があるわけでも神様が約束してくれたわけでもないんだ」

それとも神様に泣きついたら勇者を送ってくれるだろうか？　だけどかつての勇者も最初はやる気がなくて大変だったらしいしなあ。あんまりひどいんで仲間になった真偽官がこいつはダメだと呆《あき》れてパーティから抜けたとか。

「だから我らでどうにかすればよいのじゃろう？」

「そこなんだが、俺がこれまでこのことを黙ってた理由は二つある。一つはこっちに来たばかりで右も左もわからない状態だったってことだ。状況がわかるまで、とりあえずは一年くらい、様子を見ようと決めていたんだ」

「そういえば最初の頃は常識レベルのことすら怪しかったものね」

そうアンが言う。それでアンのところの神父様に使徒じゃないかってバレたんだよな。

「二つ目。世界の滅亡が何を意味するのか。何が世界を滅亡させるのか、わからなければ対処のしようもない」

「魔物じゃろう」

リリアの言葉にとりあえず頷いておく。与えられた加護を見れば、魔物に対抗するためのものだとしか考えられない。勇者と魔王の話もある。魔物が敵だと断じて間違いはないはずなのだが……

人族の滅亡。それが世界の滅亡を意味する？　しかしそう単純に考えていいものだろうか。

生態系というものがある。今は人族と魔族が争うことでバランスが取れている。それがどちらか一方が絶滅したら？　際限のない拡張はいずれ限界を迎え崩壊する？　だが人族が滅亡した程度でオークやハーピーが死に絶えるか？　ちょっと考えられないし、あいつらが生きてるのに世界の滅亡というのにも違和感がある。

それとも魔族は神にとって動物の範疇《はんちゅう》になるのだろうか？　だがあいつらには武器も住居も服もある。軍隊としてまとまって大規模な動きもする。ダークエルフなんて存在もいたな。

「恐らくな」

巨大隕石《いんせき》の落下や急激な気候変動、魔法で回復不可能な致命的な疫病の蔓延《まんえん》など、他の可能性もゼロではないが、それでは俺に与えられた加護で滅亡を回避できる可能性を示唆されたことと辻褄《つじつま》が合わない。

なんにせよ情報が足りなすぎる。

「言うまでもないことだが、これは他言無用だ。こんなことが広まってしまえば、世界中が大混乱に陥る」

神託で世界の滅亡が預言されたなんて情報が万一漏れたら、一体どんな事態になるか。想像すらしたくないし、絶対にそんな騒動に巻き込まれたくない。

いずれは……とは思うが具体的な情報が何もない状況だ。そもそもヒラギスが壊滅してどこの国も危機感は持っているはず。魔物対策に関しては俺から改めて警告する必要性も低いだろう。

「俺からの話は以上だ」

重要なことは言い終えたはずと、そう言って一旦《いったん》話を打ち切った。みんなにも少しは考える時間が必要だろうし、このことは落ち着いてからおいおい相談していけばいい。

「マサルは……なんでもないときにすごくつらそうな顔をすることがあった」

「こんな大変なことを、ずっと一人で抱えていたのね」

ようやくティリカがぽつりと言い、アンも気遣わしげに言った。そんなにつらそうな顔してたかな。してたかも。世界の破滅うんぬんがなくともこの世界は厳しすぎる。

「でもどうするんすか？　魔境に攻め込むとか？」

少ししてウィルが言った。

「攻め込むったってどこにだ？」

魔境に一時期通っていた師匠も魔王城みたいなのは見つけられなかったみたいだし、適当に攻め込むのも案としてはアリといえばアリなのだろうが……

「当面はこれまでどおり、いままでどおりやっていく」

「まずは修行だな」

ええ、と師匠の言葉に頷いておく。殺伐とした生活からはしばらく遠ざかりたい気持ちは山々だが、修行は避けて通れない。というかステータスやスキルが上がったからすぐにでも調整が必要だ。いつまたこの前のダークエルフみたいなのが襲ってくるかわからない。毒はともかくとして、剣が安定して強いといざというときに助かる確率は確実に上がる。

「それと日常生活もこれまでどおり、普通にするんだ。こんなことを教えられてすぐには難しいかもしれないが、神託ではまだまだ先のことなんだ。今から神経をとがらせてたら到底もたないぞ？」

　まあ俺たちの生活が普通かと問われると疑問の余地が多々あるのだが……

「まずはヒラギスの復興に尽力する。とりあえず恩賞の授与がある一ヵ月後くらいを区切りにしておこうか」

　修行はもちろんだが各方面への対応もあるし、俺の村もまだ開拓一年目ですべきことは多い。エリーの実家も絶賛開拓中だし、あそこは鉱山事業も始まったばかりだ。

　俺やアンの面倒事を差っ引いてもすべきことは多いのだが、どれもヒラギスほどの緊急性はないから、どれから手をつけてもいいという状況である。

　修行中みたいな、各自手分けしてということになるのだろうか。

「それで明日あたりフランチェスカを呼び出すから、ウィル。おまえちゃんと告白しとけ」

「うえええええ!?　このタイミングでっすか!?」

「俺が回復してリシュラ王国軍はいつでも送り返せるから、その相談だ。それでフランチェスカがすぐに帰るって言ったら、次いつ会えるかわからんぞ？」

　会おうと思えばいつでも会えるのだろうが、いまほど簡単じゃあるまい。

「いや、でも、そんなことをしてる場合じゃ……」

「神託のことは一旦忘れろ。いちいち気にしてたらなんにもできなくなるぞ？」

「そりゃあそうっすけど」

「俺はな、ウィル。幸せになりたいんだ。幸せになりにこの世界に来たんだ」

まあいまの状況はともかく、見渡してみれば家庭に関してはこの上もなくハーレムで、これで幸福度が足りないなどと言ったら罰《ばち》が当たるだろう。

「そのために世界を救うことが必要そうだからなんとかしようと思ってるだけだ。だからおまえもちゃんと嫁さんを貰《もら》って幸せになるんだ」

「嫁……フランチェスカさんが嫁……」

「そう。嫁さんはいいぞ！」

というかこいつも何人か娶《めと》ればそれで解決しそうだが。でも難しいか。エリーとアンも最初は仲が悪かったもんな。重婚が許されているのと、それを実際にやってしまうのとでは天と地ほどの差があるようだ。

「でもそれだと実家には一度戻らないとダメよね」と、エリー。

「そうだな。じゃあ誰かついて帝国首都に送り届けるか」

帝国の領土はアメリカや中国くらいのサイズがある。この忙しいときに、普通に移動しては時間がかかりすぎる。誰か転移持ちを同行させるのが一番早いだろう。

「あんまり戻りたくないんすけど……」

「結婚するなら双方のご両親に挨拶がいるだろう？」

俺とは違って二人とも王族なのだ。きちんとしないと不幸やトラブルの原因になりかねない。

「でもそんなこととしてて本当にいいんすかね？」

「俺がそんなことを考えなかったと思うか？　でも実際問題、何をすればいいかなんてわかんないだろう？」

「やっぱり魔王討伐、かしらね？」

なにがやっぱりなのか、エリーさんや。

勇者のときは魔王を倒したら魔族軍は撤退していったらしいけど……

「魔王がいて俺たちの滅亡を画策してるならな？」

「魔王のこともとりあえず置いとけ。いるかどうかもわからんのに考えても無駄だ」

いそうな気配はある。あるだけにこの方面はあまり深く突っ込みたくないのが本音である。

「地道にいこう。地道にな？」

だがみんなはいまいち納得しきれないようだ。まあ事が事だ。普通に過ごせと言っても簡単には割り切れまい。

「例えば俺がだ、私生活が不幸だとして世界を喜んで救うと思うか？」

「マサルなら頼んだら嫌々でもやってくれそうだけど……」

そりゃアンに頼まれたらやるだろう。でもそれだと不幸で嫌々って感じじゃないし。

「そういえば逃げるだのなんだの言ってたことがあったわね？」

「ドラゴン一頭に死にかけてて世界を救うもないからな」

そうかも、とエリーが納得してくれる。

「ハーピーのときはなんにもせずにずっと引き篭《こ》もってたものね」

「そうだ。俺の精神状態は非常に大切なんだぞ。それに体調とか精神状態が常に限界で、いざってときにしっかり動けると思うか？」

まあそうね、とアンも納得したようだ。健康、大事。

「子供はどうするの？」

「もちろん予定通りヤる」

そうティリカの問いかけに即答する。やることはヤッているが、できたかどうかはまだ不明のようだ。

「だけど神託の話を聞いて、気が変わったっていうのなら無理にとは言わない」

ティリカがどう考えるか。もしかすると世界を救うことにすべてを捧《ささ》げるとか言い出すかもしれない。

だが首を振って子供は欲しいと小さく言った。よしよし。あとでまたかわいがってあげよう。

「みんなも。もし今の話を聞いて、ついていけないって思ったらいつでも俺のもとを去っていいし、そうでなくても無理せず休みはいつでもしっかり取っていいんだぞ？」

俺も休みが欲しい。がっつりとした休暇がぜひとも欲しい。

「今さらマサルのもとを去ろうなどというものはここにはおるまい」

「そういう決めつけはよくないぞ、リリア。みんな、ほんとにつらいって思うなら後方支援担当とかでもいいんだからな？」

俺が後方支援を担当したかったが、神託で町に引き篭もると危ないって言われてるしなあ。

「とりあえず、明日以降の予定について考えましょうか……」

「そうじゃのう」

少々疲れた様子でエリーとリリアが言ったが、そこにまたしても邪魔が入った。

「なんじゃ、邪魔をするなと言っておいたろう？」

ご立腹のリリアさんが、入室してきたエルフをじろりと睨《にら》む。

「いえ、それが……これをご覧ください」

エルフがおずおずと差し出したのは飾りっ気のない白い封筒。

「これは!?」

だがリリアが驚きの声をあげた。

「はい。封蝋《ふうろう》がダークエルフの紋章です」

「中は？」

「まだ見ておりません」

「すこし下がるのじゃ。よし、開けてみよ」

まさか手紙に爆弾もあるまいが、毒ということは十分にあり得る。手紙を持ってきたエルフは慎重に、しかし躊躇《ためら》いなく手紙を開封し、中身を確認した。

「……勇者へ。和平や休戦に関して、話し合いの場を持ちたい。日が落ちるまで、公都西門を出た先で待つ」

「それだけかや？」

「はい」

そう言って俺たちに見やすいように裏表をしっかりと見せた。

「届けたのは年端もいかない少年兵で、小銭を貰ってこの手紙を届けるように頼まれたそうです」

「では、まださほど遠くには行っておらんか？」

「はい。追手はすでに放っております」

「よし。本国から応援も呼ぶぞ。ダークエルフ狩りじゃ！」

「待て待て。話し合いの申し出だろう？」

「どうせマサルを呼び出すための罠《わな》じゃ。相手をする必要はあるまい」

「いや……一度会って話したいな」

和平か。そんなことが可能なら、好都合だ。

「何を言う！　殺されかけたのじゃぞ!?」

「二度もやらせるほど俺たちは間抜けじゃないだろう？」

「危険じゃぞ？」

「師匠、相手が怪しい動きをしたら容赦なく斬ってください」

「心得た」

「リリア、ダークエルフ狩りは中止だけど、応援は呼んでくれ。万全の態勢で行こう。相手が少数ならそれで何の問題もないだろ？」

もし軍勢を用意してるようなら、話し合いの意思なしとして倒してしまえばいい。少数なら相手の手口はもう割れている。まだ奥の手はあるかもしれないが、それでやられる程度なら……

「相手は魔王ですらない魔族だ。恐れることはない。そうだな？」

しぶしぶといった風にリリアが頷《うなず》いた。

「たとえ相手が刺し違える気でやってきても、わたしが必ず守ります」

「頼りにしている」

　サティは俺がやられかけたときもずっと城壁で魔物と戦っていた。俺が危なかったと聞いても持ち場を離れることはなかった。俺が無傷だったと周囲に連絡させたせいでもあったが、後から顛末《てんまつ》を聞いて顔をずいぶんと青ざめさせていて、ここ数日は俺にべったり。常にサティとミリアムを侍《はべ》らせて、俺も満足である。シラーちゃんは周辺の警戒が担当である。どうにもじっとしているのは性に合わないらしい。

「あと追手を出すのはいいけど、見つけても手を出させるなよ？　ああ、西門のほうに偵察も出しておいてくれ。くれぐれも慎重にな」

「了解した。聞いたな？」

「はっ！」

「里からの応援は……」

「わたしが行くわ。マサルは病み上がりなんだから、休んでていいわよ？」

　しかし和平の申し出か。罠か？　それとも本当に和平を望んでいる？　俺の攻撃の被害が思ったより甚大だった？　俺の力を恐れた？

　それとも休戦の間に戦力の増強を狙っているのかもしれない。俺みたいなのがやってきて領地を荒らされては、戦争どころじゃないだろうしな。

「周辺に魔物の動きがないかも調べるのじゃ！　いや、これも我らを引きずり出す罠やもしれぬ。館《やかた》の警備も引き続き厳重にするのじゃぞ！」

「これ、他に知らせる必要はないかしら？」

　エリーの言葉にちょっと考える。和平や休戦だもんな。俺たちが好き勝手にやっていいことではないだろうが……

「勇者をご指名だ。まずは俺たちだけで対応しよう。それで本当に話がまとまるようならヒラギスや帝国軍にも知らせればいい」

「そうね」

そもそも俺を指名したのはなぜだ？　本当に和平や休戦を望むならヒラギスか帝国あたりに話を持っていくべきだろうに。

それともやはり罠なのだろうか？

「考えてもわからんな。まあいつもどおり、臨機応変にいこう」

それぞれが俺の言葉に頷き、動き始めた。

第9話　神々の遊戯

　ダークエルフはあっさり見つかった。公都の西側は元農地ですっかり草原のようになっており、見晴らしがいい割に人ひとりが隠れられそうなところはたくさんあったのだが、例のダークエルフは特に身を隠すようなこともなく、冒険者らしき一団と野営地を構えてのんきに談笑していたとエルフからの報告が入った。

「何も知らない冒険者を護衛に雇って、ついでに情報収集でもしてるのかね？」

「魔族の分際で好き勝手しおって!!」

　リリアは激おこである。

「気持ちはわかるが落ち着け」

　しかしダークエルフほど見た目が人と変わらんと、警戒のしようがないな。かといってエルフにとって魔族側に寝返ったダークエルフは最大の汚点。一般に情報の公開はしたくないだろう。それに指名手配するにも変装が比較的簡単にできてしまう。俺が襲われたときだって肌は白くしていて、胸のことさえなければエルフとしか見えなかった。真偽官みたいな便利な存在はいるものの、絶対数は少ないし、そもそもやろうと思えば不法侵入不法入国なんてやりたい放題。

　一度見つけたらその機会を逃さず、どこまでも追って殺す。それが一番確実らしい。

　俺たちはゆったりとしたスピードのフライで向かいつつ、エルフたちが周辺の探索と警戒にあたる。魔物の動きはない。ダークエルフと護衛の冒険者以外の姿もない。森が近いというのが気にかかるが、ダークエルフが逃走しやすいようにだろう。その森にも伏兵を隠している様子はない。

「森に逃げ込まれると厄介じゃな」

「単独みたいだし、本当に和平の交渉に来たんじゃないのか？」

「魔族と和平などあり得ぬ。裏があるに決まっとる！」

まあそこはティリカがいるし、裏があっても聞き出すのは可能だろう。

「うーん、まあいいけど、絶対に手出しはするなよ？　あと話し合いだけで終わったら、追手とかを出すのも禁止な」

「むう」

不満そうだが、魔族側と話し合えるなどまたとない機会だ。それを交渉後に和平の使者を殺しにかかったなんてことになったら、そんな機会は二度と訪れないだろう。

「これは厳命だ。ダークエルフに手出しも、追手も許さん」

「わかったのじゃ……」

「何か仕掛けてきたら、俺たちがどうこうする前に、師匠が首を刎《は》ねてくれるよ。俺だって二度も命を狙われたくはないからな」

そんなことを話しているうちに現地に到着したようだ。遠巻きに監視と包囲をしているエルフの一団と合流して、もう一度指示を徹底しておく。

「一応俺たちもぐるっと周囲を回ってみようか」

ふと思いついて言っただけなのだが、森のほうで何かが探知にかかった。

「中型の魔物っすね」

俺と同じく探知持ちのウィルがそう報告をする。小型が人間サイズくらいまでで、中型といえば車とかゾウサイズとかなりの大きさがある。

「森の中とはいえ、中型の魔物を見つけられんとは……」

「急だったからな。責めてやるなよ」

とりあえず見ておくかと森へ降りて、サティを先頭に慎重に向かう。隠れ場所は何の変哲もない茂みだった。ぱっと見てもゾウくらいあるサイズの魔物が隠れているとは到底思えない。

「地面に埋まってる感じですね。掘ってみましょう」

そう言ってサティが無警戒な感じで近寄って容赦なく暴きにかかった。藪《やぶ》のちょっと奥、腐葉土を被《かぶ》って隠れているようで、目視じゃ発見は難しそうだ。

わっさわっさと腐葉土を掘り返しても魔物は動く様子はない。普通なら危険ではあるが、サティなら探知もあるし、不意打ちで攻撃されても対処は容易だ。

「いました。グリフォンですね。初めて見ました」

ひょっこりと顔だけを覗《のぞ》かせた魔物を見てサティが言う。わりとレアな魔物だな。

「動きませんね」

サティが手を伸ばすが、さすがにクワッと口を開けて威嚇されたので手を引っ込めた。

「これに乗って移動してきたのか。よく躾《しつ》けられてるんだな」

サティに続いて俺たちが近寄っても、低く唸《うな》るばかりで身動きひとつしない。

「どうしますか？」

「ほっとこう。そう危険でもなさそうだし」

「かわいい。欲しい」

ティリカが言う。顔だけ出してじっとしている様子は確かにちょっとかわいい。

「このような人里に近い場所に魔物は危険じゃな。ティリカもこう言っておるし討伐するべきではなかろうか？」

なかろうかじゃないし。確かにダークエルフの足をつぶしておくのは有効な手段だが、和平の会談相手にすることじゃない。それに乗騎にしようにも魔物だ。人のいる場所でおいそれと出せないから普段使いに向かないってのもある。

「ダメだってば。サティ、可哀想《かわいそう》だし、元に戻しておいてやれ」

「はい、マサル様」

グリフォンの待機場所をあとに、再び念入りに周囲を探索し、他に何もないと確信してからダークエルフのところへと向かった。

空から数十メートル手前まで近寄って、ダークエルフが見える位置にゆっくりと降り立つ。

「じゃあ行くか」

今度はサティと師匠を先頭に、続いてリリア、俺は中衛で隣にはティリカ。相手も単独だし増援はなし。俺たちだけで向かう。

「待ち合わせの相手が来たようだ。お前たちはもういいぞ」

「はい。姐《ねえ》さん、お気をつけて」

冒険者の一団はダークエルフに頭を下げて、わいわいと無防備に喋《しゃべ》りながら俺たちの横を通りすぎていく。

「エルフか。こんなところで何の用事なんだろうな？」

「馬鹿っ。姐さんに詮索《せんさく》無用と言われたろ」

「金はたんまり貰《もら》ってあるしな」

「楽な仕事だったなー」

　本当に何も知らない冒険者か。この分だとどこまで入り込まれているかわからんな。例えば簡単な情報収集ならこの冒険者みたいなのや、商人あたりからいくらでもできそうだ。この世界、情報を得る手段は基本人伝《ひとづて》、誰もがやっていることで特に怪しくともなんともない。

　警戒しようにもエルフだけではヒラギス公都すらカバーしきれなかったし、そのためにいまの何倍もの人員を投入するのは現実的ではないだろう。

　当のダークエルフも肌は白いし、耳を隠してしまえば人間と区別のしようもない。厄介な。

「ふん、相変わらずぞろぞろと護衛を連れて、臆病なことだな？」

「俺を殺したくて仕方のないやつがすぐ近くにいるものでな」

　後ろでリリアが獣のように唸っているのが聞こえた。いきなりの挑発にもう激高しているようだ。今回の会談では発言禁止にしておいて正解だった。

　ダークエルフも俺の言葉で顔に怒りを滲《にじ》ませた。こいつ、まじめに話し合う気があるんだろうか？

「それで？　そっちから呼び出したんだろう？」

　そう切り出すとダークエルフがようやく言った。

「今日は話し合いだけだ。貴様に手を出すつもりはない。座ったらどうだ？」

ティリカの反応はない。嘘《うそ》ではないようだ。ダークエルフとは焚《た》き火を囲んで座るような形になるが……

椅子をアイテムボックスから取り出し、少し距離を置いて座る。罠《わな》の可能性は低いと思っていたのだが、俺の暗殺に失敗して顔に大やけどを負って敗走したのをやはり逆恨みしているようだ。あんまり近寄りたくない。

そして俺を守るように、サティと師匠が前を固める。一歩でも踏み出せば十分に剣が届く距離だ。

「剣聖!?」

唐突に現れた（ように見える）師匠にダークエルフは狼狽《うろた》えて腰を浮かせた。

「ほう。魔族にまで知られているとは光栄なことだ」

「わ、私に手を出せば、再び戦いが始まるぞ？」

「話し合いだけならこちらも手出しはしない。約束しよう」

「神に誓ってか？」

「神に誓ってだ。そちらこそ妙な真似はしないことだ。何かあれば剣聖がその首を刎ねる。逃げようとしても周囲はエルフが包囲しているし、グリフォンの居場所も押さえてある」

グリフォンのことが出るに及んで、またダークエルフの顔が歪《ゆが》む。

「話し合う気はあるのか？」

追い詰められたと知って覚悟を決めたのか、どっしりと腰を下ろし、静かにそう言った。

「無論だ。だが一度は殺されそうになったんだ。多少の警戒は許せ」

「多少……？」

「神に誓ってそちらの安全は約束しよう。こちらからは手出しは一切しない。退去のときも見送るだけだ」

仕方のない話であるが、こう双方が警戒していてはなかなか話が進まんな……

「和平や休戦に関する話し合いに来たのだろう？」

そう言ってもう一度話をするように促すと、ダークエルフは軽く頷《うなず》いて話しだした。

「単刀直入に言おう。勇者よ、我が王の仰せだ。この世界の半分の支配権と副王の地位を約束しよう。我がほうにつけ」

「は？」

「我が王は貴様のことを大層気に入ったようだ。最高の待遇でお前を迎える用意がある」

「王、魔王か」

そして世界の半分。また大きく出たな。

「魔王とは貴様らが勝手に呼び習わしているだけだ。我が主《あるじ》はこの世界すべての支配者。ただ一人の真なる王」

魔王か。魔族の支配者。やっぱいるのか……

ふと気がついて尋ねる。

「その王は近くにいるのか？」

「我がほうにつくならいつでも会えるぞ」

案外近くにいるのか？　俺が勇者だと周囲から見られ始めたのは北方砦《とりで》の戦いが始まって光魔法

をバンバン使いだしてからだ。威力偵察のときのどこかにいたのかもしれないな。

「副王にというなら直《じか》に会って話すべきではないか？」

あるいはそれこそ罠だとも考えられる。魔王や世界の半分を餌に俺をおびき出す。

「単身で来るなら歓迎しよう」

「俺の身の安全は約束してくれるんだろうな？」

「私からは何も約束できない」

危なくなっても転移で逃げられるか？　だがリスクが高すぎるし、そもそも俺一人で魔王を倒しにかかって確実に倒せる可能性はどれほどあるか。

会いに行って油断させておいて、転移でみんなを呼び寄せて。それならうまくいきそうか？　だが転移が使えることもバレていると考えたほうがいいだろうし……

まあいまは魔王からの申し出のほうだ。

「世界の半分に副王、それは本当におまえの王が言ったのか？」

「そうだ」

すぐ後ろにいるティリカからはなんの反応もない。本当にそういう申し出があったのか。それで部下のこいつはエルフの只中《ただなか》に、決死の覚悟で単身やってきた。本題は俺の引き抜きで、和平や休戦というのはただの口実だったか。

「和平や休戦の話は？」

「和平は無理だ。休戦なら私の権限で、ある程度の期間なら可能だ」

休戦でも協定が結べれば……いや、それより先に世界の半分だな。

「世界の半分といっても人族の世界は支配外だろう」

「時間の問題だ。それに我らの領土は広大だ。人族の領域など誤差にすぎぬ」

時間の問題と言ったぞ、こいつ!?

「じゃあ人族の領域を含めて俺にくれ」

「構わんぞ。だが人族は滅ぼす。それは変えられん」

わかってはいたが、実際に口にされてみると少々衝撃的だ。部分的な侵略行為や、場当たり的な軍事行動ではなく、組織的な、人族すべてに対する宣戦布告。

「俺の力は見たな？　本気でやり合えば、双方がひどいことになるぞ？」

俺の言葉にダークエルフは小馬鹿にしたように鼻を鳴らす。

「人族と魔族の人口比を知っているか？」

どれくらいだろう。俺たちが一〇〇万動員してるときに、魔物は一〇〇〇万以上の軍勢を用意していた。とすると一〇倍くらいか？

「一対一〇くらいか？」

「一対一〇〇〇だ。貴様らに勝ち目など端《はな》からないのだよ」

一〇〇〇倍。そんな数字があり得るのか？　領土が一〇倍としても人口密度が一〇〇倍？　こっちの人口密度がかなりすっかすかで開発の余地は相当あるにしても、一〇〇〇倍はさすがにない気がする。

だが盛ってるにせよ、一〇〇倍、あるいは一〇倍ですら相当にヤバい。

「だから勇者よ、生き延びたければ我らの側につくのが正解だぞ？　もちろん貴様の仲間たちも歓迎しよう」

俺たちだけ生き延びる？　俺も最初はそんな風なことを考えてたけど、いまは周りも見捨てる気はないし、そもそも神に信仰を捧《ささ》げたのだ。たった数日で裏切ることなんてできないし、魔物の仲間になるとか冗談にしてもあり得ない。

「世界の半分か……」

全然興味はないけど、一応悩むふりをしておく。やっぱこのダークエルフ、お喋りだわ。重要そうな情報をあっさり教えてくれる。

「でも俺が所属を変えたら光魔法とかたぶん使えなくなるぞ？」

「心配ない。貴様ほどともなれば、我らが神は喜んで祝福を下さるだろう」

「ほう。例えばどんな？」

「魔法の付与は問題ないし、どっちかというと肉体強化が得意ではあるな」

「オーガみたいな？」

「そうだ。各種族、それぞれ特色のある強化が与えられている」

「オークはなんの強化なんだ？」

「あれは生命力だ。どんな環境でも生き延びて生殖して増える。粗食に耐え、成長も早い」

サバイバルとタフネス系か。それでオークばっかりわらわらといるんだな。

「じゃあゴブリンは？」

オークも強化の特徴がわかりにくかったが、ゴブリンはそもそも強化されててあれなのか？　子供のような体躯《たいく》に力や知能も見たまんま。それでも凶暴で、武器を振り回されては油断はならないが、はっきり言って雑魚そのものだ。

「あれはなあ……祝福を賜るときにやらかしたのだ」

ほうほう。興味深い。

「各種族の代表が考え考え希望を申し述べる場でぐずぐずと迷った挙げ句、あれも欲しいとわがままを言ったらしい」

オークのタフネスと、オーガのパワーと鎧《よろい》のような体皮と、トロールの巨大さと。

「全部欲しいと愚かにも望みおった。それで機嫌をそこねた神はゴブリンからそれらをすべて取り上げた」

それからは神の赦《ゆる》しを得るべく、地道に各種族の下働きのようなことをしているらしい。幸いにして頭の良さや器用さは望まなかったので、多少の知能と並程度の器用さだけがかろうじて残り、色々なものづくりを担当しているという。こっちで言うとドワーフのような役回りだな。

やっぱ神様って怖いとこあるわ。

「魔物って……もとは人族なのか？　祝福を貰ったら俺もあんな感じになっちゃうのか？」

「違うぞ。我が種族は肌の色が変わった程度だろう？」

あと胸な。しかし違う種族だったか。でもベースは近そうだし、どこかの時点での祖先が同一の霊長類なのかね？　それとも豚から二足歩行に進化した豚霊長類とか？　元の世界で遺伝子の比較とかできれば面白そうなんだが。

結局のところ今の状況は、二つの種族の生存競争ということになるのだろうか？　だがどちらかが絶滅するまで殺し合うなど馬鹿げている。

「和平を要求する」

「あり得ない」

即答された。リリアの言うとおりか。

「勇者よ、貴様の手で何百万殺した？　それが今さら和平を乞うのか？」

「俺は反撃しただけだ。それに副王に迎えるのはいいのか？」

「我が王と神に忠誠を誓えばな？」

「ならなおさら王と神を差し置いて、おまえが決めていいことではないだろう？　王とやらと和平の交渉くらいはさせろ」

「王とて神の意思には逆らえん」

「神の意思？」

「知らぬのか。知らぬのに貴様は……」

くっくっくっとダークエルフはおかしそうに笑い始めた。

「勇者とは実に都合のいい駒なのだな。何も知らずとも神の意思を忠実に遂行する」

「神の意思とはなんだ？」

「永遠の闘争だよ。我らは争うことを原初のときより定められているのだ」

「そんな教義、あったっけ？」

そう後ろを振り返り、アンに尋ねてみる。

「聞いたことないわね」

まあ片方がやる気十分なら、俺たちに発破をかけずとも戦争はなくなりそうもないか。

「貴様らの神こそ、諸悪の根源。やつは人族と魔族を争わせ、血を流すのを眺めて楽しんでいるのだ。この世界はゲーム盤、神々の遊戯場なのだよ」

足りなかったピース。魔族から見たこの世界。神々の遊戯《ゲーム》。俺たちはその駒か。

もしゲームが一方の勝利で終わったらどうなる？　それも敗北で。単にゲーム盤《世界》を放棄するだけだろうか？　それともリセットをして、新しいゲームを始めるか……

それこそ紛《まご》うことなき世界の滅亡。ゲームの終焉《しゅうえん》。

「ゲームは我々の勝利で終わる。我らが神はさぞかしお喜びになるだろう！」

俺の側の神は永遠の闘争を望み、魔族側の神は勝利でゲームを終えることを望む。これでは確かに和平は無理がある。

「もしこの世界が本当に神々の遊戯なら。もし永遠の闘争が定めというのなら……それが終われば、世界も終わるぞ？」

「それがどうした？　我らは勇敢に戦い、神の御下《みもと》に召されるのだ」

これが魔族の行動原理か。現世での祝福も与え、死後の生か輪廻転生《りんねてんせい》かは知らないが、死んだあとのこともきっちり約束する。

こっちの教義にも同じような話はあったが、死後や来世にかけるなんて俺は御免こうむる。

「休戦が可能なら、ヒラギスに散った魔物をどうにかしてくれ」

和平の余地はない。むろん俺が裏切ることもない。ならばせめて休戦だ。

「面倒だから嫌だ」

「おい!?」

「あいつらは好き勝手に動いて命令などろくに聞かん。直接命じれば言うことも聞こうが、私にヒラギス中の下っ端を集めて回れと？」

　確かに面倒そうだ。

「それで集めたオーク共を北方砦を通して戻すのか？　あいつらがずっと大人しくしていると思うか？　私は忙しいんだ。そんな面倒事、絶対に嫌だ」

　休戦もダメじゃねーか……

「暴れているのは好きにするがいい。簡単だろう？」

　切り捨てるというより最初から管理するつもりも、管理する方法もないのだろう。

「じゃあ副王の件は少し考えさせてほしい」

　なにが「じゃあ」かわからないし、裏切りを考えるつもりはないが、交渉の余地は残しておきたいし、こう言っておけばさすがに暗殺者を寄越すこともないだろう。

「少しとはいつまでだ？」

　二〇年くらいって言ったら怒られるか。

「一年」

「半年だ」

「ではその間の魔族の侵攻をすべて止めろ」

「無理だな。範囲はヒラギスのみだ」

　あとはやはり下っ端の動きは掣肘《せいちゅう》できないという。役に立たねーな。

「わかった。半年間、ヒラギスと……エルフの里とその周辺での大規模な戦いは双方控える。そういうことでいいな？」

エルフの里と聞いてダークエルフがまた怒りの表情を見せた。だがこちらの本拠地を攻められたら交渉もクソもないし、妥当な提案だと思うのだが。

「よかろう。半年後、答えを聞きに行く」

そう言うとダークエルフは立ち上がり、ヒュッと甲高い口笛を吹いた。

しばしのち、バッサバッサと飛んできた立派なグリフォンに乗り込み、去っていくダークエルフを俺たち一行は黙って見送った。みんないまの話を考えているのだろう。

どこでどうやってまた会うのかとか一切決めていないが、まあいいか。またダークエルフが苦労するといい。俺は副王の話などに応じるつもりはないから、会えなくとも不都合はなにもない。

「今日の話は、休戦の部分だけエルフには話していい。あとは当面、極秘にしておいてくれ」

「まさか、本当に考えてるなんてことはないわよね？」

アンがそんなことを聞いてきた。身内に心配されるくらいなら、ダークエルフも可能性があると考えてくれてるだろうかね？

「これっぽっちも考えてない。あれはただの時間稼ぎだぞ」

「そうよね！　ずいぶん真面目な顔をして考え込んでたから、ちょっと心配しちゃったわよ！」

エリーまで……いや、初期の頃の俺を知っている者からすれば、あり得なくもないと思うのか？

「アンとエリーが俺のことをどう考えてるかよーくわかった。二人共あとでお仕置きな」

「「ええっ!?」」

お仕置きタイムとか久々だな！　楽しくなってきたぞ！

「リリア、戻ったらフランチェスカに連絡を入れるのを忘れないでくれよ」

「こんなことのあとにっすか!?」

「さっき話したように、日常は予定どおり進めるんだ」

「そうじゃぞ。我らが魔族になぞ敗れるものか！　幾千幾億の魔物が来ようと、すべて返り討ちにしてくれるわ！」

　うむ。しかし魔王に一〇〇〇倍の数の魔物。定められた永遠の闘争に神々の遊戯。話されたことはあくまで魔族の側からの一方的な見方にすぎない。嘘がないのは確かなのだろうが、鵜呑《うの》みにすることもできない。

「まあやるしかないんだけどな？」

魔族が人族の殲滅《せんめつ》を神の意思として遂行しようとする以上、俺たちはそれに立ち向かうしかない。

　そして勝たねば未来はない。人族にも、この世界にも。

第10話　当たって砕けろ

「いまの話はあんまり信用するなよ。所詮《しょせん》は敵の言い分だ」

ダークエルフとの会談内容についてフォローしておくべきだろうと思って、公都の屋敷に戻ってから少し話をすることにした。

「そうじゃな。ダークエルフの言うことなぞ、欠片《かけら》も信用できぬ」

リリアがそう力強く同意してくれる。欠片もってことはないだろうが、話半分くらいに思っておいたほうがいいだろうな。

「永遠の闘争だとか、イトーウースラ様が血を流すのを喜んで見ている？　馬鹿馬鹿しい。そんなこと、邪神の側が勝手に言ってるだけだ」

永遠の闘争というのはなくもない話だとは思う。元々ゲームっぽい誘い文句でハロワで釣られたのだ。この世界がゲーム盤だというのもそれなりに納得できる話ではある。

ただ、ゲームというには手間も時間もかかりすぎているし、ガチで争っているというほどにはルール無用といった感じもない。そのどこか中間あたりが正解なんじゃないか？

例えばオリンピックやサッカーのワールドカップみたいな、一種のゲームではあるが、巨大な利権も絡んでいる大会。

この世界で得られる、神様の欲しがる利権、利益ってなんだろうな？　それこそ観客がいて血を流すのを見て楽しんでいるのだというのもそれなりに説得力はあるんだが、そんなに簡単な話なんだろうか？　単に娯楽的に楽しむのなら、前回の勇者と魔王の戦いは五〇〇年ほど前だから、期間が開きすぎている。

それに血を流すのを喜んで見ているというのもな……

俺の見た伊藤神《いとうしん》は常識のある立派な社会人として映った。まあ俺のやってることを面白がっている様子はあったが、それでも対応はちゃんとしていて、仕事としてやってる感じがあった。イメージがまったく合致しない。

アンによるとそもそもが永遠の闘争というような教義は神殿には伝わってないそうだ。たとえ俺たちを争わせる意図があったとしても、強制するつもりはないのじゃないだろうか。

「一対一〇〇〇っていうのはどうなの？」

そうエリーが聞いてくる。

「それはどこから出てきた数字だ？　ウィル、ガレイ帝国の人口ってわかるか？」

「かなり大雑把なら……」

「じゃあリシュラ王国は？　東方国家や南方国家群は？　ヒラギスのいまの人口なんかわかるわけがないし、人族全体ともなればなおさらだ」

魔族側の人口にしてもそうだ。人族よりかなり広大らしい領域に、下っ端の魔物とか知るか、勝手に殺しとけというトップで、人口を把握をしているなどとは到底考えられない。

「あっちのほうが多いのは確かだろうが、一〇〇〇倍とかはない。ハッタリだな」

ダークエルフは信じているようだが、切りがよすぎて怪しすぎる数値だし、なんにせよ確認のしようもない。

「人族の領域は広がってるんだろ？　人口差があっても、俺たちのほうが確実に優勢だ」

たまにヒラギスみたいに滅ぼされそうになる国が出たり、エリーの参加した開拓団みたいに失敗して逃げ帰ってきたりするものの、魔境への進出は地道に進んでいるらしい。少なくとも一方的にやられているというわけじゃないのだ。

魔族側から見るとじりじりと領土を削られていることになる。それで危機感を覚えての人族殲滅《せんめつ》計画？

まあこっちはこっちで魔物が常に侵入して襲ってくるような状況で、どっちが被害者だという話でもないのだろうが。

「優勢だった」

珍しく俺の発言を訂正したティリカの言葉に頷《うなず》く。勇者のときも帝国は首都まで攻め込まれていた。俺の力を見てなお、本気を出せばいつでもつぶせる。あのダークエルフもそう考えているのだろう。

いやほんと、どうしたものだろうかね？

「我々に与えられた加護は強力。適切に使いこなせれば、状況は覆せる」

その適切にってのが難しいし、何をすればいいのかわかんねーって話ですよ、ティリカさん……

「すべてはわたしたちの肩にかかってるのね！」

この状況でエリーはなんだか嬉《うれ》しそうだ。俺がとうとう諦めて勇者だって認めたとか思ってんだろうなあ。まあそのとおりなのだが。

魔王がいて人族滅亡を画策してるし、ダークエルフが勇者勇者言うのも、あの場で訂正するのもややこしいことになると思って黙って受け入れた。

「まあそう気張ることもないぞ。時間はまだまだあるし、人族全体の問題だし」

　俺たちだけで背負うには大きすぎる問題だ。その問題の問題はいつ頃、他にも教えるかなのだが、まあ時間はまだまだある。じっくり考えればいいだろう。

「さっきも言ったけどこの件は一旦《いったん》脇において、目の前の仕事を地道にやっていくんだ。いいな？」

「まずは対策会議をするぞ！　ああ、わかっておる。あのダークエルフのことじゃ。やつには二度と好き勝手をさせはせん！」

　まあそれはそれとして。

「とりあえずお昼にするか」

　みんな多かれ少なかれ動揺しているだろうが、美味《おい》しいご飯を食べて時間が経《た》てば、多少は落ち着いてくるだろう。


「まずは胃袋から掴《つか》むんだ」

　午後、ヒラギス公都。エルフ屋敷の庭の片隅で、俺とウィルは真面目だか不真面目なんだかわからない話をしていた。テーマはハーレムをいかに作ったか。俺の話を参考に、明日来るフランチェスカ対策を考えようという場である。

　男同士の話にしたかったが、いくら屋敷内とはいえ護衛なしでは動き回れないし、サティとミリアムが同伴である。

　他は各自のお仕事に向かった。アンとティリカは一緒に出かけている。魔物はまだまだ周辺にいて治癒術師の需要はいまだ減らないし、戦争が終われば今度は人間同士のトラブルが増える。ヒラギス担当の真偽官が来るまで、ティリカも当分忙しいようだ。

エリーは城壁の修復作業や、転移。魔物の集団がいれば殲滅の手伝いと常に多忙だ。俺も明日からそっちの手伝いだな。

エルフ組はダークエルフの件で緊急対策会議である。俺も参加するか聞かれたが、出ても話を聞くだけになるだろうし、結論だけ教えてもらうことになった。

ティリカの護衛にはシラーちゃん、エリーの護衛にはウィルが付く予定だったが、ウィルが俺に話があるというので師匠に代わってもらった。アンの護衛はいつもどおりの騎士団である。

「故郷の味を食べたくてな。色々作って食べさせたらティリカとエリーが釣れた。もちろんサティやアンにも大人気だった」

膝にのせたサティがコクコクと頷いた。

「あー、兄貴の料理、本当に独特で美味しいですもんね」

他で食べることは不可能な料理だ。俺のところへ来るしかない。

「それとは別にアンには付け届けは欠かさなかった。養育院はいくら食べ物があっても困らなかったし、俺は狩りは得意だったし」

ふむふむとウィルが頷く。

「ただ下心はあんまりなかった気がする。もちろんアンの気を引きたいってのはあったけど、肉を持っていって子供たちが大喜びするのを見るのは俺も楽しかったしな」

そろそろ一度シオリイに戻って子供たちが元気か見に行きたいな。もちろんお土産をたっぷりと持って。

「俺は駆け出しの冒険者で、アンは神官であの容姿だろ？　ファンは多かったらしいし、釣り合わないから付き合うとかあんまり考えられなかった感じだな。ちょっと仲良くなれてラッキーくらいに思ってたわ」

「でも使徒だったんすよね？」

「隠してたし、後付けで俺の実力ってわけじゃないし。おまえだって王子ってだけでモテてもそんなに嬉しくないだろ？」

「まあそうっすね」

「しばらくして町へハーピーの襲撃があって、俺とサティがこっぴどくやられてな」

聞いたことあるっす、とウィル。

「死にかけて、めっちゃ凹《へこ》んでるところをアンにすごく慰められて関係を深めた。弱みを見せたのがよかったのかもしれないな」

ウィルも弱みは結構見せてるけど、だいたい俺たちの前だったか。フランチェスカと会ったあとはもう加護は持ってたし。

「エリーとは戦いで絆を深めた。やっぱ一緒に修羅場をくぐると仲良くなるな」

「ドラゴンの討伐っすね」

ウィルはフランチェスカとは一緒に修行したし、ヒラギスでも一応同じ戦場で戦ってきた。それでなんでいまだに仲良くなれてないのか。

「好意は伝えたんだよな？」

「言ったんすけど、真面目に修行しろって怒られたっす……」

それで言われるがままに真面目に修行だけしてたのか。まあ修行が馬鹿みたいに厳しくて、余裕がなかったというのもあるのだろうが。

それとやっぱり王子だとバラすタイミングが悪かったのもあるのかね。もっと仲良くなってからなら、ちょっとしたスパイスになったかもしれないのに、早まったから関係に溝ができてしまった。

フランチェスカも高嶺《たかね》の花なところがあるしな。人間として比べた場合、フランチェスカのスペックは人として最高位じゃないだろうか。容姿、実力、人望、血統。すでに部隊も率いてるし、剣闘士大会での優勝実績もある。

対してウィルだ。実家では無能扱いされ無職。しかも家出中。冒険者としても最初からつまずく。釣り合うのは容姿くらい。弱気になるのも致し方ない面もある。

家柄に関してはエリーたちに言わせればウィルのほうが格が一段も二段も上で、しかも二人の国が隣国で外交関係が深く、交友や恋愛を一個人として終わらせられないことが、むしろ障害となっているようだ。

「サティは最初に会ったときから俺への好意が大きかった。な？」

「はい、マサル様はとってもいい匂いがしたんです。それに目が悪いと聞いてすぐに回復魔法をかけてくださったし、食べ物や服やベッドも与えてくれて、売れ残ってた役立たずのわたしを買い取ってそれはもう親切にしてくれたんです！」

ほっとけばいくらでも喋《しゃべ》っていそうなサティの口を手で塞《ふさ》いで止める。

「俺のいないところで、エリーもアンもティリカも俺がどんな感じかサティに尋ねたんだよな？」

口を塞がれたままのサティがうんうんと頷いて、もごもごとまだ話したそうにする。

「サティは俺のことならいくらでも話してくれるからな。それはもうものすごく好意的に」

紳士的で英雄的で穀潰《ごくつぶ》しの奴隷にも分け隔てなく親切で、いい匂いがして料理もうまくて家庭的なところまである。どこの完璧超人だ。

「最初に冒険者ギルドに登録したときティリカがいて、冒険者になったら何がしたいって言われてハーレム作りたいって答えたんだよ。真偽官には嘘《うそ》をついたらダメなだけじゃなくて、隠し事もダメだと思ってたからさ」

あれは相当冷たい目で見られてたな。

「それが食事に来てみたら、サティに手も出してない。サティに聞いてみるととてもやさしくて紳士的だという」

ティリカのマイナス評価が反転する。アンもエリーもそこそこ程度だった評価が一気に爆上がりしたことだろう。頼りなく見えるけど、魔法は優秀で将来性は豊かだし、サティがこんなに褒めるほどなのだ。これは買いじゃないだろうかと。

「真偽官って敬遠されがちなんだけど、サティは誰とでも仲良くできるからな。ティリカともすぐに打ち解けた」

職業柄、元々友達と呼べる存在がいなかったティリカだ。自身の売られて真偽官となった境遇もサティと似て同情的な部分もあった。一晩で親友と呼べるくらいまで仲良くなっていた。

そこに俺たちがゴルバス砦《とりで》に行っている間に結婚話が持ち上がった。相手は会ったこともない貴族の子弟である。結婚すれば当然シオリイからは離れることになる。サティとは会えなくなる。俺の作るご飯も二度と食べられない。ならいっそ俺と結婚しよう。ハーレム希望だったんだし、すでにアンとエリーとサティと結婚することは決まっていた。一人くらい増えても大丈夫なはずだ。

「まあ最初はその程度の動機だったんだけど、結婚相手と認識して付き合ってみると、案外相性が良かったみたいだ」

リリアと以降のメンバーの話はあんまり参考にならんからカット。

でもハーレムの鍵はやっぱりサティだな。奴隷としてのサティの存在感。サティの俺への好意は明白。手を出すのは時間の問題。

そんな状況ではアンもエリーも俺への好意は、喫緊の問題として考えざるを得なかったはずだ。

「サティは家事が得意だからな。よく気がつくし、よく動く」

はあ？　とウィルが要領を得ないという風な声を出す。

「だからってことはないが、俺はとにかくサティを大事に大切に扱った」

女の子との付き合いなんて皆無だったから、おっかなびっくり接しただけだったんだけどな。昔のことを思い起こしながら、膝のサティの頭をなでなでする。

「みんなサティに世話されてたからな。サティが一番好きって言っても納得してくれたんだ」

なんならティリカもサティが一番好きだし、エリーもサティをお世話係に欲しいとか言っていた。アンは優しいからサティを追い出すなんて欠片も考えなかっただろう。だから誰と結婚することになっても絶対に二人以上になるのは確定だったから、ハーレム化への抵抗はみんな少なかったはず。

「ハーピーのときはサティがまだ加護が弱かったこともあって体を張って戦った」

ちょっとくらいダメなところがあっても、いざとなれば命がけで女の子を守れる。この危険な世界では最高の評価だ。

「つまりだ。いざというときには戦える。普段から紳士的に行動する。特に女の子には分け隔てなく親切に。あと好意ははっきりと伝えたほうがいいな。エリーとかよく褒めろとかムードを出せとか言うし、かわいいとか美人だとかちょくちょく口に出すのはいいかもしれん」

「でも兄貴、俺にも結構親切っすよね？」

「そりゃまあ、人を見て露骨に態度を変えるやつなんか、信用できるか？」

別に考えてやってるわけじゃないけど、男にも女の子の半分くらいは親切にしてもいいし、命くらいは助けもする。

「あー、確かに。上にへつらって、下に態度悪かったりしたらドン引きっすもんね」

「そうそう。そういうところは結構見られてるからな」

しかし話してはみたものの、ウィルにどれだけ役に立つ情報だったか。そもそも胃袋を掴むって時点で無理があるものな。

「今度はおまえの利点を考えてみるか」

「利点っすか？」

「まずは結構気が利くな」

空気は読めるし、使いっ走りとしても便利だ。

「それに器用なところがある」

何をやらせてもそつなくこなす。普通なら器用貧乏みたいなことになりかねないが、こいつには加護という突出した武器がある。

「それから？　他にはないんすか!?」

後が続かず黙った俺に、ウィルが焦ったように言う。あとはこいつの生まれ。血統と顔か。王子らしからぬ腰の低さは……利点か？

「剣士としての腕と、王子で顔がいいこと」

案の定、しぶい顔をした。実力で勝ち取った部分じゃないしなあ。

「おまえ、自分の最大の武器を封じて勝ち目があるのか？　そんなに余裕がある状況か？　使える武器は全部使って勝ちにいくんだよ！」

俺だって加護がなければサティを買えなかっただろうし、他の嫁にも見向きもされなかっただろう。だが加護があるからってだけで、ここまでの人間関係を築けたわけでもないのだ。

「結局、どう自分の武器を活かすかって話になるんだ」

「俺の武器っすか」

剣の腕はフランチェスカにはそれほど効果はないだろうが、王子としての部分はどうだろうか？

普段チンピラみたいなこいつが突然カッコいい王子様として登場したら？

「ちょっと王子様っぽく行動してみせてくれ」

「いや、突然そんなことを言われても……」

いきなりじゃ無理か。

「おまえの兄貴とか親類で、王子様っぽくて女の子にすごくモテてたのとかいなかったか？」

「いたっす」

「その真似をしてみろ」

少し考えたウィルは立ち上がって軽く髪を整えると、キザな動きでスッと手を差し出して言った。

「素敵なお嬢さん、一曲ダンスはいかがですか？」

「おお、なかなかいい感じだぞ。けどもっと芝居がかった感じでもいいかもしれない」

俺の言葉に今度は膝をつくと、少々大げさすぎる感じの動作で喋り始めた。

「ああ。この哀れな美の下僕にどうか、貴方《あなた》とのダンスという栄誉をお授けください」

「いけるいける。な？」

「はい。ウィルさん、すごくかっこいいですよ！」

サティがそう言うと、ミリアムもぽかんとした表情でウィルを見ている。いまのはガチで王子様っぽかった。かなりキザったらしかったけど。

「しかし、おまえの兄貴にそんな感じのがいるのか……」

「いるんすよねえ……」

だがこの路線でいけそうな気はするぞ。

「確かにキザったらしくて、同性から見るとあまり好ましい感じではないけど、おまえには剣士としての腕がある。ただキザなだけじゃない、剣聖の弟子で実戦経験も豊富な実力者がやることに価値があるんだ」

「確かに！　その兄貴も仕事はそこそこできるんで、キザすぎるくらいキザでも許されてる感じなんすよね！」

「よし、じゃあ明日はいまのでやってみろ」

「えー」

「そのままやれってんじゃない。王子様っぽい部分を自分らしくやればいいんだ。剣でもそうだろ？　まずは真似をして、それを自分のものにする。ああ、どうせなら明日は剣の修行に充てるか。剣の修行をする王子様。これでいこう」

　そこにフランチェスカがやってきて、いつもと違う様子のウィルにドキッとするという寸法である。

「大体いきなりそんなに態度が変わってたら不自然っすよ？」

　確かにそうだな……

「こうしよう。そろそろ実家に戻るつもりだから、言葉遣いを元に戻すことにした」

　本当の話だし、実にいい口実だ。

「決め台詞《ぜりふ》は実家の家族に紹介したい。ついてきてくれますか、だ」

「で、できますかね？」

「できるかできないかじゃない。やるんだ！　当たって砕けるんだ！」

「砕けちゃダメなんじゃないですか？」

　サティが実にまっとうなツッコミをする。なんか言葉の使い方違ったっけ？

「砕けないように当たれ？」

　ちょっと違うな。日本語の慣用句を異世界言語に直すのって難しい。

「当たって砕ける……くらいの勢いでいけ」

　これだ。

「当たって砕けろっていうのはそういう意味の言葉だ。おまえに足りないのはそれだな。勢い。フランチェスカを好きだっていう熱い想《おも》いを、気持ちをぶつけるんだ！」

「なるほど、当たって砕けろっすね！」

「よーし、慣れるために今からやってみろ」

「フランチェスカさん、貴方の愛を得るためなら、この身が砕け散っても構わない！」

「いい感じじゃないか」

いいアドリブだ。咄嗟《とっさ》にこういうことができてしまうあたり、やっぱり器用だわ。

「うあー。やっぱ無理っすよー」

他人事《ひとごと》だと俺も平気だけど、自分がやれってなったらやっぱ相当恥ずかしそうだ。だが他にいい作戦も思いつかないならやってもらうしかない。

「当たって砕けるんだろ？」

ダメならダメで早めに次の恋を見つけたほうがウィルのためだし、俺はどっちに転んでもまったく構わん。

でも望むらくは、物語はハッピーエンドで終わるほうがいい。

「今日はずっと王子様の練習だな。剣のほうは調整がてら、今から俺が相手をしてやろう」

ウィルに足りないのは修羅場だな。死線を越えた経験がない。剣聖のもとでの修行はそれに近いものがあったが、それでは足りなかった。だから告白くらいでオタオタすることになる。

ちょっと本気で鍛えてやるか……

「俺から一本取ってみろ」

突然の俺の殺気にウィルがぎょっとした顔をする。

「一本も取れなければ……フランチェスカとは二度と会わせない」

「え？　本気じゃないっすよね？」

「おまえのフランチェスカへの想いはその程度なのか？　ならば手合わせするまでもないな。フランチェスカは諦めろ」

　立ち上がって準備を始める。革鎧《かわよろい》で剣闘士ルールでいいかと、アイテムボックスから装備ボックスをいくつか放出する。

「フランチェスカはいい女だ。俺が貰《もら》ってやる」

「本気じゃないっすよね？」

　ウィルの表情が厳しく、声も低くなった。そんな凄《すご》みのある顔もやればできるじゃないか。

「俺がフランチェスカをモノにできないと？　あいつは俺の力をつぶさに見ている。俺を王国から出さないためならなんでもするさ」

「兄貴……」

「俺が女の子のことで冗談を言うとでも？　俺は本気だぞ」

　ウィルもようやく剣を手にし、準備を始めた。

「フランチェスカに加護が付けば、さぞかし強くなるだろうな。そうなったら、ウィル。おまえの居場所はないぞ？」

「兄貴！」

「世界が滅亡するかもしれないんだ。覚悟もない人間に、俺の横に立つ資格はない」

　ウィルの問題の原因は俺たちだ。強すぎる俺たちと一緒にいたせいで、こいつは死線といえるものを経験する機会がなかった。

「さあ、準備ができたら構えろ」

偽物の修羅場だが、経験しないよりはマシだ。ウィルもずいぶんと腕を上げてきていて、俺が剣の師匠面《づら》ができるのもきっとそう長い間ではないだろう。ならば今のうちに、できる限りのことはしてやろう。

ふと思う。軍曹殿も俺を鍛えるとき、こんな気持ちだったのだろうか？

第11話　ウィルの求婚

「まあよかろう。一本だ」

そう言うとウィルは崩れ落ちた。うん、いま攻撃を食らったのは俺のほうなんだけどね？　立ち上がれと言いたいところだが、限界だったのだろう。

最後は俺が受けきったと思ったところに、強引に押し切られての一撃。俺より背の高いウィルが上背をうまく活かしての攻撃だったのと、戦闘が三時間を超え、俺の足腰がすでにヘロヘロだったためだ。

剣闘士ルールなら確実に続行を言い渡される程度の弱い一撃だったが……倒れたいのは俺のほうである。なんで三時間もかかるんだよ！

「ギリギリ合格ってところだな。時間がかかりすぎだ。ヒラギスに行く前にはもっと早く、何本に一本かは取れてただろ？」

一時間が過ぎる頃には早く終わってくれと祈っていた。ガチでやったとはいえ、奥義は封印。回復魔法も俺が一撃貰《もら》ったら終わりだから使うこともない。気絶や致命傷を与えて完勝してしまってはウィルが追放になってしまうと、かなり気を使って戦ったのだ。

「マサル様が、かなり強くなってますよ」

サティが言う。肉体強化系スキルはすでに戻してあるんだが、思ったより効果があったのか。

「そ、そうっすよ。全然勝てそうにないからほんとどうしようって……」

「いや、悪かったよ。フランチェスカのことは、そんな気はまったくないからな？」

「わざと煽《あお》ってるってのはわかってたんですけど、兄貴が言うと本気にしか聞こえなかったっす」

こいつもか。俺がそんなことやる人間じゃないってことくらい……

いや、でも、ありそうって思うのか？　ハーレムの人数は二〇人に迫ろうって数。傍《はた》から見れば女癖が悪いなんてもんじゃない。

でもそもそも、エリーやアンがそんなことを許すわけがないのだ。

「主殿《あるじ》、次は私とやろう！」

シラーちゃんがすでに準備万端の装備で俺へと迫ってきた。

世界滅亡とか聞かされて、だらだらと仕事をする気にならなかったのだろう。みんなすでに帰ってきていて、のんきに観戦である。

「わたしもやりたいです！」

サティまで手を挙げる。いやもう三時間ガチでやり合って足腰がガクガクなんだけど？

「今日はウィルを鍛えるためで、俺は調整程度のつもりだったからもうやらんぞ」

「ウィルだけ相手をしてもらってずるい！」

「代われるものなら代わってほしかったっすよ……」

「ウィル、言葉遣い」

「言葉遣いって？」

心配して回復魔法をかけに来てくれたアンが尋ねてくる。

「ほら、こいつそろそろ実家に戻るだろ？　今の話し方じゃまずいだろうって、言葉遣いを直す練習を今日からしようってことになって」

てか死にそうになってもそっちが素で出るんだな。マジで矯正が必要だ。

「病み上がりで無茶しちゃダメって言ったでしょう。それに言葉遣いを直す話がなんでこんな修行になってんのよ……」

告白度胸をつけさせるためです。サティやウィルたちの修行は主に、サティの少し前にソードマスターになったデランダル・カプランという帝国貴族出身の剣士が担当していた。こいつはサティでも負け越すくらい強いし、指導者としても十分な力量があるのだが、すぐにウィルの出自がバレていたのだ。自国の王子である。過度に過酷な修行ができるわけもなく。

まあ修行は基本的に厳しいし、ほとんど全員がウィルより力量が上な剣士の中で揉《も》まれたのだ。腕は確実に上がってるし、そのうえメンタルまで鍛えてないからと文句を言うのは贅沢《ぜいたく》すぎるのだろうが。

「でもこれで明日は大丈夫だな。俺よりフランチェスカを相手にするほうが楽だろ？」

「大丈夫、と言いたいところですが」

ようやく立ち上がったウィルが真面目くさった感じでまた弱気なことを言いだす。

「明日もう一回やるか？」

ぶんぶんと首を振るウィル。

「マサル殿は男性相手には厳しすぎるのではないですか？」

まあ確かに。俺より強いサティはともかく、シラーちゃんやミリアム相手にこんな特訓ちょっとやれない。

だが俺もウィルも、冷酷非情な剣術師匠、剣聖が修行の途中からこの場にいたのをついつい失念していたのだ。

「今からもう一回だな」

「ええっ!?」

そして当然俺が見逃されるわけもなく。というか俺がメインターゲットだよ！

「マサルもやる気があって実に結構。まずはシラーの相手からだ。ミリアムも準備しろ」

だから早く終わらせたかったんだ……

夜に予定してたアンとエリーのお仕置き？　限界まで絞られて、そんな余力があるはずもなく。でも疲労困憊《ひろうこんぱい》な俺を、二人がかりで甘々にお世話してくれたからまあいいか……


「そのような便利な魔法が使えるなら、もっと早く教えてくれてもよかったのではないか？」

翌日、呼び出されたフランチェスカは朝一番にやってきた。そして転移魔法でいつでも王国に送れると言うとこんな返答である。

「ビエルスどころか帝国も行ったことがなかったから、転移ポイントを作るために最初の移動は必要だったし、それに教えれば使いたくなるだろ？」

「まあそうだな」

「上のほうから命令されてはそうそう断れない」

フランチェスカの公爵《両親》は娘をビエルスに修行に出すのをだいぶ渋っていた。転移が使えるとわかればこれ幸いと使用を要請しただろう。フランチェスカにだけ教えて使うという手もあったが、フランチェスカとは会ったばかり。そこまで信用はできなかった。

　まあどっちにしろビエルスには普通に移動するしかなかったんだけど。

「そうかもしれない」

「そのうち王様や公爵様だけじゃなくその周辺にも便利に使われだす。新任の子爵ごときが簡単に断れると思うか？」

　移動できる場所に制限はあるが、魔力は豊富だし転移自体はそれほど手間でもないのだ。

「きっとつまらん用事で何度も何度も呼び出されるぞ？」

　フランチェスカは俺の予測に軽く頷《うなず》いた。

「だけど今ならある程度は突っぱねることもできる」

　ヒラギスでの戦果があるし、エルフの後ろ盾も強力だ。師匠を連れていってもいいな。剣聖はかつてガレイ王の招聘《しょうへい》すら、頑として拒んだ。剣聖に言うことを聞かせられるのは世界中で俺くらいのものだろう。

「あんまり扱いがひどくなるようなら、ヒラギスからも王族待遇でどうかって誘われてるしな」

　もし王国での居心地が悪くなるなら真剣に考えないといけないかもしれない。

「それは困る！」

「そもそもマサルはもはやエルフの王族に準じる者。なんなら正式に養子に入ってもらってもよいのじゃ。軽く扱ってもらってはエルフの沽券《こけん》にも関わることぞ？」

「まあ転移のことに関してはエリーとリリアに相談してくれ。悪いようにはしない」

　フランチェスカは俺の言葉にほっとしたように頷く。希少な転移術師、それも世界最高クラスの使い手を確保したとあれば、剣聖の弟子となったことと併せて、フランチェスカの王国での立場は相当に強化されることだろう。それは兄弟弟子で仲のいい俺たちにも利益がある。

「あとな、俺がエルフの守護者ってことは絶対口外しないでくれ」

「魔族から暗殺者を送られたからの。ただ幸いなことに、奴らはマサルをエルフだと思い込んでおる。守護者は誰がなんと言おうとエルフ。マサルとはなんの関係もない」

「なるほど、了解した」

王国への送迎は俺も手伝うつもりだったが、俺が転移魔法を使えることも含めて目立たないほうがよさそうだ。俺の存在が地味なら、派手な守護者と結びつける者は少ないはずだ。

とりあえず俺が守護者の格好でヒラギス復興のほうに回れば、エリーに余裕が出るから転移は任せて、俺は土木工事専門でやることになるだろうか。

それすら危ないからやめたほうがいいという話もあるのだが、俺が完全に暇になると、師匠が黙っていない。修行漬け確定である。

「それで王国にはいつ戻る？」

「お前たちはまだ当分ヒラギスにいるんだろう？」

「今回の戦いの褒賞とか叙勲のための式典が一ヵ月後くらいにあるから、それまでだな」

「では私もそれくらいに戻ろう。一度戻ると次はいつ出てこれるかわからんからな」

それでやってるのが連日の魔物狩りか。フランチェスカは王国から送り込まれた部隊を完全に掌握してほぼ私物化して、常に最前線で引っ張り回し、今またいつでも帰れる状態なのに、まだ戻りたくないからと付き合わせている。可哀想《かわいそう》に。

「そういえばあいつ、ジョージ・パイロンはどうしてるんだ？」

ジョージはティリカの元婚約者候補の貴族のボンボンだ。しかしあくまで候補の段階だったのを、俺が横からティリカを掻《か》っ攫《さら》ったと恨んで、王都で俺とエルフに喧嘩《けんか》を売った懲罰として前線の部隊に送られた。その行き先は奇《く》しくもヒラギスである。いま現在一番ヤバい戦場であるからそこはたまたまなんだろう。

「長い戦場暮らしでいい感じに仕上がってるぞ。すぐ外にいるからここに呼ぶか？」

仕上がってるってなんだよ。だけどまあちゃんとしてるようならいいか。俺やティリカに下々の者に交じって兵隊をしてるところなんて見られたくないだろうし。

「いやいい。これからまた狩りか？」

フランチェスカの装備はいつもの実戦用指揮官装備だ。

「むろんだ。エルフの偵察部隊がずいぶんと精力的に動いてくれているから、こちらも応えないとな」

それはあれだな。別にヒラギスやフランチェスカのためじゃなく、ダークエルフの件で偵察が活発になってるんだな。それでせっかくだし、現地で魔物の排除に動いている部隊に情報を提供しているのだろう。

ていうかウィル、なんか喋《しゃべ》れよ……

当分こっちにいるなら急がなくていいとか考えてそうだ。そもそもフランチェスカが来るのが早すぎた。俺たちも朝食後すぐに修行を始める準備をしていたのだが、始める前に来てしまったのだ。

「いま師匠がいて、今日は修行を見てもらうんだけど、フランチェスカもどうだ？　たまには部隊も休ませてやったほうがいいだろ？」

　このまま話が終わってはフランチェスカが帰ってしまう。いつ何時《なんどき》、どんなトラブルが起こるかわからないのが俺の近辺だ。告白のチャンスは逃させない。

「お師匠様が直接!?　もちろん私も参加するぞ！」

　フランチェスカの担当はホーネットさんで、師匠はほとんど俺とミリアムについてたから、フランチェスカも直接修行を見てもらうことは滅多になかったらしい。

「そうそう、ウィルがフランチェスカに話があるそうだぞ？」

　突然だが、昨日は散々話し合ったのだ。もしここで怖気《おじけ》づくようならもう知らん。そう思いながら、後ろのウィルに場所を譲る。

　いきなりで驚いたようだが、それでも覚悟を決めたようだ。ウィルの表情が真剣そのものになった。

「おれ……私は近々、家に戻るつもりです。フランチェスカ殿」

　そう言うとすいっと片膝をついた。

「そのときは一緒に来てほしい。貴方《あなた》を両親に紹介したい」

　そう言ってフランチェスカに手を差し伸べた。よくやった！　だがフランチェスカは突然の告白にさすがに戸惑っているようだ。

「ウィル……ウィルフレッド殿。ご好意は嬉《うれ》しいが私は王国を愛している。離れるつもりはない」

　それはむろん織り込み済みである。フランチェスカは王国で仕事があるし、将来の将軍と目されている。対してウィルは無職だし、婿養子でも全然構わないのだ。

「もちろんわかっています。私の望みは貴方と生涯を共にし、並び立ち、戦いたい。それだけです。そのためならば、すべてを捨て去りましょう」

そして腰の剣を抜いて捧《ささ》げ持った。

「フランチェスカ。ただの剣士、ウィルとして、この身とこの剣を貴方に捧げることを、どうかお許しください」

うん。なかなかカッコよく決まったぞ。

しばしの静寂が流れる。フランチェスカは難しい表情で考え込んでいる。いや、しかしこれ、勝算あったの？　好意は一度は伝えたそうだが、いきなりの重い告白。大変な状況下とはいえ、もっと手順を踏んでやらせるべきだったかもしれん。

「……二つ条件がある」

だがようやくフランチェスカがそう話しだした。

「勝負して私に勝て。捧げるに足る強き剣であることを証明してみせよ」

それならなんとかなる。以前はフランチェスカが上回っていたが、ヒラギスでレベルがだいぶ上がったし、スキルも取れてる。勝機は十分にある。

しかし現時点ではフランチェスカのほうが圧倒的に勝率が高い。これは……断るための体《てい》のいい口実か？

「そしてもう一つ。私をお前たちの仲間にしろ」

「それは……」

ウィルが俺のほうを振り返る。

「それがどういうことかわかっているのか？」

こいつは俺のことを完全に勇者だと思っているはず。

「わかっている。必要ならば私こそがすべてを捨てよう」

こいつも勇者の仲間になりたいガールだったか。

「いいぞ。ウィルが勝てば……」

あれ？　そうするとフランはわざと負けるほうがいいのか？　フランチェスカが勝てば、ウィルは振られて仲間にもなれない。しかしウィルが負けて振られた状態で仲間にするのは、ウィルにとって残酷だ。

仲間にしたところでフランチェスカには加護は付かないだろうし、だったらウィルが優先。

これ、もう勝負なんかなしで、ウィルとくっつけて仲間にしちゃえばいいんじゃね？　そう思ったのだが……

「もうすぐ帝国で剣闘士大会がある。それで決着をつけよ」

この場には冷酷非情な剣術師匠がいたのである。

「そして勝った方に、奥義を授けよう」

師匠もまた煽るようなことを。これでフランチェスカは一切手が抜けなくなった。俺とサティが奥義を会得して、自分がまだなのをずいぶんと気にしているのだ。でもフランチェスカが勝ってしまうと俺たちの仲間にはなれないし、ウィルは振られる。本当に誰が得する話なんだ？

んー、まあウィルが負けてもなんやかや理由をつけて俺たちの仲間にして、ウィルに再度チャンスを与えてもいいか。フランチェスカが仲間になること自体は別に悪いことじゃないと思うし。

「剣闘士大会があるんですか？　わたしも出たいです！」

サティはやめてさしあげろ。当たったら二人とも負けてしまう。それじゃあさすがに格好がつかなすぎる。

「貴方の愛を勝ち取るため。決して負けません」

立ち上がり剣を収めたウィルが力強く宣言をする。

「ふふっ、楽しみにしているぞ」

なにか通じ合ったのか、しっかりと見つめ合う二人。脈はあるのか。まあ修行中も普通に相手をしていたようだし、何かしらの好意はあったのだろう。

もう面倒くさいからおまえらさっさとくっついちゃえよ……

だがいい感じになった空気を師匠が容赦なくぶち壊す。

「とりあえず修行を始めるか。ウィル、マサル。昨日のをもう一回だ」

やっぱりやるのか……ウィルが一本取れるまで、延々と相手をする。それが終わったらミリアム、シラーともやって、最後にサティ。これは俺のほうが弱いから、俺が一本取れるまでである。それで今日はフランチェスカもこれに加わるのか？

当然ながら昨日の疲れは全然抜けてない。だが師匠が監視しているのだ。手も抜けない。

俺とウィルは悲壮な思いでしばし見つめ合い、昨日のアレをもう一度やるべく覚悟を決めて、庭の中央へと向かうのだった。

■■■■■■■■■■■

「ティリカ殿……」

ジョージにとって今の境遇をもたらすことになった元婚約者を、たとえその姿がエルフと同じ格好のローブで隠されていようとも見まごうはずもなかった。

「ジョージ・パイロン。元気にしてた？」

今の姿は一般兵と同じ、何の飾り気もなく不格好で使い古された鎧《よろい》姿。風呂になどろくに入れないから臭うし、長い戦場生活で疲弊し、顔は見る影もなくやつれて見えることだろう。

「ええ、とても元気です」

だがジョージはそう答えた。ここ数日はちゃんと屋根のある場所で眠れたし、食事も十分な量をゆっくりと取ることができた。まだ連日魔物狩りには駆り出されるが、戦争自体は終わった。その魔物狩りも後衛で補助に回る自分にはほとんど危険もなく、長きにわたった戦場のストレスから解放され、実際いつになく調子がいいのだ。

「それはよかった」

「ティリカ殿もお元気そうで」

戦場では何度か見かけたが、久しぶりに近くで見る元婚約者の姿は、かつてとまったく変わりないように思えた。フランチェスカ様によるとヒラギスでは緒戦から常に、最前線に立って戦っていたはずなのに。

「フランチェスカは、剣聖に剣術の修行を見てもらうことになったのを伝えに来た。だから今日はリシュラ王国軍はお休み」

伝えられた朗報にジョージの仲間たちから喜びの声があがる。

「我々の帰還はいつ頃になるのでしょうか？」

部隊長がそう尋ねた。今日はエルフの転移で王国に送ってもらうためのスケジュールの確認。そう聞いていた。帰路の苦労もなく、一瞬で王国に戻れると聞いて皆大層喜んだものだ。

「一ヵ月後くらいになると思う」

「そう、ですか。今日は休暇にすると部下に伝えてきても？」

「うん」

ティリカ殿の返答に部隊長がさっそく部下を伝令に走らせる。だが自分たちはフランチェスカ様の護衛も兼ねている。一緒になって休むわけにもいかない。

「見学する？」

貴方たちは休まないのかと問われ、そう答えた部隊長にティリカ殿が提案してきた。

「よろしいので？」

すでに修行は始まっているようで、敷地の外にまで剣戟《けんげき》の音が伝わってきていた。

「見られて困るようなものじゃない」

エルフが厳重に守る門を抜けると、庭ではエルフが鈴なりになって観戦していた。

「少し場所を空けてもらう？」

「いえ、ここに土魔法で観戦台を作っても？」

土魔法は使いこなせれば非常に便利な魔法だ。戦場でもとても重宝されたし、それで命が助かったこともある。ジョージが家に頼って暮らしていた頃にはまったく気づかなかった視点だ。

いい位置に陣取れたし、エルフは息を殺すように静かに見ていたので、後ろのここにまで剣を振るう者の息遣いが聞こえてくるようだった。

マサル・ヤマノスの相手は恐ろしいほどの手練《てだ》れだった。体格もいいし、動きもマサルを圧倒していて、マサルは受けに回っているように見えた。

だが倒れたのは相手のほう。

そしてすぐに回復魔法が入って、倒れたほうが再びマサルに立ち向かっていく。

マサルのほうはどうやら受けに回って、隙《すき》を見て攻撃を加えているようだ。

「動きが単調になっているぞ」

再び倒れた相手にマサルからの容赦のない指摘が入る。自分が所属しているのは実戦部隊だけあって誰もが目が利く。それが――

「どこが単調だった？」

「いや、さっぱりわからん」

「それよりまだやるのかよ……」

三度目のダウンに至ってついに相手が立てなくなった。正確には立ち上がったものの膝をついてしまった。

交代を告げられた相手は相当悔しげに次の相手に場所を譲った。

「マサルから一本を取れるまで終われないルール」

ティリカ殿の説明が入る。またしてもマサルを圧倒しているように見える相手のほうが格下なのか。

「だが相手のほうが動きがいいし、マサル殿の動きはずいぶんと精彩を欠いているようですが」

もう体力が尽きかけているように見える。

「全員を相手にするし、昨日もやったから体力を温存した戦い方なんだと思う」

連日……これが剣聖の修行。過酷というほかない。

二人目との激しい戦い。一人目とは違い、パワーで叩《たた》きつける戦い方で、時折マサルは力で押され、崩されそうになる。それでも崩れずに反撃し相手を退け続ける。

半刻《一時間》余り、相手はマサルを打ち崩すことができなかった。長時間の戦いで双方すでにボロボロである。相手のダウンは一度。軽い一撃はどちらも何度か入れているが、どれも有効打とはなっていなかった。

そして初めて入ったマサルへの一撃。力のある相手の重い一撃を体に受けて、それでも倒れず、自ら回復魔法をかけて、次の相手に向き合った。

「おお、フランチェスカ様だぞ！」

「さすがのマサル殿も消耗しすぎて分が悪いんじゃないか？」

だがマサルの目からは力は失われていない。

フランチェスカ様が動いた。素早い、あらゆるものを斬り裂くような鋭い剣。だがそれをもすべてマサルは捌《さば》いてみせた。

何度も何度も。さすがにこれはフランチェスカ様の勝利で終わるだろうと思われたが、突然様相が変わった。じりじりとフランチェスカ様が後退する。

「なんだ？」

「たぶんマサルが我慢できなくて奥義を使おうとしてるんだと思う」

奥義。ここまで奥の手を隠して戦っていたのか。

戦うマサルから視線を外し、ティリカ殿をじっと見つめる。

自分はマサルの足元にも及ばない。特別だ、優秀だと思っていた自分の力も、戦場においては翻《ほん》弄《ろう》される一兵士にすぎないことが実感できた。

だが戦場を制圧し、どれほどの劣勢であろうと撥《は》ね返す圧倒的な力もまた、確かに存在する。自分たちはエルフたちやティリカ殿がいなければ、生き残ることもできなかったはずだ。

ティリカ殿にどちらがふさわしいか。そんなことはティリカ殿にとっては考えるまでもなかった。

即答で断られたのも当然のことだった。

「わたしはマサルを支えなければならないから」

目の合ったティリカ殿の言葉にジョージは苦笑しつつ首を振る。

「未練はまったくありませんよ」

召喚魔法でドラゴンや陸王亀《ランドキングタートル》すら使いこなすティリカ殿が、支えなければならないと言うマサル。絶大な魔法力を持ち、圧倒的な剣術を身につけた……

(ああ、そうか。戦場でまったく見ないと思ったら。エルフの守護者《ガーディアンオブエルフ》、あれがマサルだったのか)

そう考えると色々と腑《ふ》に落ちる。

光魔法の使い手。どんな困難な敵にでも立ち向かう勇者。

「ボクは貴方がたに、ずいぶんと迷惑をかけた」

二度も勇者の前に立ちふさがって、よくぞ前線部隊に回される程度の罰で済んだものだ。喧嘩を売った相手はマサルだったにもかかわらず、なぜかエルフが激高したというのも今ならジョージにも頷ける。

その罰にしても今にして思えば温情をかけられたとしか言いようがない。最初はジョージもひどく恨んだものだが、ただ兵士にされただけなのだ。性根を鍛え直そうと、更生の機会を与えてくれた。

「マサルに謝っていく？」

「今さら合わす顔もないでしょう」

いまだ罰は終わっていない。

「ですがボクがもう少し、ましな人間になれたら。そのときは……」

改めて謝罪をして、もし許されるなら勇者を支える一人に。そう思うのは傲慢《ごうまん》だろうか。

第12話　マサル団長の帰還

このまま師匠の言いなりに修行をしてたら体がもたないと、急用を思い出すことにした。

「そろそろ居留地とゴケライ団の様子を見に行かないとな」

居留地はともかく、ゴケライ団はティトスにずっと任せっきりである。今後どうするかも決まっていない。

俺がそう言うとアンとティリカも来るという。二人は砦《とりで》の養育院の訪問がしたいようだ。そこにリリアも加え、聖女アンジェラ騎士団やいつもの護衛《サティたち》も含めると結構な大所帯になった。なるべく目立たないようにと冒険者風の装いで、最初の目的地、俺たちがヒラギスで最初に制圧したラクナの町での拠点へと転移した。

「まずはティトスよ、ゴケライ団の指揮、ご苦労じゃった」

団員の様子を見る前に、まずはずっと団の面倒を見てくれていたティトスとお話である。

「リリア様のご命令とあらば何ほどのこともございません。それによい経験になりましたし」

ティトスは本来リリアの護衛騎士である。それを適当な人材だったからと、なし崩し的にゴケライ団の面倒を見させていた。こっちも色々大変だったとはいえ、長きにわたる放置、正直悪かった。

ちなみに同じく護衛騎士であるティトスの妹のパトスのほうは、ヤマノス村の屋敷を管理してもらっている。こちらのほうは毎日とても快適に暮らしているようで、エルフの里の戦いでもう一生分の苦労をしたとか言っていて、屋敷の管理も大事な仕事とはいえ、ずっと引き篭《こ》もっていられて実に羨《うらや》ましい限りである。

「それであと一ヵ月くらいはヒラギスにいることになるんだけど……」

「ではその間はここで依頼を受けることにしましょう。報酬もちゃんと出るようですし」

そういえばお金は全然出してなかったな。装備一式は最初に支給したし、ヒラギス奪還作戦の間は、物資も食料も軍から支給されていたそうで、手間がかからなくていいと思っていたのだが、報酬か。俺たちもずっと無報酬で戦ってたし、全然考えてなかった。

元々が後方支援部隊として当分の間は弓とか剣を教える予定で、実戦投入するつもりなんてまったくなかったというのもある。

「今までは団員への報酬はどうしてたんだ？」

「私の手持ちからお小遣い程度は出しておりました」

少額とはいえポケットマネーから持ち出しか。ヒラギス奪還に関しては徴兵によるものである。報酬は雀《すずめ》の涙ほど。戦後、なにかしらの報奨があるかもしれないが、そっちも期待できそうにもない。ゴケライ団は活躍らしい活躍をしたわけでもないのだ。

弓だけは最低限使えるようになったとはいえ、子供の集団である。基本的には城壁での防衛担当で、十分役には立っていたようだが、あまり危険な場所に送り込むほど軍も無謀でも非情でもなかったようで、報奨が出るほどの目立った活躍とは縁遠かったようだ。

「その分はあとで教えてくれ。今後は俺のほうから出そう。報酬はどうするかな……」

そもそも傭兵《ようへい》団の運営ってどうやるんだろう。報酬は固定給＋お仕事したら歩合で出す感じでいいとして、誰か大人で俺の代理をしてくれる人材がどうしても必要だ。

仕事には当分は困ることはないだろう。むしろ傭兵や冒険者たちにとっては戦後こそ稼ぎどきである。護衛と討伐が主であるが、復旧作業をするにもヒラギス中に散った魔物をどうにかしない限り護衛もなしでは安心してできない。軍曹殿も剣聖の後継者になる話は一旦《いったん》置いておいて、いまはリシュラ王国冒険者ギルドの代表として忙しく動いている。

「とりあえず団員に会いに行こうか」

報酬のことを考えているうちによい案を思いついた。


「団長！」「団長だっ」「マサル団長！」

広間で待っていた子供たちは俺の登場に沸き立った。両手を上げて集まってきて優勝の胴上げでもしそうな勢いである。

いや、あながち間違いでもないのか。ヒラギス奪還作戦は成功し、祖国が取り戻された。優勝なんて比較にならない嬉《うれ》しさだろう。

臨時団員の大人たちがそれを後ろから温かく見守っていた。彼らはティトス一人では大変だからとエルフの里が出してくれた手伝いのエルフたちと、年齢を理由に徴兵が見送られた老兵が、子供に戦わせるくらいならと、無理をして加わってくれた臨時の団員である。

しばらくは騒ぐに任せて、落ち着いたところで話し始めた。

「久しぶりだな、ゴケライ団団員たちよ。長いこと放置していてすまなかった」

俺が話し始めるとすっと静かになった。

「いえ、マサル団長の活躍は後方にまで伝わってきております。それを聞くたびに我々もがんばらないとと力になりました」

代表で堅苦しく挨拶をするのは最年長のカルルだ。カルルが一二歳。最年少が六歳で総勢一八名。ほんとに誰が戦場に出そうなんて考えたのやら。

エルド将軍がエルフの戦果を広めてくれていたのもあって、エルフの活躍は戦場や後方では誰もが知っている。加えて団員にはある程度の事情は教えてあるし、ティトスを通じて一般のエルフが知る程度の情報も入っていたようだ。むろんそのあたりは口外しないよう、しっかりと言い含めてある。

しかしカルルは普通の子供だったのにえらくきっちりした感じになったな。口調はティトスの真似だろうか。

「おまえたちの活躍もティトスから聞いている。厳しい戦場で誰一人欠けることなく、よくがんばってくれた」

それに関しては手伝いのエルフとベテランの老兵が加わってくれたことで、バランスの良い戦闘集団になっていたお陰でもある。

「応援に来てくれたエルフには感謝を」

そう言って軽く頭を下げる。たった三人ではあるが、俺に関わることだ。きっと優秀なのが派遣されてきたのだろう。むしろ傭兵団の主力とさえなっていたのではないだろうか。

「もったいないお言葉でございます」

「ベテランの獣人たちも、よく初陣の団員たちを支えてくれた」

「マサル殿からの居留地への支援を考えれば、老兵の身の一つや二つ、いかようにでもお使いくだされ」

その言葉に軽く頷《うなず》く。まあ彼らにとってこの子たちは身内だ。俺から礼を言うのも筋が違うだろう。

「それで報酬なんだけど、お前ら、領地が欲しくないか？」

子供たちに向き直って言う。ネイサン卿から申し出のあった報酬である。俺は領地とか貴族位とかは特に欲しくも必要でもなかったが、現地人のこいつらなら欲しがるかもしれない。

「領地、ですか？」

「領地ってなあに？」

「それはほら、あれだよ……村とか町？」

年長のカルルは獣人の中でも頭がいいってこともあるのだが、さすがに年少の六歳児では理解が追いつかない言葉もあるようだ。いやほんと、なんでこいつらを前線に出すとか考えたのやら。

「村とか町をいくつかまとめて持ってるのが領主で、その治める土地が領地だな。つまり領主にならないかって話だ」

実際は俺が貰《もら》っておいて当面は代官を立てて、しばらくしてから譲るって形になるのだろうか。結構広い領地でもいいらしいし、各人に分割してもいいな。足りなければ開拓でもして村を増やして、住人は獣人をメインに呼び込めばいいだろう。

ヒラギス公国は面目が立つ。獣人は喜ぶ。俺も面倒が少ない。ウィンウィンである。

「あれ？　嬉しくない？」

その場でこちょこちょと相談を始める団員たち。大人の獣人たちも二言三言発言するが、彼らにしても兵士や冒険者出身の者ばかり。かなり困惑しているようだ。

「ご命令とあればなんでもやりますが……」

すぐに結論が出たようでカルルがそう言う。

「ああ、命令じゃないよ。欲しいか、欲しくないかって話で」

あんまり欲しそうな雰囲気じゃないな。もうちょっと説明しとくか。

「俺たち、ヒラギスでちょっとばかり活躍しただろう」

「ちょっと……？」

うんまあ、そこは流せ、カルル。

「それで功績に応じた褒賞をってことになったんだけど、俺はリシュラ王国に領地があって、子爵にもなる予定だからこっちで領地を貰っても困るし、そもそも欲しくないしな」

だがお金や何か価値のあるものといっても今のヒラギスでは、地位や名誉、あるいは荒廃した領土くらいしかない。脱出するときに持ち出せた資産があっても、生き延びるため、ヒラギスを取り戻す戦いのために使い果たしたことだろう。

それでまあ褒賞授与の席でエルフを褒め称《たた》えたり、今後の友好やらエルフが困ったときに助ける約束やらで誤魔化そうと話し合っていた。

「だけど別に俺が直接領地を運営する必要もないし、それでおまえらが欲しくないかと思って」

「貰っても運営できませんし、貰う理由もありません」

カルルが冷静に答える。実にごもっともである。何か特別な功績があったわけでもなく、突然領地あげようって言われても困るだけか。

「当面は誰かに代官を任せて、しばらくしておまえたちに譲渡すればいいと思ってたんだが」

どっちみち一二歳で領主になるのは無理があるし、何年か後の話になる。

「それならマサル団長がずっと領主をやっておけばいいのでは？」

まあそれもアリといえばアリなんだろうが、これ以上仕事を増やしたくないし、貰うメリットがあまりない。なにせ荒廃して復興に手間がかかる他国の土地である。

「まあいらないならいい。でも気が変わったら言えよ。相談に乗るぞ」

やろうと思えばまったくの新規開拓も難しくない。城壁と農地と家だけ造ってしまえば、俺の村とエリーのお兄さんの村の開拓で経験もあるし、鉱山開発や特産品の酒造りも習得中でノウハウは十分。軌道にさえ乗せれば後の運営はお任せでいい。やる気のある者なら勝手にやってくれるだろう。

しかし子供たちはそのやる気がないし、興味もなさそうだ。

「でも居留地の人なら喜ぶかもしれません」

居留地の獣人の長なら適任かもしれないな。以前住んでいた場所との兼ね合いもあるだろうが、適当に領地を貰ってぶん投げてしまおうか。もっとも団員以上に貰う理由がないだろうけど。

「じゃあ領地の件はそっちにも聞いてみよう」

あとは報酬か。

「それで報酬なんだけど、毎月金貨一枚＋歩合給。こんな感じでどうだ？」

金貨一枚と聞いて、おおーと子供たちから声があがった。およそ月一〇万円ぐらい。決して多い金額ではないと思うのだが子供たちにとっては大金なのだろう。

　むろん昇給も考えている。今はまだ見習いとそんなに変わらないからな。正規の給与はちゃんと戦えるようになってから考えよう。

「ベテラン組の給与は……」

「団員の半分も頂ければそれで十分ですじゃ」

「じゃあとりあえず同じにしておこう」

　さすがに半分はない。むしろ二倍、三倍は最低でも出す必要があると思うのだが、そこはまあ今後の働きを見てボーナスとかで対応するか。

「エルフは……」

「不要でございます」

　まあそうだよね。だがエルフの中でも優秀な魔法使い。冒険者であればAクラスかBクラス相当だろう。果たして雇うのにいくらかかるのか。金貨一〇枚か二〇枚か、それ以上？　その程度なら出せないこともないが、団として赤字経営が常態化するのもちょっと健全とはいえない。

　それに俺に協力すること自体がエルフにとって大層な名誉になっている。むしろ希望が殺到しすぎて、お金を払ってでも参加したいという声があってもおかしくないくらいだ。

　ゴケライ団は加護候補であることも明言しているし、もしこの中から加護持ちが生まれれば、エルフにとってこれ以上の名誉はない。

「じゃあ君らにも同じだけ出しておく」

　エルフに真面目に給与を出すとなると出費がしゃれにならんから、当座は同額ってことで納得してもらおう。

「当面はこれでやってみて、給与体系に関しては団としての組織をもうちょっとどうにかしてから改めて相談することにしよう」

まずは経理とか事務担当が必要だな。

「後方担当を一人か二人、雇おうか。お金の計算とか、装備の補充とか食料の調達を担当してもらう」

その言葉にエルフが期待を込めて俺を見る。いや、君たちに頼むと給与がヤバいことになって困るんだからね？

「はい！　わたしのお友達で、学校で計算が得意な子がいます！」

手を挙げたパーシャは一〇歳くらい。しかしまた子供か。学校っていうのは居留地で俺が始めさせた寺子屋のことだな。

「じゃあその子に聞いてみてくれ。それからエルフからも一人、経験者を寄越してくれないか？　指導をしてもらおう」

計算が得意なだけの子供ではさすがに無理がある。困ったときのエルフ頼みだ。それに獣人に何か頼むとうちもうちもって言ってくるんだよな。

「今後の話だが、一ヵ月ぐらいはここで依頼を受けて金を稼いでくれ。歩合とか団の運営方針はやっていきながら考えていくことにしよう」

話すべきことはとりあえずこれくらいだろうか。

「それで今日はこれからどうされるんですか？」

話が途切れたところでカルルがそう聞いてきた。

「居留地の様子を見て領地の話をして、その後は暇になるからおまえらの相手をしてやろう」

うおおーと子供たちが盛り上がる。軽く剣を見て、あとはお話だな。

「じゃあ今から移動するぞ。転移魔法を見せてやる」

また興奮する子供たち。子供はやっぱテンション高いなあ。

騒ぐ子供たちをまた落ち着かせて全員固まって転移魔法を発動する。目標は居留地の獣人エリアの俺たちの拠点である。

「長《おさ》のドルトを探してきてくれ」

すぐにカルルにそう指示を出す。団員へは事前に来訪を知らせていたが、居留地へは連絡なしである。領地の話はさっき思いついたことだし、居留地は様子が見られれば十分だと思っていた。

そういえばおばば様は元気だろうか。死んだとは聞かないが、元気ですとわざわざ知らせてくる者もいない。ちょっと心配になってきた。住んでる場所はすぐそこだし、まずおばば様の様子を見に行くか。


俺たちが拠点を出るともう獣人が集まってきていて、ちょっとした騒ぎになっていた。ここで目立っているのはエルフ、そして聖女様である。戦場で多大な戦果を挙げたエルフにしても、そのエルフを動かしたのは聖女様だと一般には信じられているのだ。

「ちょっと声をかけてやったら？」

そうアンに提案して俺はリリアとティリカと共にさっさとおばば様の住居へ。おばば様は俺がヒラギス居留地を去ったときそのままの姿で、部屋の奥に鎮座していた。寝ているのか目を閉じて、じっと動かない。

「お久しぶりです、おばば様」

俺の言葉にすうと目を開く。よかった、まだ生きてた。まあ気配察知で反応があるからわかるんだけどね。

「お、おお……マサル殿！」

俺を認めるとすっくと立ち上がって俊敏に駆け寄ってきて、俺の手をひっしと握った。めっちゃ元気なようだ。

「お元気そうでなにより」

「ここにいても戦果は聞こえておったよ。老け込んでなどいられないわさ」

「エルフが大活躍でしたね」

そう言って頷いておく。

「わかっておるよ。知らぬ者はエルフだ聖女様だと言っておるが、どちらもマサル殿の嫁じゃろうが」

そう言ってひゃっひゃっとひとしきり笑う。

「俺は裏方でいいんですよ。目立ってもめんどくさいばかりでいいことなんてあんまりないんで」

いいことどころか殺されかけた。

「そうかい？　相変わらず謙虚なことだね」

「おばば様も吹聴しないようにお願いします。それで居留地の様子はどんな感じですか？」

「快調なものさね。マサル殿が来てからは食べるものには困らぬし、家や井戸も作ってもろうた」

ビエルスでの修行中、お金が足りないかもと赤い羽根募金で集めたお陰もあるが、ヒラギス奪還作戦が始まってからは戦果の分だけ食料も腐るほど確保できていた。それは順次後方に送られ、居留地のみならず、帝国や南方国家も潤していたそうだ。

「ヒラギスで戦う同胞たちも、ほとんど全員が無事に戻れそうだと、つい先日連絡が届いてねえ」

魔物の最後の反撃でかなり被害が出るかもと覚悟していたが、それも案外少なく済んだようだ。

「それは良い知らせですね。最前線でがんばった甲斐《かい》があったというものです」

「そういえば北方砦が危地に陥ったとき、勇者が現れたと聞いたのじゃが、顔を隠したエルフだったそうじゃな？」

「そうみたいですね」

「しかしその活躍を聞けば聞くほど、誰かさんの顔が浮かんで仕方なかったのじゃが……」

やっぱ情報隠蔽《いんぺい》が適当すぎた。ほんと今さら言っても仕方のない話なんだけど。

「あー、あの勇者とか噂《うわさ》の人ね？　これは本当に本当の内緒の話なんですが」

俺の言葉に真剣な表情でうんうんと頷くおばば様。ちょうどいいことにこの部屋には俺たちだけだし、まあいいか。

「実は俺は神に遣わされた使徒で、ヒラギスを救えと神託を受けて来てたんです。だから……」

だから勇者とはちょっと違うと言いかけて、おばば様がぽろぽろと涙を流しているのに気がついた。

「ほんにマサル殿は、我らヒラギスの民の救い主じゃった……」

そうしてもう一度俺の手を握り直し、ありがとうありがとうと何度も繰り返すのだった。

第13話　獣人の国

おばば様と座って話し込んでいると、長《おさ》のドルトがやってきた。

「マサル殿！」

長もおばば様の隣に座らせ、挨拶もそこそこに団員たちにした領地がいらないかという話をもう一度する。だがまあ反応は似たりよったり。長は元々小さな村の長、それもただの代官で、居留地の獣人をまとめるだけでもひどく苦労していた様子だった。そこへ広い領地をやろうと言ってもやはりあまり嬉《うれ》しくないようだ。

「そもそもが私らは領地など持ったこともなかったしねえ」

種族として筋肉にステータスを割り振ったせいか、はたまた戦士としての気風があるせいか、獣人社会では学問全般が軽視される傾向があるようだ。村程度ならともかく、領地が大きくなるとどうしても読み書きや計算ができる者が多く必要になる。領地経営には向かない種族なのかもしれない。

「そうじゃのう。エルフにしても以前の領地は小さい村程度で、各地に散らばって暮らしておったそうじゃ。人間族と数の違いはあったのじゃろうが、積極的に領土を広げる意思に欠けておった」

だからエルフや獣人は人間族に対して劣勢な、従属的な立場に常に甘んじることになった。だがそれは決して悪いことばかりではない。かつてはリシュラ王国や東方国家群のある領域は魔境だったそうだ。人間族の領土欲が魔境を開拓し、国を統合して魔物に対抗し、人族の国々を大きく広げていった。そうリリアが語る。

「それでじゃ。おぬしら獣人の国を造らぬか？」

リリアからの突然の提案に長とおばば様は声も出ないようだ。リリアはまた話を大きくして……

「獣人の里と言ってもよい。まあ最初は国というのもおこがましい、ただ同族で集まり、寄り添って住むための場所じゃな」

そう聞いて長も興味を持ったようだ。

「エルフの里もかつては国などととても呼べぬ、文字通り里というのがふさわしい辺境の村にすぎなかった。それが徐々に力をつけ、いまではリシュラ王国の属国と諸外国からは見られておる。王国ももはやエルフには無理は言えぬ」

皆がリリアの言葉に聞き入っていた。国と聞くと大変そうだが最初は無理なく小さな村からか。

「魔物からヒラギスを取り戻した後、私らは散り散りに元の村に戻ることになると思うておったが、このまま皆で暮らせれば楽しそうじゃないかえ？」

「それはそうですがおばば様……」

「領地は先ほども言ったとおり、我らが褒賞として貰《もら》える分を差し上げよう。領地経営もエルフが大いに支援するつもりじゃ」

リリアが言い出した以上そうしてもらうし、俺に投げられても困る大きさの案件である。

「いいんじゃないか」

エルフの助力はこの上なく俺の助けとなっている。すぐにとはいかないだろうが、獣人も国として力をつけ、いずれ俺の助けとなってくれるなら非常に有益だろう。

「半独立の国家、あるいは領主ともなれば、徴兵は断れぬにせよ、此度《こたび》のように戦える男手を根こそぎ連れていかれるようなことにはならぬ」

獣人自身で軍権を握れるのはでかいな。まとまって住むことでヒラギス国内での権力も持てる。獣人は兵士として優秀だ。強力な軍を持つ領主を公王とて軽んじることはできなくなるだろう。

「しかし誰が領主をするのです？」

長の言葉に皆の視線が長に集まる。

「いや！　無理！　絶対に無理です！」

じゃあ誰がいいか。おばば様ではさすがに無理がある。

「ミリアムはどうだ？　獣人の女王様になれるぞ」

ぶんぶんと首を横に振る。ヒラギス出身の獣人である。やる気さえあればちょうどいいと思ったのだが……あとはサティは手放したくないし、シラーちゃんも首を振っている。

「俺も無理だぞ？」

ヒラギスで領主なんてしている暇はないし、王国への義理もある。転移があるから掛け持ちは無理ではないだろうが、面倒事を増やしたくない。だからこそ獣人の誰かが欲しいならと話をもってきたのだ。

そもそも魔族の暗殺未遂の件があるから、エルフの功績となっているのに俺が受けて目立つのも色々とまずいし、かといって全然知らない獣人に任せるのも不安しかない。

「では領主は当面、妾《わらわ》がやっておくとしよう。それでマサルに獣人の子ができれば、跡を継がせればよい」

リリアなら適任だな。王族だし特に決まった仕事はない。後継を俺の子供とする件に関してはまだ気が早すぎるから、おいおい考えればいいだろうか。

「実務は最近働いておらんパトスにでもやらせようかの」

やめたげてよぉ。せっかく引き篭《こ》もって平和に暮らしてるのに……

「パトスに領地経営なんてできるのか？　村一つとかそんなレベルじゃないぞ？」

「ベテランの補佐をつければ問題なかろう。そもそもあれは妾の側近としていずれはエルフの里の統治にも関わることになっておるのじゃ。よい経験になろう」

すまん、パトス。俺からこれ以上の反論は無理だ。

「むろんドルト殿には獣人の長として差配を頼むことになろう」

「私はどこか村の一つでも任せてもらえれば……」

「諦めろ、ドルトよ。それに領主の下の代官のそのまた下じゃろ？」

「しかしおばば様。戻ってくる者もおりますし、他の居留地にも有能な者くらいいくらでもおります」

「どのみち獣人の国の差配など、やったことのある者はおるまいて」

「俺たちも知った顔が手伝ってくれたほうがやりやすいしな」

「なにはともあれまずは宰相殿に話を通す必要があるの。そこで話がまとまってから他の居留地の獣人にも知らせることになろうか」

長の返事を待たずに話は進んでいく。すまんがもう決定事項だ。

「しかし獣人の国を造るって、ヒラギスが嫌な顔をするんじゃないか？」

嫌な顔っていうか、将来的にはエルフの里のような半独立国家を目指すとか、いくら俺たちの功績がでかいからといって、そんなこと許してもらえるのか？

「では引き換えにエルフから国への支援を大々的にすることとしよう。それなら嫌とは言うまい？」

今のヒラギスには支援はいくらでも必要だ。

「じゃあエルフの里へも連絡だな」

国家規模での支援ともなればエルフ王の説得も必要だ。

「そちらは問題なかろう。強力な同盟国家、種族ができるのじゃ。エルフにとっても大きな利益となるであろう」

しかしそうなるとまた急に忙しくなってくるな。ヒラギスには一ヵ月くらい留《とど》まる程度で考えていたのが、こうなっては長期化せざるを得ない。

獣人の国を造り、将来俺の子供を後継者にする？　結局俺の領地ってことになってしまうようだが、うちはたぶん子沢山になるはずだし、飛び地の領地でもあれば子供の世代には嬉しいか。

なにかまた壮大な話になってきたが、獣人をまるごと味方にできることは、俺にとってもメリットは大きい。

「よし。それで話を進めよう。長もそれでいいな？」

俺の言葉に長が驚いた表情をした。会って三〇分もしないうちに獣人の国を造る話が決まってしまって呆然《ぼうぜん》としているのだろう。だがこんなこと、長々と話し合っても仕方がない。俺たちには時間がない。即断即決でいいのだ。

「いや、しかし……」

長はまだ悩んでいるようだ。そうしてしばし考え込む様子を見せたあと、俺とリリアをしっかりと見据えて言った。

「エルフからのそれほどの支援、我らには返す当てもない。居留地への支援とは桁が違うのだぞ？」

「もとより対価を得ようという気はないし、返す必要はまったくない。そもそもが領主を務めるのは妾じゃしの？」

「先ほど同盟と言っていたが、これほど一方的な支援では獣人が隷属的な立場になりかねん」

「ではエルフと獣人はあくまで同格の同盟だと、正式に約定を交わそうぞ」

それでもまだ長は納得しきれないようだ。

「もっとも妾のことは普通に領主として扱ってもらわねば困るのじゃが、それもいずれはマサルの子孫の獣人が後継となるのじゃ。そのときこそ、真に獣人が治め、獣人が暮らす、獣人のための国となろう」

どこかで聞いたフレーズだ。人民の、人民による、人民のための政治？　リンカーン大統領の言葉だったか。

「獣人の、獣人による、獣人のための国か」

「そうじゃ。獣人の獣人による獣人のための国じゃ。わくわくしてこぬか？」

「後継ができねばどうする？」

長は心配性だな。だがまあ俺がどこかで死んでしまったり子づくり不能となる可能性は十分にある。いままでほんとよく生き延びてこられたよ……

「もし俺が後継を残せず死んだときは、サティかミリアムかシラーが女王となる。それも無理ならゴケライ団の誰かから選ぶといい。なんなら今からでも長が獣人の王様になってもいいぞ？」

　俺の言葉に長がまた必死に首を振る。

「獣人が治め、獣人が暮らす国。断る理由などありゃせんじゃろが」

「色々と心配だろうけど、そのために長を領主に近い地位に置くんだろ？　それで妙なことになればいつでも俺かサティたちに言うといい。獣人に不利なことはしないしさせないと約束しよう」

「なぜ……なぜそこまでしてくれる？」

「妾は獣人の国が素晴らしき力をつけるものと信じておる。それはエルフに大きな利益をもたらすことであろう」

「俺は……」

　なんだろう。言ってしまえば話の流れとその場の勢いだな。別に俺が損をするわけでもないし、結局俺の領地になって俺の子孫が治めることになりそうなのだ。だがそもそもの始まりは……

「居留地で獣人が困っているのを見て助けなきゃって思っただけだ」

　その後、ミリアムやゴケライ団のこともあってヒラギスの獣人に関わりすぎてしまった。神託はあったにせよ、関わった以上放置もできない。

「マサルは優しいから、不幸を見過ごせない」

　ぽつりとティリカが言う。いや、異世界の不幸って日本と質が違うんだよ。すぐに人が死ぬ。簡単には見過ごせない。

「エルフもマサルに救ってもらったのじゃ」

「ヒラギスも救ってもらったしのう」

はっとした長が突如、深々と頭を下げた。

「居留地への支援、ヒラギスを取り戻してくれたことに関してエルフとマサル殿には深く深く感謝する。いくら言葉を尽くしても感謝しきれぬ恩だ」

そう言ってさらにぐっと頭を下げる。いきなり領地の話から始まったから、今さらながら礼をするのを忘れていたのを思い出したのだろう。

「我らには代価として差し出せるのはこの体くらいしかない。もし望まれるなら……この身は如何《いか》ようにでもお使いくだされ」

いや、男の体とかいらんし。さすがに空気を読んで言わないけど。

どうする？　とリリアに視線をやる。差し出すとか言われても困るんだが。

「ではドルトよ。おぬしは生涯マサルとヤマノス家に仕えるのじゃ」

うむ、と頷《うなず》いたリリアがそんなことを言い出した。生涯!?　いや、まあ最近はそういうことも多いし、一人増えたところで……

「はっ！　これより生涯、マサル殿とヤマノス家に仕えると誓いましょう」

そう顔を上げて言う。仕方ない。どのみち俺の領地で働いてもらわねばならないのだ。ただの部下より、生涯仕えてくれる家臣のほうが有用だろう。

「いいだろう。しっかりと俺と、俺の子に仕えてくれ」

ということは、獣人の国のことも受け入れることにしたってことか。

「最初の命令だ。獣人をまとめあげ、獣人の国を造る協力をするんだ」

「非才の身でありまするが、全力を尽くしましょう」

覚悟を決めたのかすっきりした顔になっている。

「めんどくさいことだね、ドルト。最初っからそうするつもりだったんじゃろうが」

おばば様がひゃっひゃっと笑いながら言う。恩返しに自分を差し出すことは前々から考えていたのだろう。居留地の獣人がヒラギス各地に戻っていけば、居留地の長としての役割は終わる。自分の身がどうなろうともう問題はない。だが降って湧いた獣人の国の話で事態がややこしくなったということか。

「私は獣人に対して責任があるのです。戦いに赴いた戦士たちに後を頼むと託されたのですよ、おばば様」

だからいい話に思えても、簡単には決断しきれなかった。だが恩を返す必要もある。ヒラギスを救った恩人に手伝えと言われれば致し方ない、とこんな風に考えて折り合いをつけたのだろう。たしかにめんどくさい。しかし決断力はないが責任感は強い。部下としては優秀かもしれない。

「この件はまだ外部には漏らさないように。大丈夫だとは思うが、ヒラギスが認めるかどうか、まだわからんからな」

俺の言葉にドルトが丁寧に頭を下げる。ヒラギス側が強固に反対するならいっそ、他の場所に建設してもいいな。一から開拓するとなると手間が倍増くらいじゃ済まないだろうが、うちの領地の近くであればエルフの里からも近いしいいかもしれない。

「妾はエルフの里に行って父上と話をしてこよう。そのあと公都に戻ってヒラギスとの会談の手筈《てはず》じゃな」

「俺も……」

「マサルはゴケライ団の相手をするのじゃろ？　会談もすぐにとはいかんじゃろうし、今日はゆっくりしていくがいいぞ」

ふむ。どうやらエルフがメインで動くことになりそうだし、俺は要所要所で関わればいいか。

「そうだ、おばば様。ドルトに俺のことを説明しておいてくれませんか？」

部屋を出る間際にそう頼んでおく。俺の家臣になるなら知っておいてもらったほうがいいだろうが、もう一度同じ説明をするのも面倒だ。

じゃあそういうことで、と部屋を出るときには長が驚きの声をあげており、おばば様に静かにせいとたしなめられていた。

エルフの里へ向かうリリアと別れ、ティリカもアンと合流しに行き、俺は外で大人しく待っていたゴケライ団の相手をするべく獣人居留地すぐ横の河原へと向かった。


「剣の腕を見てやろう」

弓はずっとティトスが見てたからな。まずはサティたち獣人組に相手をさせることにした。俺は見学と口出しである。体がまだまだ小さい年少組はともかく、年長組のほうはかなり様になってきている。二人ほどいい動きをしているのもいて、剣の才能がありそうだ。優秀なのは本格的に鍛え始めてもいいかもしれない。

時々は俺も相手をして一刻《二時間》ほど絞ってやった。俺も軽く汗をかいたので次はお風呂である。居留地に最初に来たときに作った銭湯だ。

「はい、男女は別だぞー」

全員俺についてこようとしたので女子をサティのほうへ追いやる。全員子供とはいえ、一〇歳くらいの子もいるから確実にアウトである。

子供たちは一刻《二時間》も絞ってぐったりしていたのに、もう元気を取り戻してお湯でばしゃばしゃして遊んでいる。

「この後はどうしますか？」

湯船に浸《つ》かっているとカルルがそう聞いてきた。ちょっと早いけど飯にするか。その後は獣人の国の話が出てきてるからそのあたりも含めて、ゴケライ団の今後の話だな。

「ご飯を食べて話をしよう」

「この後、マサル団長が話をしてくれるって！」

女湯のほうからきゃーと声があがる。いきなり戦場に放り込まれたかたちだったので心配だったが、どうやら見た感じではトラウマを負ったような子供はいないみたいだ。ティトスがうまくやってくれたのか、獣人がしっかりしているのか。比較的後方の町だったのもよかったのかもしれない。前線は俺たちが支えていたから、後方では激戦らしい激戦はなかったはずだ。

風呂でさっぱりし、川沿いの気持ちよさげな場所でお昼を取る。提供したのはここのところあまり出番のなかった、アイテムボックス備蓄のお弁当である。

「これはまだここだけの話にしてほしいんだが、獣人の国を造ることになった」

食べながらそう話し始めて、まだヒラギス側の対応次第なことも含めておばば様と長との話を繰り返す。獣人のベテラン組もいるが、行動を共にするのだ。ある程度教えておいても大丈夫だろう。

「おまえらは俺直属の部隊として当面、獣人の里建設の防衛とかにあたってもらうことになる」

普通の依頼を受ける話は一旦《いったん》なしだな。事態が動き始めれば、おそらく人手はいくらあっても足りなくなる。

「じゃあ団長、しばらくヒラギスにいるんですか？」

「いや、一ヵ月なのは変わらん」

「え、でも国を造るんですよね？」

「一ヵ月だ。一ヵ月で獣人の国の基礎を造り上げる」

俺も長期戦になりそうかとも思ったのだが、戦争も何もない、邪魔が入らない状態なら、エルフの里程度の規模なら十分造れるんじゃないだろうか。

「まあそれは話が進んだら、すぐに連絡を入れる」

さて、ここからは子供たちのお楽しみタイムだ。戦場での俺の活躍、たっぷり聞いてもらおうか。

第14話　最強の剣士

当事者、それも常に最前線にいた俺から語られるヒラギス奪還作戦である。話し始めると子供たちが騒ぐので、すぐに何事かと近くにいた獣人たちも集まってきてしまった。追い払うわけにもいかず、仕方ないので俺の活躍は省き、エルフに同伴していた俺から見た話という風に進めることになった。誤魔化すのも限界かなと思わなくもないのだが、まだ勇者はエルフだったという偽装を捨てる判断もすぐにはできない。

最初のオークキング部隊の殲滅《せんめつ》。ラクナの町の制圧。ヒラギスを必ず取り戻すとの帝国軍将軍を前にしたエルフの宣言。コームの町で南方方面軍の窮地を救ったエルフ。

エルフが魔物を殲滅し、町を制圧し、城壁を修復し、そして前進する。

南部で蔓延《まんえん》した疫病の患者を治療してまわる聖女様。公都奪還。魔物の大反攻。北方砦《とりで》の奪取と防衛。

多くはすでに吟遊詩人から語られた話だろうが、臨場感が違う。

「倒しても倒しても魔物の軍勢は途切れない。さしもの精鋭たちも限界を迎え、ある者は傷つき、ある者は疲れ果て、戦線から離脱していく。そうして北方砦が危機に陥ったとき……」

勇者がさっそうと現れた？　ここ、一般にはどういう風に思われてるんだろう？　これは迂闊《うかつ》に話すとまずい気がするぞ。

「色々あってエルフたちの活躍でヒラギスはついに取り戻されることになった。まあここからは吟遊詩人にでも聞いてくれ」

「えー！」

獣人たちからブーイングがあがる。

「はっはっはっ。あんまり他の人の仕事を取っちゃ悪いからな」

よく考えれば北方砦での戦いからまだ数日。断片的な話は聞いていても、詳細は後方まで伝わっていないのかもしれない。

「お話はこれで終了だ」

結構長々と話してしまったせいで喉も痛くなってきた。アイテムボックスから飲み物とおやつを出して、みんなで休憩タイムにする。おやつは唐揚げ。プリンがあればよかったのだが、あれは戦争中も大人気のおやつで消費も激しくちょうど在庫切れ。卵の入手経路が少ないせいもあって、肉と小麦粉があれば大量生産しやすい唐揚げで代用である。

「団長、朝に言ってた後方担当の子が来ました」

カルルがそう言ってきた。

「会おう」

「二人？　姉妹か」

どっかで見たことあるな。たぶんゴケライ団募集のときか、最初に餌付けしたときにいたのだろう。

「ステラです。計算がとくいです。こっちは妹のエマ」

「あ、あのわたし！　計算は苦手だけど、お料理ならできます！」

まだあんまり得意じゃないですけど。そう妹ちゃんのほうが小さく付け加える。妹ちゃんのほうはずいぶん緊張しているようだが、姉のほうは堂々としたものだ。しっかり者か。

「いいだろう。二人とも雇おう。当面は見習いで、給料は団員の半分。仕事を覚えたら給料は上げてやろう」

ヒラギスにも領地を持つことになるし、仕事はいくらでも発生する。館《やかた》も建てるだろうし、メイド部隊も増員が必要になってくるな。

「たくさんあるから、おまえたちも唐揚げ食べてけ」

今いる獣人とエルフのメイド部隊を半分に分けるか。それで新人を何人か入れる。

「おいしいかー？　そうかそうか」

今いるメイド部隊は俺のハーレムも兼ねた特別な人員だから、この二人みたいなもっと普通の部下も増やすべきだな。

「時間があるなら私も稽古をつけてほしい！」

唐揚げを食べながらそんなことをつらつら考えてたら、暇になったと見たのかシラーちゃんが声をかけてきた。こいつも元気だな。今日は休養日にするつもりだったが、多少ならいいか。俺も試したいことがあるし。

「おまえらも見たいのか？　もちろんいいぞ。準備があるから、ちょっと待っててくれ」

通常状態での調整はもう十分以上に師匠にしごかれたし、次は光魔法で強化した状態での動きを確かめたい。先日の二日間の特訓は魔法なしでやったのだ。

光魔法はぴかぴか光るので拠点に戻ってこっそりかける。これで一時間は強化状態である。

「シラー、最初から全力で来い。昨日より強くなってるから手加減は一切なしでな」

すぐ近くの修練場で準備万端待っていたシラーちゃんにそう警告する。強化は見た目ではわからないからな。シラーちゃんはすぐにどういうことかわかったようだ。嬉《うれ》しそうな顔が一転、厳しいものになった。通常状態でやっとなんとか食らいつける程度。さらに強くなったとなれば必死にやっても届くかどうかだろう。

警戒しているシラーちゃんにかかってこいという仕草をする。光魔法の効果は約一時間。焦る必要がないくらいには長いが、見合っている時間は無駄である。

シラーちゃんの攻撃をわざと剣と盾で数回受ける。通常状態ではまともに受けるのは重くてかなりきつい攻撃だが、いまは軽くすら感じる。

剣を躱《かわ》して反撃。力のある一撃を正面から打ち込む。シラーちゃんはしっかりと盾で受けるが、よろめいた。

さらに二撃、三撃。シラーちゃんは攻撃こそ防ぎきったものの、完全に体勢を崩してしまった。

「ミリアム！　おまえも来て二人でかかってこい！」

シラーちゃんだけだと物足りない。全力を試せない。二人なら。そう思ったが、それでも俺の攻撃を二人は受けきれない。強化された俺の力と速度に翻弄《ほんろう》される。

ダメだな。限界を試せないとテストにならん。

「交代だ。サティ！」

「はい」

サティはゆっくりと修練場の土を踏みしめるように進み、俺の前に立つ。ソードマスターになり奥義を習得して以降のサティは雰囲気があるな。やっと自信がついたのだろうか。動作に迷いがない。

俺が構えるとすぐにサティが動いた。素早い踏み込みからの高速の剣戟《けんげき》。俺が弱体化していた当初は、サティの速度にまったく追いつけなくなって後手後手に回っていたものだが……

問題なく対応できる。それどころかわずかに上回ってすらいるようだ。余裕を持って対応できる。強化された力と速さを試すためにしばし剣を交える。

体が温まってきたのか、このままでは埒《らち》が明かないと考えたのか、サティがギアを上げてきた。だがそれにも苦もなく対応する。

サティが奥義を放つ。こちらも劣化奥義で対抗する。奥義を受けきり、反撃する。サティは俺の攻撃を剣で受け流そうとするが、完全にとはいかず、体勢を崩して後退する。

構えを戻すのを待って攻撃を仕掛ける。それをサティは躱し、いなし、反撃する。さすがに防御が堅いし的確に反撃もしてくる。だがサティの動きの癖は俺もよーく知っている。二手三手先を読んで、サティの選択肢を狭めて……

ここだ。ガチ雷光！

「参りました」

剣を寸止めした俺にサティが言った。

これが勇者の使う光魔法の効果。強化はステータスの二割アップ。だが回復効果も合わさることでそれ以上の体感効果を感じる。サティを圧倒できるスピードとパワー。しかもガチ奥義を使ったダメージも、ゆっくりであるが回復もできる。劣化奥義とガチ奥義の中間くらいの威力にうまく調

整できれば、連打の利くかなり強力な武器となりそうだ。

「やっぱりマサル様が最強の剣士です！」

負けたサティが目をきらっきらさせて言う。

まあ光魔法でサティも強化すれば、また互角くらいになるんだろうけどね。それに最強の剣士というなら越えなければならない大きな壁がすぐそばにいる。

だがこれならひょっとすると……勝てるか？

「師匠！」

俺の呼びかけに観衆の間から師匠がひょっこりと顔を出した。今日もずっと護衛として気配を消してついてきていたのだ。ゴケライ団の相手をしている間はずっと姿が見えなかったが、たぶん周囲を警戒していてくれたのだろう。エルフの護衛もいるが、居留地は人が多すぎて警備も難しい。

「だれ、あのおじいさん」「師匠？」「団長の師匠って……」

「剣聖、バルナバーシュ・ヘイダ」

畏怖《いふ》を込めて誰かが呟《つぶや》く。

「剣聖がなんでこんなところに!?」「本物？」「ヒラギスでも戦っていたというぞ」

外野の騒ぎを無視して師匠に用件を言う。

「ちょっと相手をしてくれませんか？」

そう言って刃引きの鉄剣を取り出して差し出す。

剣を受け取った師匠が俺の前に立つ。剣を下げた構えともいえない自然体の構えだ。

何気に師匠と本気の立ち合いをするのは初めてか。ガチの戦闘は最初に出会った山道でやったがあれは俺たちパーティ対師匠で、それ以降、手合わせは何度かしてもらったが本気でとなると一度もない。そもそも俺より強い相手なら師匠の弟子にごろごろいて相手に困らなかったのだ。わざわざ最強の危険人物に挑む理由がなかった。

今しがたの立ち合いは見ていたはずだが、俺にはまだ余力があった。先手必勝。持てる全力で速攻で片をつける！

正面から踏み込む。劣化烈火、劣化雷光の連撃。師匠の体勢がわずかに流れる。そこに一気に畳み込む。強化に強化を重ねた連撃はもはや一撃一撃が奥義の威力に迫る。

だが当たらない。髪の毛一筋の差で躱される。剣と剣がぶつかってもするりと流される。

息が限界となって一歩引いたところで反撃が来た。真正面からの剣戟。だが速く、重い。なんのフェイントも工夫もない、基本に沿ったなめらかな剣筋。だが今度は俺の方が防戦一方となった。受けるだけで腕が痺《しび》れる。剣が押し込まれる。

いや、なんでパワーでも俺と互角なんだ!?　それでもなんとか攻撃を捌《さば》き切り、距離を置く。

違う、一瞬だけ奥義で力を上げてるのか……なるほどずっと全力だと確かに効率が悪い。

小手先の技はいらない。踏み込み、剣戟の瞬間だけ力を込める。うん、悪くない。

一瞬に力を込める。込める。込める。重い連撃に師匠でさえ、後退し始めた。いける！

そう思った瞬間、派手にすっ転んでいた。ごろごろと三回転ほどもしてしまう。いま、足を引っ掛けられた!?

「力に振り回されてどうする」

怒られた。声が呆《あき》れ混じりだ。剣に集中するあまり、足元の動きにまったく無警戒。視野が狭くなっていた。

ゆっくりと立ち上がる。恥ずかしい。力が上がってサティを圧倒して浮かれすぎていた……

基本に立ち返ろう。力で押しても師匠には通用しない。まずは動きにきちんと緩急をつける。

「ちっとはマシになったな」

だが反省して動きを修正してみたところでその程度。色々攻撃に工夫をこらしてみるが、どうやっても通用しない。俺が倒れない程度のちまちました、それでも十分な痛撃を何度も当てられる。遊ばれてる。いや、練習に付き合ってくれてるのか。

戦ってみるとよくわかる。師匠の強さというのは読みの鋭さにあるのだと思う。俺の動きはすべて読まれているから防御や回避の動きにも無駄がない。カウンターも的確に、もっとも効率のいいタイミングで放てる。俺の力に対応するためにパワーは上げているが、動きの効率がいいから、速度は完全に俺以下なのに動きを捉えきれない。そしてここぞというときの奥義による剣と体の加速。

勝てそうな気配がまったくない。

これが世界最強の剣士。サティが目指す剣の頂《いただき》。こりゃあ相当先が長いぞ。

ていうか、そろそろ……

「あ」

強化が切れた。師匠ももちろん気がつかないわけがない。動きの止まった俺に、ニヤッと笑って言った。

「どうした？　続けるぞ」

え、今日はゆっくりしようと……

だがもちろん鬼である師匠は人の都合など斟酌《しんしゃく》してくれず、俺は世界最強の剣士を相手に強化が切れた状態で戦いを続行することとなった。

いかんいかん。段階をすっ飛ばしすぎた。強くなったと浮かれて冷静さを欠いていた。サティと師匠の間には師範代の連中がいる。まずはそいつら、いや……それより先にリベンジすべきやつがいた。リュックス・ヘイダ。剣聖の孫。

ビエルスに戻ったらボッコボコにしてやろう。師匠の孫だからって八つ当たりじゃないぞ？　これは前から決めてたことだからな。

だがそれはそれとして、師匠は手を緩めない。俺は必死に戦って戦って、体力の限界まで搾り取られることとなった。

これ、特訓三日連続だ!?

「え？　なんでマサルそんなにボロボロになってるの？　剣聖殿と特訓!?　休むんじゃなかったの？」

拠点で倒れ込むようにして休んでいると、戻ってきたアンに非難がましく言われた。はい、病み上がりからの三日連続の特訓。体によろしいわけはないですね。でもそういう流れだったのです。

もちろん途中で打ち切ることもできた。しかし俺から師匠のお相手を希望したのだ。サティや団員たちの手前、俺のほうからもういいと投げ出すことは簡単にはできない。

「俺はもっと強くならないといけないしな」

実際、師匠とのタイマンは色々学ぶべきことも多かった。ちゃんとギリギリを見極めて加減もしてくれてたし、何より俺が全力を出してもしっかりと受けきってくれるところがいい。

「とりあえず戻るか」

そう言ってよっこいしょっと立ち上がる。

「リリアは？」

「用事ができたから先に戻ってるよ。今日は家族会議をするぞ」

別行動していたエリーやエルフ組の話もあるから、夜に集まることは決まっていたが、それは単なる日常報告。

「まあそれは集まってから話すよ」

首を傾《かし》げるアンとティリカにそれだけ言っておく。大丈夫だとは思うがリリアの報告で状況が変わるかもしれないし。

どうやら俺たちが一番遅い帰宅だったようだ。すぐに全員集まり、まずは俺とリリア以外の報告から家族会議は始まった。

シャルレンシア三姉妹はウィルと組んで、エルフの部隊とともにヒラギス国内の魔物の残党狩りをしていた。平原や町や村にいれば発見も殲滅も容易なのだが、問題は山や森へ入り込んだ魔物である。相当な数が確実にいると考えられ、迂闊に踏み込めば手痛い反撃を食らいかねない。そこで探知持ちのウィルを連れてのサーチ・アンド・デストロイである。

「さすがはウィル様です。指揮も手慣れたもので今日だけでかなりの数の魔物を狩ることができました」

姉妹の長女マルグリットちゃんがそう言って報告を終えた。ウィル自身もむろん率先して狩りに参加して、経験値を稼いできたようだ。強くなるにはレベルアップが一番手っ取り早いからな。

続いてルチアーナからの報告であるが、彼女は帝国首都へと向かっていた。先行して転移ポイントを作るためである。

「明後日には到着して、まずは拠点となる館を探す予定です」

そう締めくくる。エリーはいつもの雑用。ヤマノス村と兄の領地に鉱山の視察。エルフの各居住地から人員の回収やら交代。公都の城壁の修復作業。みんな精力的に動いてくれている。

で、今日の会議の本題。獣人の国建国の件である。俺からのその説明にエリーが呆れたように言った。

続いてリリアからの報告。エルフ王のほうは問題なく話が通ったらしい。ヒラギスとの会談もすぐ明日に行うこととなった。

「まーたそんな仕事を増やして……」

「おや、エリーは反対かの？」

「まあ、いい話だとは思うわよ？」

だが町づくり村づくりともなると俺とエリーの負担が大きい。

「そこは俺ががんばるよ」

国に関してはリリアが言い出したこととはいえ、そもそもが獣人に領地をやるという話を俺が持ち出したことが始まりだ。リリアはそれに沿って話を進めたにすぎない。

実際、獣人の国というのはとてもいいアイデアだと思う。

「エルフからも人員は本格的に出すしの」

「わたしもちゃんとやるわよ。うちの新しい領地だものね！　そうそう、うちで鉱山開発をしてくれていたドワーフたちなんだけど、何人かは残ってくれることになったわ」

若手の鉱山技師の独立、暖簾《のれん》分けである。

「じゃあ新規の鉱山開発もなんとかなるな」

エリーが嬉しそうに頷《うなず》く。獣人の国でも考えているが、うちの領地やエルフの里の周辺は山岳地帯だ。掘ればいくらでも鉱脈は見つかるだろう。

「居留地のほうはどうだったの？」

「居留地も養育院も特に問題はなかったわね」

アンがそう答える。ヒラギス奪還作戦が順調だったから食料事情が大幅に改善されたことで居留地の問題はほぼ解決である。ヒラギス国内の安全が確認され次第、住民は順次帰還、養育院も公都の神殿が再建されれば併設して移動することになるそうだ。

最後に俺の報告。ゴケライ団の扱いを決めたこと。おばば様に色々話したこと。長《おさ》のドルトが我が家の家臣になったこと。それから鼓舞《チャージ》と加護《ブレッシング》を使った状態での剣術のテスト。

「え、お師匠様に相手をしてもらったんすか？」

ウィルがちらっと師匠を見て羨《うらや》ましそうに言う。

「うむ。どちらも素晴らしく強く、見応えがあった」

そうシラーちゃんが話す。派手にすっ転んだことはなかったことにしてもらえたようだ。

語られる俺の修行の様子。サティも嬉しそうに付け加える。

「やっぱり剣もマサル様が一番強いです！」

師匠にはまるで歯が立たなかったけどな。

「でも光魔法はかなり使えるな」

ポイントを食う割に召喚とか空間魔法ほど有用じゃないと以前試したときには考えたものだが、実戦で使ってみるとまるで感想が変わってきた。実際に使ってこその魔法だったのだろう。

「さすがは勇者専用魔法ね！」

そうね。勇者専用だものね。

「まあそれはともかく、明日からまた忙しくなりそうだけど、あまり無理をせず適度にがんばっていこう」

そう家族会議を締めくくる俺に、アンやエリーは頷きながらも一番無理をするおまえが言うなという表情である。

そりゃできることなら、俺だってのんびり楽に生きたいよ！

第15話　ヒラギスとの会談

「朗報じゃ。我らは領地を貰《もら》うことにしたぞ」

エルフの館《やかた》に出向いてくれたヒラギス宰相ネイサン・パルファージ公爵に、リリアが偉そうにそう告げた。

「おお、それは朗報ですな！」

宰相殿は単純に喜んでいる。

「領主は妾《わらわ》が務めることになる」

「エルフの王族がヒラギスに加わっていただけるとは！　これは領地も爵位も奮発せねばなりますまいな！」

「それでじゃ。せっかくだし、獣人を集めようかと思ってな？」

ここからが問題だ。案の定、獣人と聞いて宰相殿が怪訝《けげん》そうな顔になる。なにがせっかくなのか、意味がわからなすぎる。

「獣人、ですか？」

「そうじゃ。エルフの里があるじゃろう？　ああいうのを獣人にも作ってやろうと思っての」

「それは……」

宰相殿は老練な政治家だ。すぐにその危険性に気がついたのだろう。数は力。それも戦士としての気風が強い獣人だ。一つの勢力にまとまってしまえば面倒な存在になりかねない。

「わかっておる。獣人が力をつけるのが心配なのであろう？　じゃが王国と我らを見てみよ。実にうまくやっておる。獣人もきっとヒラギスの力となろう」

エルフが国としてまとまることで、ヒラギスでこれほどの戦果を上げることができたのは間違いない。

「それに随分と人口が減ったであろう？　他国からも獣人を呼び込めるぞ」

それを聞いても宰相殿の表情は変わらない。メリットというより懸念している獣人の力がさらに増すという話だからだろう。

「場所に関してじゃが、むろん一等地を寄越せなどとは言わぬ。魔境沿いの危険の多い領地でよい」

山岳地帯が近くにある辺境のほうが鉱山開発がしやすくなってむしろありがたい。まあヒラギスの周囲はほとんど山岳地帯だ。そこはまず心配ないだろう。

「それとエルフからヒラギスへ、大規模な援助も約束しよう。このようないい話、他ではないぞ？」

「ほう。その援助の内容は、どのような形になりましょうか？」

「まずは無償の資金援助じゃ。一〇億ゴルドを用意した」

「一〇億!?」

日本円にしておおよそ一〇〇〇億円。なかなかの額だ。宰相殿も驚いている。

「それで足りねば有償低利での融資の相談に乗ろう。それから人的支援じゃな。今も北方砦《とりで》と東部砦にエルフを置いておるが、これを今後二〇年間継続すると約束しよう」

二〇年か。神託によって告げられた世界の破滅を念頭に置いているのだろう。

「さらに通常の復興作業の支援じゃな。知っておるとは思うが、我らには土魔法に秀でた者が何名かおってな。それらが手伝えばヒラギスの復興は早まることじゃろう」

支援は以上のようで、しばし黙考する宰相殿の反応を待つ。

「もし断れば？」

「では支援額を二〇億としようかの」

「に、にじゅう……」

「それでもダメというなら我らは今すぐにヒラギスから手を引く。そして獣人の国は王国の我らの領地の近くにでも造ろうかの」

国って言っちゃったよ。

「なにせ大きな事業となる。ヒラギスへの援助も厳しくなるじゃろうの？」

初めから選択の余地などなかった。断ればエルフの援助がなくなるのみならず、獣人の多数が流出してしまう。

「いや、もちろん断るなどとはあり得ない話です。エルフの援助に、我が国が強くなる獣人領地、大歓迎ですとも！」

宰相殿はすぐさま申し出の受け入れを決めたようだ。帝国軍でさえリリアには屈服した。その場面に宰相殿もいたのだ。

「それでよい。少しでもわだかまりを残すと後々尾を引くことにもなりかねんからの？」

獣人はもちろんのこと、領主であるエルフとの関係もである。エルフはヒラギスの救い主でヒラギス民から絶大な人気がある。そのうえ支援の申し出があってそれを断りそっぽを向かれたとなれば、民は元凶となった者を許さないだろう。最悪、いまの王家が倒れる。

「もちろん我らとて王国を尊重し、その一部として長きにわたってうまくやってきた実績がある。新しい領地もしばらくは我らで運営するゆえ、そのあたりは何の心配もいらぬ」

「しばらく、ですか？」

「いずれ我が夫、マサルの子のうちの誰かに譲ることになろう。ほれ、嫁には獣人が三人もおるしの」

宰相殿もなるほどと頷《うなず》いた。

「じゃからの。領地と爵位、期待しておるぞ？」

「そうですな……場所はこの公都の少し北側が広く空いております。爵位は辺境伯でいかがでしょう？」

元から考えていたのだろう。すぐに提案がされた。でもここの北側って、公都と北方砦の間で一番荒らされた場所じゃねーか……

だが広い土地というなら条件に合うし、誰の所有でもない山岳地帯も隣接地域にある。

そして提示された辺境伯という爵位。公爵が王の一族、侯爵が譜代の家臣で、伯爵が外様だというのが一般的な位置付けらしい。辺境伯とは伯爵よりは上で、名前からして辺境に領地を持つという性質上、ある程度の独立性もある爵位と言われている。新参者に与えるには破格の、最上の地位だ。

「それ以外でとなりますと、東部砦の近くに半分ぐらいの大きさの領地、他の場所にも候補はありますが、やはり広さはそれほど確保できませんな。もちろんエルフが援助してくださるというのなら領地替えに応じてくれる領主もいるでしょうから、他の場所にほどほどの大きさの領地が用意できましょう」

　リリアが俺を見るので頷く。場所も爵位も問題なさそうだ。ヒラギスとしても獣人が本国の盾となってくれるなら、力をつけても無下にはできまい。

「爵位は十分じゃ。領地に関しては見てみぬことにはなんとも言えぬな。とりあえず最初に提案された公都の北側を見に行くこととしよう」

　地図を出して詳細な場所と境界を確認。北方砦近くはやはり最初から候補として考えていたようで、すぐに境界も確認できた。町が一つと村がいくつか。北方砦を含む、ヒラギスの北端まるごとって感じだな。

　すぐに皆で領地予定地の視察に向かうことにした。宰相殿に見送られフライで飛び立ってすぐ、リリアに話しかけた。

「一〇億だったのが、二〇億にしてよかったのか？」

「おお、あれのう。元々が二〇億まで出す予定だったのじゃ。一〇億を最初に出してあと一〇億は小出しにせよとの父上の指示であったが、面倒じゃろ？」

「でもそんなに出して大丈夫なの？」

　エリーも話に加わってきた。獣人の里にも資金は必要だし、あんまりエルフに無理はしてほしくない。

「長年貯《た》め込んでおったからの。この程度ではエルフの国庫はこゆるぎもせぬ」

　そして低利の融資用に一〇億。獣人の里建設の費用にも一〇億ゴルド、用意するそうである。

「金ばかり貯めても使い道もないのに、商人どもはもっともっと売ってくれとうるさくての。こちらとしても食料や素材の購入を商人たちに頼っておる以上、無下にはできぬしのう」

結果、金貨白金貨が金蔵に積み上がることとなった。やれやれと、まるで自分が相手をしてきたように話すが、貿易担当で苦労をしているのはリリアの兄上である。

「じゃあ低利の融資はヒラギスの領主にがんがんばら撒《ま》きましょう。どこもうちには逆らえなくなるわよ！」

お金があるって強いなあ……。


そんなことを話し合ってるうちに領地唯一の町の上空に到着した。

「小さいな」

町としてはずいぶん小規模。城壁だけは普通の町並みのそこそこ立派なのが建てられている。崩壊しちゃっているが。

「水源が小さな川だけなのね」

そうエリーが言う。それであまり町を拡張できなかったのか。

「水か。川の流れを変える……のはいま利用している村や町が困るか。近くから運河でも引くか」

場所はいいのだ。開けた土地で北方砦に近いし、公都へもすぐに行ける距離。それでも町や村が少ないのは魔境に近いこともあったが、水利がよくない環境だからだろうか。

「また水の精霊に頼むかや？」

「運河の建設も計画に入れて、最初はそれでいこう」

となると町のあった場所にこだわる理由はないな。壊滅したとはいえ、元の建物もかなり残っていて、拡張性に乏しい。更地にして建設し直すなら一からでもさほど違いはない。

「もっと北へ」

北方砦が見える位置まで北上して西側へ。

領地予定地をぐるっと一周する。西側は平地が少ないな。それはそれで守りやすい土地なのだろうが、自分の住む町だけ守れても仕方がない。

「こことかどうかしら？」

エリーの提案にぐるっと周囲を飛んで回る。公都と北方砦を結んだラインの、かなり北方砦寄りの立地だ。だがまあ多少の距離があっても北方砦が落ちれば一緒。それならいっそ近いほうがすぐに救援に行けていいかもしれん。

そして北方砦さえがっちり守っていれば、領地の北側と西側は山脈となっていて、軍勢が通れるような場所じゃない。その分、地形が山がちで面倒な場所もあるが、開発してしまえばそれなりに住みよくなるだろう。

危険だということで入植希望者は減るかもしれないが、人はじっくりと増やしていけばいいだろう。

「よさそうな気がする」

そう言って、いま考えたことを説明する。

「ではここに決めようかの」

「どう思う、ミリアム？」

「えっ」

「ここに決めちゃっていいか？」

唯一のヒラギス出身の獣人である。意見くらいは聞いておきたい。

「あ、あの。私……ええー？」

突然の問いかけにミリアムは狼狽《うろた》えている。

「今後の獣人の首都。獣人の里。聖地となる場所じゃ。もし気に入らんなら今のうちに言っておいたほうがいいのじゃぞ？」

さらにプレッシャーがかかるようなことを言うリリア。

「どこでもいいんだ。俺たちの力があれば、どこでだって立派な町が作れる。もっと公都に近くてもいいし、なんならエルフの里みたいに北方砦の先に作ってもいい」

「ほう。それもよさそうじゃの。峠を抜けた先にはかなり広い平原が広がっておったし」

「こ、ここでいいです。ここがいいです！」

「そうか？　ならばここに町を作るとしよう。宰相殿に連絡じゃ！」

そう言ってリリアが随伴してきたエルフの部隊に指示を出した。

「場所はここでいいとして、まずは町の規模を考えないとな」

「エルフの里くらいでいいんじゃないかしら？」

「かなり大きくなるな。とりあえずどんな感じになるか、見てみるか」

門の一つは北東に作る。北方砦へとまっすぐに行けるルートを作るためだ。それと南側に公都へと続く道。

「ここにエルフの里と同等規模の城壁かー」

門の予定地にとりあえず城壁の一部を簡単に作ってみて、空から確認する。実際に大きさを見てみると相当に広がりがある。手間がかかるなんてもんじゃないぞ。

「まずは小さい規模の町を作りましょう。うちの村くらいの大きさでいいわ。それから獣人の里の城壁を時間をかけて順次作る。それでどうかしら？」

内側の城壁を通常の町の規模のものにすれば、一日あれば作れるな。エリーの提案に頷く。

「それでいこう」

縄張りを決めてまずは伐採。整地。それから城壁づくりだな。燃やしてしまえば手っ取り早いが、木材はいくらでも使い道がある。

「まずはこの辺り一帯の木を適当に切っていってくれ。切り株はあとで処理するから切り倒すだけでいいぞ。アイテムボックス持ちは木を回収して一ヵ所に集めておいてくれ。オレンジ隊は周囲の警戒だ」

サティがさっそく剣を取り出し、スパッと木を切り倒し、それをエリーが手際よく回収する。

「ええ!?　剣でやるんすか？」

「そうだぞ。俺たちの力と技術なら剣のほうが早い。まあ気になるなら斧《おの》もあるし、数打ちの剣でもいいぞ。慣れないとすぐに剣を悪くするからな」

そういえば最初に村を作ったときは俺とサティ、アンにエリーにティリカだけだったか。

「すまんがもう一度集まってくれ。光魔法をかけてやろう」

力も強くなるし体力が持続する。魔力の回復も早くなる。使わない理由がない。そして俺の呼びかけに師匠までしれっとやってきた。木こりの真似事はしないつもりのようで動かなかったのが、鼓舞《チャージ》と加護《ブレッシング》が貰えるなら話は変わるとでも思ったのか、強化をかけるとゆったりとしたペースであるが木を切り始めた。

ウィルたち前衛組もそれを見て、慌てて木を切り倒し始める。

「私もやるわ」

そう言ってアンが斧を貰いに来て、しっかりとした手付きで木を切り始めた。アンもレベル5の棍棒《こんぼう》術持ちである。

「ティリカもやるの？」

ティリカも肉体強化は取ってあるし、レベル相応のステータスもあって、実は一般人より相当に力も体力もある。

「剣聖と聖女殿に光魔法をかけて、やることが木の伐採とはの。じつに豪勢ではないか？」

剣聖に続いて世界最高峰の剣士部隊が木を切り倒していき、放射状に視界が開けていく。

「この光景は覚えておいて、いつか子供に話してやろう」

剣聖とその弟子が切り開いた町。ちょっとした話のネタくらいにはなるだろう。

ま、馬鹿なことを考えてないで俺も仕事をするか。

「ああ、そうそう。北方砦にも連絡しておこうか。いきなり城壁が出来てたらびっくりするだろうしな」

そう指示を飛ばして、その城壁づくりを始める。もう散々やってきた作業である。東部砦や北方砦クラスの城壁ともなるとそれなりに気合も必要だが、町の城壁でいいなら流れ作業的に作ってしまえるようになった。

伐採は順調に進み、城壁もさくさく生えていく。

途中でエルフの親方も呼んで、城門の作製も依頼した。そして数時間。


「お昼までもかからんかったな」

伐採はまだ一部残っているし、外周部もこれから切り開かないといけないが、そっちは後回しで大丈夫。当面は内周部にしか人は住まない予定だ。

「俺たちの家はどうするかな……」

「エルフ城みたいにしましょうよ！」

「そうじゃの。当面は妾が領主でもあるし」

エルフのところのお城かあ。あのシンデレラ城みたいなやつ。かなり複雑だし、一気に作るのは無理だな。パーツごとに分けて考えよう。豪華なウェディングケーキみたいな構造になるのかな。

一段目をベースにして広く作る。そこに二段目の建物を載せて、最後に中心部の高い塔部分を作る。

いや、作るときは逆からのほうがいいな。まず中心部の一番高い塔を建てる。その周囲に中間の高さの建物。最後に広く一層目部分。

細かい造作は後でエルフにやってもらえばいい。俺に芸術的センスを求められても困るし。建物の内部もシンプルに、階層構造だけしっかりと作る。中心の塔が五階建て、中間層が四階。一層目が二階建て。尖《とが》った塔の先端も、まずは単純な形の円筒で済ませる。

うろうろと歩いて実際に作る大きさを確認しながら、イメージをまとめていく。

「いけそうだ。やってみよう」

失敗したり、変な形になってしまったらやり直せばいい。まあ家をお城にするのはどうなのと思わないでもないが、俺自身に特に考えがあるわけでもなく、嫁たちが要望するならそれに沿ってやるのに何の問題もない。

詠唱開始——

まずは塔部分どーん！

次に中間部分どーん！

最後に一層目どーん！

「と、こんな感じになったけど？」

ちゃんとお城っぽくはなっている。まあお城というより色味がこの辺りの土色なのもあって要塞《ようさい》と言うほうがしっくりくる感じではあるが。

「よいのではないか？」

「これはこれで無骨な感じでいいかもしれないわね」

「さすがはマサル様。よいお仕事です」

そう親方の太鼓判も頂いた。

「じゃあ問題がなさそうなら外装の飾りの追加と内装工事を始めちゃってくれ」

「飾りは少なめでよいぞ。この無骨で力強い雰囲気を残して作るのじゃ」

「了解です、姫様」

居住区だけなら明日にでももう住める。内装外装をすべて完成させるには一週間くらいは欲しいそうである。そう説明するとリリアは連れてきていた部下に矢継ぎ早に指示を出し始める。

「次は水精霊を迎える場所じゃな。城の横に池を作るぞ」

「ダークオレンジ隊用の宿舎も城の裏手にでも作っておくか」

訓練用の広めの庭も欲しいな。

「長《おさ》の家とゴケライ団の宿舎も必要じゃの」

まず道を作って区画を区切る。中央広場と商業区域の設定。長の家と獣人たちが集まったり臨時の宿舎にもなる集会場。上下水道のラインも考えておかないとな。

このあたりはヤマノス村で一度やっているので、ほぼそのとおりにやればよさそうだ。

「神殿も作ってね。治療院と養育院も」

「学校も」

アンとティリカも希望を出してきた。

門のところには警備詰め所も要るな。冒険者ギルドは……人が集まってから外周部に作ればいいか。

要望を聞きながら、エリーと一緒にぽんぽんと建物を作っていき、陽《ひ》が落ちる頃には町らしきものが出来上がりつつあった。

そこに、お客人ですと宰相殿が案内されてやってきた。北方砦に連絡した後、ちょこちょこ見に来る者もいて、そこから連絡が行ったのだろう。

「こ、これは？」

出来たてのお城を見上げて宰相殿が驚きの声をあげる。

「おお、宰相殿ではないか。見に来たのかや？　半日ほどで作ったにしてはなかなか立派であろう」

「これを本当に半日で？　いやしかし、場所が決まったのは今朝がたのこと……」

城壁に城。いくつもの建物。空き地に積み上がった大量の何の処理もしてない木に、整地してない場所には切り株が残ったままだ。

北方砦からほど近く、公都からも馬を飛ばせば半刻《一時間》もかからない距離。街道からは少し外れているとはいえ、こっそりと町一つを作っていて見過ごすはずもない。

「ここはとりあえず第一陣が住むための内周部でな。明日には建設部隊がやってきて、一週間もあれば、きちんと住民の住める町らしい町になるじゃろう」

「一週間……」

「さらにここから外側を整備しての。獣人の里は、この数倍の規模となる予定じゃ」

リリアはそう誇らしげに宰相殿に説明をする。

「これがエルフの力……聞いてはいましたがこれほどとは」

話に聞くのと実際に見るのとでは大違いなのだろう。まあヒラギス戦中は自分の住む場所と城壁くらいしかやってこなかったし。

「そうじゃな。我らを味方につけられて、ヒラギスは実に幸運じゃぞ」

メインでやったのは俺とエリーだけどな。

住民のための住居の確保。公都と北方砦を結ぶ道路の整備。農地に灌漑《かんがい》用の水路。外周部と城壁の整備。

元からあった町や村の再建もしないとな。やるべきことは多い。

「実は折り入ってご相談があるのですが」

「ふむ。そういえば復興の支援に関しては具体的な話は詰めておらなんだのう」

現地を見に行くと言っておいて、その日のうちにいきなり町を作りだす。しかも明日からでも結構な人数が移り住めるほどの早い出来上がり。特に城壁は真っ先に完成させた。城門もエルフに仮設してもらって一応の完成を見ており、後日鉄製の頑丈な門へと交換する予定だ。

「いくつか早急に復興したい場所がありまして。偉大なるエルフのお力、ほんの少しでも、お借りできればと……」

「おお、宰相殿。頭を下げる必要などないのじゃぞ？　正式な任命はまだ先とはいえ、妾はヒラギスの臣下も同然の立場となるのじゃからのう」

臣下も同然。臣下にはならない、気に入らなければいつでも関係を打ち切ると言外に言っているのも同然なのが宰相殿に理解できないはずもないだろうに、だがそれでも。宰相殿はあくまで低姿勢に、にこやかに話を進めるのだった。

第16話　帝国首都へ

光魔法の活用により俺たちの修行は一段、高いステージに上がった。光魔法による強化は当初、一見すると小さく思えた。だがぎりぎりのレベルでしのぎを削る達人レベルともなると、その小さな差が大きな違いを生むことがわかってきた。

「は、反則、これは反則でございますぞ……」

シラーちゃんから腹にいいのを貰《もら》って蹲《うずくま》ったウィルが呻《うめ》くように言った。昼ごはんのあとだけに、その苦しみは想像もしたくない。

「ウィル、口調が変になってるぞ？」

修行しながら王子様モードの練習中でもある。

まずはシラーちゃんを強化してみたのだが、パワー重視のシンプルな剣術だけあって、単純なスピードとパワーの上昇とは相性が良かったようだ。

「でもシラーはもうちょっと考えて動こうな」

どうも考えて戦っている気配がない。本能的に戦ってるからこの剣が当たるという確信が持てず、寸止めが失敗する。もちろん当ててしまうのも織り込み済みでの立ち合い修行なのだが、俺たちの攻撃力で何度も全力の打撃を食らわされては体がもたない。せめて当たる瞬間、力を緩める程度の配慮は必要だ。

シラーちゃんの剣はよく言えば素直な剣術だ。まっすぐな、力とスピードを重視した剣は、修行で常に格上に揉《も》まれた中で不器用なシラーちゃんが自らの適性に合わせて練り上げた相性の良い剣なのだろう。

実際にそれで十二分に戦えているし、魔物相手にも有効だ。あいつら駆け引きとかしないからな。だからといって考えなしで動いていいというわけではないのだ。魔物も多数なら攻防の組み立てや立ち回りも考える必要があるし、パーティ戦ならなおさらである。

「考えて……」

考えろと言われてシラーちゃんは困っているようだ。もうちょっと具体的に話すか。

俺たちは過程をすっ飛ばしていきなり強くなったから、基本的な部分で何か足りなかったりすることもある。俺も基礎とか型をビエルスに来てようやく重要だと理解できた。決してシラーちゃんがおバカなのではない。

サティは熱心に指導を受けていたし、練習にも真面目に取り組んでいたから基礎が抜けてるなんてことはないだろう。ウィルは実家にいたときは剣術指南役に指導してもらっていたらしいから、これも問題はなさそうだ。ミリアムは最初から師匠の指導を受けていた。問題があるのは俺とシラーちゃんぐらいだった。

「ウィルとずっとやってるから癖くらいわかるだろう？　こう攻撃が来て、防御したら、次はこう動きそうだとか」

実際にウィルがやりそうな動きを見せながら解説していく。やってみせたのがよかったようで、シラーちゃんはふんふんとしっかりと頷《うなず》いている。

「あらかじめ動きが読めたなら、防御や回避も楽になる。攻撃も当てやすい。それだけじゃなくて、その動きに先んじて妨害してやればどうなる？　ウィルは体勢を崩すか、攻撃を中断して防御に回らざるを得ない。これが相手の動きを読むってことで、読みから自分の最適の動きを判断することが考えるってことだ」

　俺もこれは以前はなんとなくやっていたものだが、ステータスをリセットして弱体化してからはじっくりと考えてやらざるを得なくなったのだ。むろん読みも相手あってのこと。サティなんかが相手だとあっちも俺の動きを読んできて、時に複雑な駆け引きに発展したりもする。

　シラーちゃんも無意識にはやっているはずだ。でなければ俺たちの動きに翻弄《ほんろう》されて、まともな戦いにはなっていなかっただろう。それを一歩進めて、きちんと意識してやれるようになれば、一段と強さは増す。

「よし。じゃあ次はアンだ」

「は、はい！」

「え？　聖女様も参加されるのですか？」

　そう言ったのはご近所の王城から遊びに来ていたカマラリート・ヒラギス女大公陛下である。シラーちゃんにやられて這《は》うように脇に引っ込んだウィルを心配して、側《そば》に付き添っている。

「はい。あの方も実はかなりお強いのですよ、女大公陛下」

「カマラとお呼びください、ウィル様。あ、始まりますよ！」

　あ、数合打ち合っただけでさっそくやられた。きゃん、とかわいい声で鳴いて倒れ込む。

「手を出すな！」

　気遣わしげに見ていた聖アンジェラ騎士団の面々が一斉に動くのを制止して、アンに言う。

「自分で回復して立ち上がるんだ」

少々ビビりすぎだな。騎士団用のフル装備だからダメージはウィルほどじゃないはずだ。一応騎士団を相手に時々は修練していたようだが、格下相手ばかりであまり身になっていなかったようだ。今後は俺たちがもっと相手をしたほうがいいな。

「次、ミリアム！」

こうやって順次光魔法で強化した相手と小一時間戦っていく予定である。効果が切れたら交代で次の者を強化。そうして六人分回すと六時間ほど。ちょうど午後いっぱい使うことになる。

俺やサティは後回しだ。強化したシラーちゃんやウィルが相手でも普通に戦えて長引くし、一時間の制限がある。順番が回ってこないこともあって俺にとってはかなり楽な修行の部類である。ちなみにウィルは、午前はまたエルフと狩りをしていた。剣闘士大会を見据えた、ウィルの強化月間だな。

今日の午前中は居留地へ行って説明会を行い、希望する獣人たちの先行組を獣人の里に送り込み、外周の城壁を一部作製。

これは暫定で通常規模の城壁をまずは作っている。新方式の城壁を試したくてそのための材料を待っている状態である
それとしばらくの期間分の生活物資の運び込み。

長《おさ》が説得に回ったお陰か、居留地では国を目指すという話は当面は伏せて獣人の里を作るという話にしてあるのだが、好意的に受け止められたようだ。場所もまあ仕方がないかという感じで特に反論も出なかった。聞かされたばかりでまだ戸惑っているだけなんだろうと思うが。

元の村に戻りたい者も多いだろうし、半分くらい来ればいいほうだろうと長は言っていた。

ゴケライ団もさっそく移動させたのだが、獣人の里の護衛はゴケライ団だけじゃまったく戦力が不足するので、公都とその周辺にまだ残っていた獣人の部隊を一部引き抜いて来てもらうこととなった。公都近辺の魔物の掃討はほぼ終わっていたし、元々住民の帰還に合わせて獣人たちも一旦《いったん》ヒラギスに戻ることにはなっていたのだ。

先行組は町建設のお手伝いである。町を丸々一つ、最初から作るのだ。基礎は俺やエルフがやるとしても雑用はいくらでもある。むろんきちんとお給金は出すし、食事も住居も当面はこっち持ちだ。

リリアとティトスとパトスは今日から獣人の里へと泊まり込み。移住である。

「ティトスが軍政担当。パトスが内政担当じゃ。任せたぞ」

リリアにそう言われて、平和なヤマノス村から建設が始まったばかりの獣人の里へ、いきなり強制移住させられたパトスが絶望的な表情をしていた。

仕事は山積みである。物資はいまのところエルフの里から運び込んでいるが、なるべく早く現地調達に切り替えないといけないし、住民も入り始めてその管理と住居の割り当てや仕事の割り振りも必要だ。農地をどこに作るのかとか、運河をどうするかとかまったく決まってないし、そもそもが場所決めと必要最低限の建物を作った以外、何もかもが未定。すべて一から作り上げる必要がある。

「ところで獣人の里はいいのですが、町の名前はなんというのでしょうか？」

「町の名前……？」

パトスがもっともな疑問を口にする。だが何もない場所に新しく作ったから当然名前などない。

「この辺りはクラストアと呼ばれています、マサル様」

そうミリアムが教えてくれる。クラストアの中心となる町だからクラストアにするか？

「エルフの里はなんて名前なんだ？」

「エルフの里はエルフの里じゃぞ。うちは一ヵ所に固まって暮らしておるからの。名前などつけぬでも困らぬのじゃ」

なるほど。ここは他に町が一つに村がいくつかあるものな。区別のために名前は必要かもしれない。獣人の里だからケモミミランド……ふざけすぎてるな。獣人、獣……

「ビーストなんてどうだ？」

困ったときの元の世界の言語である。

「ビーストの町か。よいではないか？」

土魔法で建設作業をする以外に俺がやったのはこの名付けくらいである。丸投げバンザイ！

まあ建設作業も大規模にとなると俺かエリーしかできない、非常に重要なお仕事だからね？

そして土魔法担当のもう一方のエリーは、エルフの作業員部隊を引き連れてのヒラギス各地の復興支援に出張である。俺たちの侵攻ルートにあった町の城壁は修復済みだったが、それ以外は当然構っている余裕などなく放置していたからな。

なにはともあれ城壁だけは早急に修復しておかないと、住民が戻るにせよ、復興のための作業をするにせよ多くの護衛が必要となる。今はまだ帝国や各国の軍が各地に散らばっているが、これも徐々に引き上げ始めている。人口が激減したヒラギスでは常に人手不足。護衛や復興作業の人員を早々に軽減できるか否かは死活問題とすら言える。

しっかりと恩を売るのだとエリーは精力的に動くつもりのようだ。護衛は師匠に頼んだ。午後からの修行に乱入されてはつらいし。

「まあ、ウィル様は帝都で行う剣闘士大会にお出になられるの？　ぜひとも観《み》に行きたいですわ！」

帝都といえばもうそろそろルチアーナが帝都に到着する頃だ。明日は拠点の視察も兼ねて帝都見物ができそうだ。

「しかしカマラ様、ヒラギスの褒章授与の式典と日程が被《かぶ》るのでは？」

お相手をしているウィルが言う。実務を宰相殿に丸投げしているとはいえ、カマラ様は総責任者である。式典当日だけ出るというわけにもいかない。

事前の面談や式典後のパーティで前後数日間は確実に拘束される。

「では少し前倒ししましょう。幸いエルフの方々のお陰で復興作業も早まるとお祖父《じい》様もおっしゃってましたし」

まあいいんじゃねーかとウィルに頷いておく。俺の子供が仕えることになる相手だしな。交流を増やして仲良くできるなら結構なことである。

「行ってもいいんですの!?　じゃあがんばって応援しますね！」

なんかますますウィルに懐《なつ》いているようで……ウィルも事情は完全に把握しているからカマラ様に冷たくはできない。

「大会は何日かかかるようですが、お仕事は大丈夫なんですか？」

「ええ。基本的にお祖父様に任せっきりですし。今日も朝からエルフの方と国内を回るとかで不在ですので抜け出してきました！」

まあ徒歩数分のご近所だしね。いまだ頻繁に来る客はすべて門前で撃退しているのだが、アポなし訪問されてもこの国の最高権力者を締め出すなどできるはずもなし。

早めに獣人の里に拠点を移すか？　カマラ様と交流が深まるのはいいけど、本気で入れ込まれてウィルが犠牲になるのは本意じゃないし。

フランチェスカには当分会えない。向こうから勝負を持ちかけたのだ。あっちはあっちでホーネットさんに稽古をつけてもらっているそうで、決着がつくまで別々での修行をするのだ。ほんと面倒な話である。

「まあああああああ！　フランチェスカ様に結婚を申し込んだのですか!?」

お？　ちゃんとカマラ様に言ったか。偉いぞ、ウィル。

「はい。ですがフランチェスカ殿はこうおっしゃったのです。勝負して私に勝て。捧《ささ》げるに足る強き剣であることを証明してみせよ、と。そしてその場にいたお師匠様が言ったのです。帝国の剣闘士大会で決着をつけよ、と」

「あの方も確か、剣聖様のお弟子だと聞きましたわ。お強いのでしょうか？」

「私は一時期フランチェスカ殿に剣を教えてもらっていました」

そのことの意味は明白だ。明確な力の差。

「それは……勝てるのですか？」

「わかりません。ですが私は必ず勝たねばならないのです」

光魔法を使えば楽に勝てるんじゃないかという意見もちらっと出た。だがフランチェスカが仲間になって、光魔法を使って勝ったと知ればウィルの評価は急降下である。そもそも鼓舞《チャージ》や加護《ブレッシング》の存在も俺が使い手なのも知ってるから、試合で使用なんてした日には一目瞭然。まっとうに戦って勝つしかない。

「わたくし、いっしょうけんめいウィル様を応援しますね！」

カマラ様は屈託なくそう言う。まあ元々ウィルがフランチェスカを好きだという話はカマラ様も知っていたし、俺たちが心配するまでもなくウィルへの恋愛感情は特にはなかったのだろうかね？


そして翌日、午前はまた獣人の里の建設作業をして、午後からはみんなで、ルチアーナが確保した帝都の屋敷の確認と帝都見物である。

「このような古い屋敷で申し訳ありません。ある程度の広さがあってすぐに使えるとなると、あまり選択肢がなくて」

帝都中心部からは距離のある郊外の古めかしい屋敷である。それなりの修理は必要そうだが、建物自体はしっかりしている。

「家の周囲の壁だけはちゃんとしたのに作り直すとして、屋敷は風情があっていいんじゃないか？」

浄化をかけながら見て回ってそう結論づける。

「ここはエルフの持ち物にしておいて、俺たち用に二、三部屋確保しておいてくれればいいよ」

俺の保有にされても使い道がないし、管理しきれない。

「かしこまりました。では契約をしてまいります」

リシュラの王都のエルフ屋敷みたいなものだな。都心部からずいぶん外れるが、俺もエルフも帝国首都にそれほど用はない。ないはずだ。

「よし。じゃあウィル、この辺を案内しろ」

「あー、土地勘はそれなりにありますけど、よくは知らないっすよ？　街とか滅多に出なかったっすから」

　そういえばこいつは王子様だった。普段から街に出歩くなんてことはしないしできないだろう。使えないやつだ。

　仕方ない。適当に近所を見て回るか。

　帝都見物に関しては本格的にやるならたっぷり時間が必要そうだ。転移後に空から確認した帝都は、反対側の端がかすんで見えないほどの大都市だった。

　中心部に大きな森があって、そこが帝都の王城だとウィルが教えてくれた。かつては王家専用の狩り場にしていたそうだが、近年はさすがに獲物も減ってただの森林公園みたいになっているそうである。

　みんなで行くとやっぱり目立つので交代で見て回ることにして、最初は五人、俺とエリーと獣人組の護衛三名でお出かけすることとなった。

　郊外とはいえ帝国首都。人はそれなりに多かったし、大通りに出ればお店もたくさんあった。でもなんかどこも一緒だな。中世風の異世界は、賑《にぎ》わいに差があるくらいで俺には違いがわからん。食べ物の値段がちょっと高い。洋服店に家具店にアクセサリーショップ、雑貨店や食料品を扱う個人商店とかが雑然と並んでいて、元の世界で言うと、昔ながらの商店街という雰囲気だ。

「王都とそんなに変わんないいな」

「そりゃあ王国も元は帝国領土だったしね。ヒラギスも似たような感じだったでしょ？」

違いがわからないのじゃなくて、根本的に似てただけか。

「東方とか南方へ行けばかなり違ってくるそうだけど……そうそう。そういえばエルド将軍から転移で帝都へ送ってほしいって連絡が来てたわよ？」

今現在、帝国の将軍たちは公都近辺に集まっている。帝国軍もそろそろ順次帰還の途につく予定らしい。居留地からエルフが全力で飛んで二日と少々。馬でも何日かかるやら。そりゃ転移が使えるなら使いたいよな。

「別にいいんじゃないか？　軍を全部送還してくれとかじゃないんだろ？」

「将軍と側近の数人でいいって」

エルフが転移魔法を使えるのはすでに周知されている。帝都へのルートが開通したと知らせ、多少の便宜を図ったところで不利益はなかろう。エルド将軍とは今後も仲良くしていくつもりだしな。

帝都見物が終われば次はエルフの里である。新方式の城壁づくりのテストを行うのだ。それでエリーにも今日は復興作業を午前で切り上げてきてもらった。

「鉄の棒？」

エリーが首を傾《かし》げる。大量、と言うには少ないが、積み上げられた鉄の棒、すなわち鉄筋である。

「鉄筋……造りという。とりあえずやってみよう」

ざくざくと地面に鉄筋を一〇本ほど突き刺していく。これを土魔法で封入するように壁を作る。うまくいけば普通の壁の何倍もの強度の城壁ができるはずだ。

一回目は失敗した。普通にやると鉄筋が押し出されてしまう。まあこれは想定内。壁を土に戻してやり直しだ。

二回目。じゃあ鉄筋を避けるように……作ってはみたが、隙間《すきま》だらけでどう見ても失敗だ。

三回目。土の状態でまずは壁を作って包んで……固める。うまくいった。

「理屈はわかるわ。鉄を仕込めば強くなるだろうっていうのは」

エリーの言いたいことはわかる。鉄は貴重だ。レアというほどではないが、供給が十分だとも言えない。壁には鉄筋を大量に使う。それだけの価値が果たしてあるのか？

「きっと驚くぞ」

俺たちの世界でも建築を大きく変えた技術だ。

「じゃあ試してみよう」

普通の柱と、作った鉄筋柱を横にして、上から大岩を投下する。普通の柱は大岩がぶつかると砕け散ったが、鉄筋はある程度のダメージは受けたがしっかりと耐え、二回目の投下でぽっきりと折れた。単純に倍くらいにはなっているか？

「次がたぶん最終形。一番強い構造になるはず」

残った鉄筋を全部使って格子状、縦と横にジャングルジムのように組み合わせた鉄筋を壁で包んでいく。

「さて。ではどらごさんどうぞ！」

まずは普通の壁に軽くひと当て。幅一・五メートルほどの普通の町クラスの強度の城壁は、簡単に崩れ落ちた。町の城壁は大型種の突進に耐えるようには作られていない。

次に鉄筋壁。ぶつかった部分の壁が一部崩れたが、壁自体はしっかりとしたものだ。

「次は本気で！」

ドゴンという大きな音と、地面が震えるほどの衝撃。壁はひしゃげ、中の鉄筋がむき出しになったが、まだ壁としての機能は失われてはいない。壁は斜めに傾いている。基礎のしっかりとした固定が必要だな。

「ほう。これは……」

鉄筋入りの城壁が大型種の本気の突進に耐えてみせたことに、エルフの親方から感心したような言葉が漏れる。

どらごの第二撃。それにもぎりぎり耐えてみせた。

「当たった部分はさすがに破壊されましたな」「だが周囲は形状を保ったまま崩れていない」「破損範囲が小さいから修復も短時間で済む」「建築に革命が起きますぞ！」

建築担当のエルフたちからは絶賛の声があがった。

「いけそうだな？」

「はい、単純なのに素晴らしい効果です。さすがはマサル様です！」

「ではまずはビーストの町で試そうか。鉄はエリーのところの鉱山からのがあるから大丈夫だな？」

エリーの実家の鉱山からの産出物は当面はエルフだけに売る予定だった。ようやく生産体制が整ったばかりで量産できないのと、帝国へバレるのをなるべく遅らせたいという思惑もある。むろん帝国に対して鉱山を秘匿するという意図はない。だが最初の納税が必要なときまで、余計な邪魔や妨害は排除したかったのだ。十分な生産量を確保して、一度でも帝国へと納税してしまえば、その所有権は確実なものとなる。予定では来月開催の帝都の秋祭り。そのときにエリーの兄が上京して報告する手《て》筈《はず》となっている。

「ではこれはマサル式……」

「リリアはいい加減、なんにでも俺の名前をつけようとするのはヤメロ。ちゃんと鉄筋造りって名前があるんだし」

いや……名前はつけとくか。

「エルフ式城壁強化法、鉄筋造り。これで大々的に広めよう」

「よろしいので？」

親方が懸念を示す。だが鉄筋の構造は単純だ。秘匿しようとしても効果的だとわかればあっという間に広がるだろう。それなら先んじて自らの手で広める。

「これは魔物と戦うための強力な武器となる。独占していい技術じゃない。これで利益を得ることは一切しない」

そもそも俺のアイデアじゃないしな。

「それにエルフの名をさらに高める助けとなるだろう？　派手にやってくれ」

おおーと、エルフたちから感嘆の声が漏れる。

「守護者様の仰せだ。派手に、大々的にやるぞ！」

「まずはエルフの里ですな。エルフ式と銘打って広めようとしているのに大本の城壁が古いままでは話になりますまい」「連絡するのは王国と帝国、それからヒラギスにも」「単純な構造とはいえ、技術的な検証は――」

即座に始まった活発な議論を背に、俺は俺の仕事に戻ることにした。鉄筋関連でまた輸送任務が増えそうだ。効率的に片付けていかないとな。

第17話　帝国王家、家族会議

帝都にエルフ屋敷を設置した、その翌日。

「バルバロッサ将軍も一緒に送れって言ってきた？　ちゃんと金取っとけよ？」

「そこはお金を取らずに恩に着せておいたほうがいいわよ。料金を決めちゃうとお金で何度も依頼が来るかもしれないし」

なるほど。プライスレスのほうが気軽に頼めないものな。ちなみにリゴベルド将軍は何かあったときのための居残りらしい。

ただそれだけの話で、特に気にも留めなかったのだが、その日の午後のこと――。

■　■　■　■　■　■　■　■　■　■

帝国王城、某所。

「リゴベルドがいないのが残念であるが、まずは二人の無事の帰還、嬉《うれ》しく思う。ヒラギス奪還も驚くほどの短期間、しかも兵をほとんど損なわないうえでの成果、陛下も大層喜んでおられた」

「もったいないお言葉です。リゴベルド将軍も司令のお言葉を伝えればさぞや喜ぶことでしょう」

「それもこれもエルフのお陰。帝都へも転移で送ってもらいました」

次期帝王、帝国軍総司令、ランディーズ・ガレイの言葉にバルバロッサ将軍とエルド将軍がそう答える。

「それからバルバロッサよ。ヒラギスに五〇〇〇万も援助するそうだな。それは後ほどこちらから補填《ほてん》しよう」

「はっ！　ありがとうございます！」

バルバロッサは素直に喜んだ。広大で豊かな所領を持つバルバロッサであったが五〇〇〇万ゴルドもの資金、簡単に捻出できるものではない。

「報告書は読ませてもらった。しかし俄《にわか》には信じられぬな。聖女にハイエルフにドラゴンや陸王亀《ランドキングタートル》を使役する召喚魔法。それにエルフ族の勇者の再臨」

「すべて勇者のもとに集ったということなのでしょう」

司令の言葉にバルバロッサが答える。勇者がいたからこその錚々《そうそう》たるメンバー。

「本物なのか？」

「光魔法、この目でしかと見ました。あれだけは勇者以降、誰ひとり再現ができなかったのです。戦場でも多くの者が見ております」

「師匠もずいぶんと入れ込んでおります。それに仲間には真偽官もおりました」

「剣聖に真偽官もか……」

真偽官は虚偽を許さない。もし偽物が勇者を名乗ったりすれば当然告発があるだろう。

「エルフの崇拝ぶりを見るに、勇者のことをかなり前から知っておりますな」

エルドはエルフたちが、人間であるマサルに傅《かしず》くように従うのが不思議であったのだが、勇者であることを知って合点がいったものだ。

「エルフにハイエルフか。そちらの報告こそ本当なのか？　戦場での戦果は派手に語られることが多いのだぞ？」

「むしろ戦果を語るときは誇張が一切ないようにと、勇者殿には釘《くぎ》を刺されましたよ」

「エルフの魔法は私も何度もこの目で見ました。帝国最高の魔法使いと比べてさえ桁が違うとしか言いようのない大規模な範囲魔法です。それが勇者の他に、少なくとも三名」

「エルフの勇者か。エルフとの関係、考え直さねばなるまいな」

「そのことで内密にお話ししたいことが……」

「言ってみよ」

「師匠には口止めされておりますが、事が事です」

「もったいぶるな、エルド」

「勇者は人間族です」

その言葉にバルバロッサが目を見開く。そこから語られる魔族からの暗殺未遂の顛末《てんまつ》。

「戦場で相当に派手にやりましたから、完全に魔族に目をつけられたようです。勇者の保護を考えるなら正体が広まることは非常にまずい」

「人間か。何者かはわかっているのか？」

「マサル・ヤマノス。リシュラ王国の子爵で、Ａランクの冒険者。そして剣聖の弟子で、高位の魔法使いでもあります」

当然最初に接触してすぐ、マサルたちの身元は調査した。

「リシュラ王国は勇者を取り込んだのか？」

「そのことは重要ではありません、司令。かつて勇者は何のために現れました？」

魔王討伐。そうバルバロッサが畏怖《いふ》を込めて呟《つぶや》いた。

「剣聖に聖女にハイエルフに真偽官に伝説の召喚術師。魔王討伐のパーティか……」

数百年前の魔王軍との戦いで、帝国はあやうく首都が陥落するところまで追い込まれた。

「勇者に対して帝国はどう動くべきかな？」

「静観を。今のところは勇者が現れた以上のことはわかりませんし、幸いにして私は勇者に信頼されております。何か事があればわかるでしょう」

「それでよいのか？」

「どうも勇者はまだ修行中なようです。私も何度か剣術修行に付き合わされましたよ」

「剣の腕はどうだ？」

「師匠がソードマスターの称号を与えてないのが不思議なくらいですな。経験を積めば最強の一角を担うまでに成長しましょう」

「ほう」

「しかし注目すべきは魔法です。一人で魔法部隊一〇〇〇人分以上の働きができるほどの比類なき才です。魔法と剣、両方使われてはすでに勝てる者はいないでしょうな。アーマンドなど一瞬で倒されておりましたよ」

それだけ聞くと司令は目を閉じ、深々と椅子に腰を沈めた。

「頭が痛い。ようやく父上が引退してくれる気になったのに、このようなことを知れば、またぞろ張り切りだすぞ……」

「ではこのことは？」

「しばらく伏せておく。勇者のことは真偽不明。調査中とでもしておけ」

「勇者志望者や偽《にせ》勇者など珍しくもありませんからな」

　エルドが頷《うなず》いて言った。それで誤魔化しきれるとは思わないが、時間稼ぎぐらいにはなるだろう。

「それとその、一つご報告したいことが……司令のご子息を、戦場でお見かけしました」

「もしやウィルフレッドか？」

　ぎこちなく頷くバルバロッサ。本来ならすぐにでも報告をするべきだった。だがウィルが正体を現した経緯が経緯だったし、魔物の最後の大反攻での混乱に戦後処理と、ついつい後回しにしていたのだ。

「どうやら勇者と行動を共にしていたようです。ご本人から口止めをされておりましたが、子を持つ一人の親として、知らせないわけにもまいりません」

　いい感じのことを言っているが要は保身である。上司とその息子。どちらを重視するか、バルバロッサにとって考えるまでもない。

「戦場ではどんな様子だった？　元気にしておったか？」

　よほど気にかかるのか身を乗り出すようにして尋ねる。

「怪我などはないようでしたが、一兵士として身分を隠して参戦されていたようで詳しくは……ただ、ヒラギスに来る前はビエルスで剣の修行をしていたようです」

　ろくな調査をする時間がなかったし、知っていることはほとんどなかった。足取りを追おうとしたものの、王子であることは伏せて調べる必要もあって、さらにバルバロッサに対してのエルフの評価は最悪である。ウィルに関する情報はほとんど得られなかった。

「かなり優秀なご子息ですな。腕も立つし、指揮もできる」

子沢山の司令の子供をすべて覚えてはいないエルドである。かつて王家の剣術指南役を務めていたこともあり、ある程度上の年齢の者はよく知っていたが、当時幼かったウィルフレッド王子のことは名前ぐらいしか覚えていなかったのだ。

あれがウィルフレッド王子だったのかと、エルドは頭の中で情報を整理する。避けられていた感じがあったのは身元がバレて連れ戻されるのを恐れてのことだったか。

ならばなぜバルバロッサは——

「エルドも知っておったのか？」

エルドの思考は司令の問いかけで中断させられた。

「はっ。いいえ。ウィルと名乗る冒険者が勇者のパーティにいることは知ってはいましたが、まさかご子息のウィルフレッド王子だったとは……」

エルドが調査したとき、ウィルのことも情報として知ってはいたのだが、帝国の王子ウィルフレッドと結びつけろというのは酷だろう。ただ勇者の、エルフの守護者のパーティの一員として、その動向を把握はしていた。

「しかし優秀？　あれが？」

司令の言葉を不思議に思ったエルドだったが気にせず答えた。

「ええ。ビエルスでは師匠に認められて直弟子に」

「それはまことか？」

「一度手合わせをしました。遠からずソードマスターの称号も得ましょう」

「剣の腕は指南役に才能なしと断じられたのだぞ？」

むろん本人には告げられていない。

「ガルドス殿ですか。見る目がありませんでしたな。師匠もあれはまだまだ強くなると、珍しく褒めておりましたぞ」

ガルドス殿の見立ては正確で、実際ウィルに剣の才能はなかったのだが、まったく非がないのに評価を落とすガルドス殿は哀れとしか言いようがない。

「剣聖が……」

「目立ったところのない少年だったように記憶しておりますが、牙を隠していたのでしょうな」

帝都でウィルと多少の交流があったバルバロッサがフォローするように言う。上司には媚《こ》びるバルバロッサである。そのことは上司の家族も当然ながらしっかりと把握している。

「ウィルフレッドが剣聖の弟子で勇者の仲間？　何かの冗談だとしか思えん」

それは本当にウィルフレッドのことなのか。勇者のパーティにいたのは百歩譲ってもいいとして、剣聖の直弟子？　人違いではないのかと司令は考えざるを得なかった。

「弓の腕も一流でしたな。ウィルフレッド王子は間違いなく傑物ですぞ。うちで面倒を見て大部隊の指揮も経験させてみたいものです」

「それで今はどこに？」

「エルフのもとに身を寄せて、引き続きヒラギス公都で活動しているようです」

そうと知っていればもっと交流を深めておいたものを。ウィルフレッド王子は間違いなく次代の中心となる人物。そんなことを考えながらエルドは答える。

「ウィルフレッドのことは父上もとても心配しておられた。とにかく一度呼び戻す。連絡はつけられるか？」

エルドやバルバロッサにしてみれば、王子の一人が頭角を現した。そんな感じの話であるが、ウィルのことをよくよく知っている家族には俄には信じがたい話だった。何にせよ一度呼び戻してウィルフレッドが本当に本人であるのかと、その無事を確認したい。

「エルフの転移術師がまだ帝都にいるかどうかによりますが……確認に人を送りましょう」

「すぐに手紙を書く。それとリゴベルドをやって、ウィルフレッドの無事も確認させよう」

加えてエルドの話がどこまで本当かの確認も。そう考えながら、司令は手早く筆を動かした。

■■■■■■■■■■■■

――リゴベルド将軍がエルフ屋敷を訪ねてきた。それも帝国からウィルフレッド王子宛ての手紙を持っての面会希望である。

「すぐに家に帰れ、父より？」

ウィルはとりあえずリゴベルド将軍を待たせて手紙だけ受け取った。見せてもらった内容は呆《あき》れるほど簡潔だった。

「喋《しゃべ》ったのはバルバロッサ将軍っすかねえ」

エルド将軍も知っていた可能性はあるが、情報が漏れるとしたらバルバロッサ将軍からだろう。

「どうするんだ？　どっちみち、フランチェスカのことを認めてもらうのに一度戻ったほうがいいんじゃないか？」

「家に戻ったらきっと修行どころじゃないっすよ」

今はしっかりとした修行をすることが重要だし、戻って拘束などされては経験値稼ぎも俺たちとの修行も中断してしまう。

勇者のパーティにいてヒラギスで活躍した帝国の王子。きっと相当に騒がしいことになるだろう。フランチェスカもがっつりと修行しているようだし、もし十分な修行ができなくて剣闘士大会でウィルが負けてしまうとまた面倒なことになる。

「じゃあ剣聖のところで修行中だからまだ戻れない、来月には戻るって連絡入れとけ。リゴベルド将軍はどうする？」

「会ったほうがいいっすよね……」

ウィルの言葉に頷く。もうバレちゃったから逃げても仕方ないし、エルド将軍だとヤバかったが、リゴベルド将軍なら無理やり連行しようとしても阻止は簡単である。

「じゃあ将軍を通してくれ」

■■■■■■■■■■

「休んでいるところをすまんな。リゴベルドとウィルフレッドから返事が来た。父上に会ってウィルフレッドが無事見つかったと報告をする。エルドも一緒に来てくれ」

司令が差し出したウィルからの返事をエルドは一瞥《いちべつ》する。

「強引にでも連れ戻しますか？」

「父上次第だが……来月戻ると言っているのだ。無理に連れ戻すことはあるまい」

「それがよろしいかと。師匠のもとでの一ヵ月の修行は、何年分もの価値があります」

二人が話しているうちにほどなく帝王の私室に到着した。入室の許しを得て入ると、そこには帝王、エルドレッド・ガレイと、司令の長男、クライアンス・ガレイがいて話をしているところのようだった。

「父上。いまお祖父《じい》様とヒラギスの今後のことについて話をしていたところなのです」

「今後のこと、ですか？」

「そうだ。此度《こたび》の戦いでヒラギスの弱体化は甚だしい。あそこが再び陥落するようなことがあっては面倒だ。どうにかテコ入れしなければなるまい」

ふむ、と司令が考え込む。軍の動きやその後の論功行賞に関しては司令の職務の範疇《はんちゅう》であるが、これはその先の話である。確かに今のままでは再びのヒラギス陥落の懸念は消えないし、だからといっていつまでも帝国軍を進駐させたままというわけにもいかない。

「帝国と東方国家の交易は順調です。それが阻害されては帝国の不利益となりかねません」

そうクライアンスが話す。

「そうそう、そのヒラギスの話です。ウィルフレッドがヒラギスで見つかりました」

「なに!?」

司令とエルドとでウィルのヒラギスでの活躍に、剣聖の弟子となって修行をしている話をする。

もちろん勇者の仲間となっていた部分は伏せて。

「ほうほう。さすが我が孫だ！　あやつはわしの若い頃によく似ていると思っておったのだ」

クライアンスはその話に眉をひそめている。弟ウィルフレッドの話がどうにも信じられないようだ。しかし司令はリゴベルド将軍が本人に会って確かめたと話の補足をする。

「どうやら来月行われる剣闘士大会に出るつもりで、それまで剣聖のもとで修行を続けると連絡がありました」

「勝てるのか？」

「剣聖の他の弟子が出なければ十分に可能でしょう」

帝王の言葉にエルドがそう答える。

「王家から優勝者が出るとなれば一〇〇年ぶり以上の快挙ではないか？」

「うちは魔法が強い家系ですからな……」

父上はウィルフレッドの剣闘士大会出場に乗り気のようだし、本当に優勝できるなら自分も見てみたい。司令もそう思った。

「お祖父様、私によい考えがあります！」

「言ってみよ」

「ヒラギスの女大公は結婚相手を探していたはず。まだ決まっていないようなら、ウィルフレッドがちょうどよいのではないでしょうか」

クライアンスはウィルの実の兄ではあるが、次々世代の後継者候補として突如強力なライバルになりそうなウィルの存在に危機感を覚え、その排除を考えた。しかもこれは極めて穏便で、なおかつウィルのためにもなる方法である。他国に婿入りしてしまえば王位継承権は消滅する。

「ウィルフレッドがそれほど武に秀でているなら、ヒラギスの守りを任せれば帝国としても安心ですし、ヒラギスでも活躍したのです。民も喜んで受け入れるでしょうな」

　勇者の仲間となって魔王討伐に出るより格段にいい話だ。そう司令は考えた。

「ウィルフレッドにも何かよい地位を与えてやらねばと思っておったのだ。ヒラギス大公なら不足はないな」

　帝王は純粋にウィルフレッドのためを思って賛成した。

「ウィルフレッドが婿入りするとなれば軍の進駐を続ける理由にもなりますな」

「まずは早急にヒラギスに使者を立てましょう、お祖父様。もしかするとすでに相手が決まっているかもしれませんし」

　たとえ相手が決まっていたところで、帝国からの申し入れ、それも直系の王子を差し出すのだ。よほどの相手でもない限り受け入れさせると、クライアンスはしっかりと使者に言い含めると決め、他にも手を打てないかと考え始めた。

「エルド、剣聖殿にも連絡を入れよ。わかっておるな？」

「はっ。ウィルフレッド王子の剣闘士大会優勝。よき婚礼の手土産となりましょう」

　もし剣聖の弟子で出場を考えている者がいればエルドが圧力をかけて断念させる。それで勝てねばウィルフレッド王子がそこまでの器だったということ。そうエルドは考えた。

「すぐに転移術師をヒラギスに送り込むのだ」

「一人国境におります。急がせれば一両日中に到着するでしょう」

貴重な、帝王直轄の転移術師を動かしていいとなれば話は早い。メッセンジャーとしてしか使えないが、これほど便利な魔法もない。

エルフの転移術師は一〇〇人の人員を何度も往復して輸送してのけたという。どうにか交渉して一人くらい手に入らないものかと、司令は考えを巡らすのだった。

■■■■■■■■■■■■

そしてその二日後。

『帝国のウィルフレッド・ガレイ王子、カマラリート・ヒラギス女大公陛下とご結婚！』

その報がヒラギス中を駆け巡った。

第18話　ウィルフレッド王子の帰宅

ウィルとカマラ様ご結婚の報がヒラギス中に広まる前に、当然ながら二人には一番最初に話がきていて、俺たちはそれへの対応を協議していた。

「ウィルがカマラ様と仲がいいのがバレた？」

「かもしれないわね」

純愛を貫きたいウィルは断固として拒否の構えであるが、宰相殿は態度を保留している。ヒラギスにとってはかなりいい話なのだ。

ウィルにとっても最高にいい話なのは間違いない。ヒラギスの女王、カマラリート・ヒラギス女大公はまだ一二歳。統治は老齢の宰相に頼り切りであり、婿入りといっても、ウィルのバックの帝国は隣国であり強大。大きな権力を握れるだろう。

実際ウィルは実家では特に目立った能力もなく、普通は一五歳くらいから仕事を任されることも多いのに一七にもなってまだ無役無職。それで将来を悲観して家出したくらいなのだ。

だが今は俺のパーティにそのまま参加していたいということと、フランチェスカへの求婚もある。加護も得た。実家の家族はその状況をまったく知らずにウィルの結婚話を持ち出したのだろう。

だから早めに実家に挨拶に行っとけと言ったのだ、とは思ったが、所詮《しょせん》は後知恵である。

そして対応を考えているうちに、翌日くらいにはその話がなぜか一気に広まってしまっていた。

「やられたわね」

何をどうやられたのかよくわからないが、これが帝国側の仕掛けなのは明らかだ。公表してしまった以上、帝国の面子にも関わる。帝王も、ウィルの父も賛同している。とてもいい話だからウィルフレッドにも喜んでもらえると信じている。そういう手紙も届いていた。見せてもらったその差出人はクライアンス・ガレイ？

「一番上の兄上っすね。家出のときも助言とか路銀を出して手助けしてくれて」

行くなら王国がいいとか、冒険者なら剣術もしっかり習ったウィルならなんとかなるだろうとか、そんな感じの助言をしてくれたんだそうだ。

「クライアンス兄上はヒラギスも含めた東方国家方面との交易を担当してるんすよ」

なるほど。それで弟の話ということもあって加わってきたのか。

「兄上が担当してから交易量が増えて税収も右肩上がりになって、父上の次はクライアンス兄上が後継者の最有力候補だともっぱらの……」

「ちょっと待って。その兄上が東方国家の担当になったのはいつ？」

エリーがウィルの話に口を挟んできた。

「たぶん……五年くらい前っすね」

「もし東方国家との交易路でトラブルになったら？」

「当然責任者として対応するでしょうね。ヒラギスへの兵站《へいたん》なんかも担当してるはずですし」

「ヒラギスの婚姻に関係してくるくらいですものね。当然うちがお取り潰《つぶ》しになったときも？」

「あー、ええ。何かしら関わっていたかと……」

突然ウィルの言葉の歯切れが悪くなる。ブランザ家の没落にウィルの兄が関わっていた？

「理由があるのよ」

「理由？」

「そう。うちが嵌《は》められた理由」

エリーの実家の元の領地は東方国家との重要な交易路に位置していた。その税収は貴重な財源となってブランザ家を潤していたのだが、それが気に入らない勢力があった。ブランザ領に隣接する領地を持つ、ゴールドハウブズ伯爵。恐らくエリーの父親を罠にはめた主犯と思われる相手である。でっぷりと太っているらしくエリーは豚領主とか豚伯爵とか呼んでいた。

「うちの領地を通過する商人からは当然税を徴収するんだけど、それを下げろって何度も何度も圧力をかけてきていたらしいのよ」

だがエリーの父はそれを突っぱねた。そもそもが特に高くも安くもない、極めて通常の課税額だったのだ。交易の税収によって、ブランザ家は領内を豊かに保っていた。おいそれと下げるわけにもいかない。上に泣きついたところでブランザ家は善政を敷いていた。領民には慕われ、王家への忠誠も厚く、軍務にも積極的に参戦する。実に優等生だ。介入する理由がまったくない。

それもこれも重要な交易路を押さえて、潤沢な税収を得ていたからだ。

「そうしてうちは罠《わな》に嵌められ、領地は豚伯爵の縁者に分け与えられた。でも伯爵ごときに領地を配分する力なんてあるはずないのよ」

バックにはもっと権力のある者がいる。それこそ王家に連なるくらいの。

「うちが破滅したことで、豚伯爵以外で得をしたのは誰かしらね？」

派閥の勢力は増す。有能さを示すことで後継者レースでは一歩先んじる。

「たぶんお兄様は知っていたんだわ」

エリーの兄も後を継いだばかりだ。証拠もなく、ろくな調査もされなかった。豚伯爵をすら告発できなかったのだ。王家がバックにいるとわかったとしても、何かできるはずもない。

それに交易にかかる関税を下げることで、帝国と東方国家間の交易量は増えたのだ。誰も損をしなかった。ブランザ家以外は……

「どうするつもりだ？」

「どうしようもないわね。お兄様が終わったこととしている以上、わたしが下手に動いて今度こそブランザ家が消えてなくなっちゃったら、申し訳が立たないどころの話じゃないわ」

戦ったところで勝ち目は皆無だし、何をどうしたところで失った命は戻らない。

「でもムカつくわね」

そして今回、ウィルがヒラギスの王配となり復興を成し遂げることで、婚姻を主導した東方国家担当のクライアンスの名声はまた高まる。実弟が隣国のナンバー2となることでの利益も計り知れない。

「これってウィルがライバルだと思って、追い出しにかかってきたんじゃないか？」

どう考えても帝国側の動きが素早すぎる。まるでウィルの退路を断とうとしているかのようだ。

「ええ？　兄上が俺ごときにそんなことは……」

「ヒラギスで活躍して、剣聖の弟子で、俺の仲間だぞ？　しかも今度の剣闘士大会で優勝するつもりなんだろ？　帝国民からの人気は爆上がりだろうな」

そのウィルのヒラギスでの活躍も、結婚の話と一緒にあることないこと派手に流布されている。

だが俺たちと一緒に最初から最後まで最前線で戦ってきたのだ。粉飾されたウィルの活躍の噂《うわさ》と比べても、実際の功績は劣るものではない。

「以前と同じような感覚は捨てなさい。ウィルはもう世界最高の人材なのよ」

「望むなら帝国の王座にも手が届くほどののう」

「王座とかまったくいらないっすよ!?」

「そのあたりもはっきりさせるために、一度戻ったほうがいいだろうな」

「まずはヒラギス側ともう一度話し合いが必要ね。婚姻をどうするにせよ、意思統一はしておいたほうがいいわ」

それで使者を立てて会談を申し入れたところ、すぐこちらに来てくれるという。こっちは楽でいいが、ヒラギスの最高権力者としてどうなのだろうと思わざるを得ない。徒歩数分なのもあるし、俺たちに気を使って呼びつけるのは遠慮しているのだろうけど。で、カマラ様を待っているうちにフランチェスカも訪ねてきた。

「これは一体どういうことだ?」

開口一番、不機嫌そうに言う。

「つまりだな。ウィルの実家の暴走なんだ」

ウィルにとっても寝耳に水。今回の件に関してはまったく関与していないことを説明する。そうしているうちにカマラ様も到着したので、関係者一同で協議することにした。

「私は身を引こう。帝国を敵に回し、国に迷惑をかけるわけにはいかない」

「いけませんわ、フランチェスカ様！　わ、わたくしが帝国に赴いて、きちんとお断りをいたします」

二人は悲壮な表情である。カマラ様など声が震えている。

「まあまあ、二人とも落ち着いて。結論を出すのはまだ早いぞ」

小国の王族にとって、帝国に逆らうということがどれほど大それたことか、わからないでもないが……

「私が、家に戻ってお祖父《じい》様と話をしてきます」

しかしそう格好よく宣言した当のウィルも顔色がよくない。ずっと実家に帰るのを嫌がってたけど、なんでだ？

「お祖父様は怖いんですよ。ガチで」

「ふうん。それは魔物よりもか？　俺よりもか？　師匠よりもか？」

「そうですね。それらと比べれば……少し怖いくらいかもしれません」

魔物とか師匠より怖いのかよ!?

「帝王はとても恐ろしいのだ。敵は容赦なく殲滅《せんめつ》し、身内ですら粛清を躊躇《ためら》わず、巨大な帝国を長年まとめ上げてきた。リシュラ王国だろうがヒラギス公国だろうが、迂闊《うかつ》に敵対すれば王家をつぶして新しくすげ替えるくらいのことはやりかねん」

フランチェスカのその言葉にカマラ様がまた泣きそうになっている。

「大丈夫です。私がなんとかしてきます」

「ウィル殿がカマラ様と結婚してくれれば話は早いと思うのですが」

申し訳なさそうに宰相殿が言う。

「私は……決して貴方《あなた》を嫌ってのことではないのです。もし私の心の中にフランチェスカ殿がいなければ、今回の婚姻、喜んで受けたでしょう」

そう言ってウィルが悲しそうに首を振る。

「まあ……」

カマラ様は感じ入ったようで、フランチェスカも複雑な心境のようだが、まんざらでもなさそうな雰囲気である。

もう三人でくっついちゃえよと思わないでもないのだが、潔癖なフランチェスカに本気で振られかねないし、ウィルも嫌がっている。

「それじゃ帝都に行くか」

俺の言葉にウィルの顔がぱっと明るくなる。何を喜んでいるのだ。

「送っていくだけだぞ？　俺が一緒に行ってもなんにもできんだろう？」

できなくもないとは思うが……勇者だって言って乗り込んで、どういう反応になるかまったく読めないし、事態が悪化する可能性だって大いにあるのだ。俺ですら勇者の仲間になって魔王討伐に出るくらいなら、むしろカマラ様と結婚しちゃったほうが、ウィルは幸せになれるんじゃないかと思うのだ。

どうせみんな巻き込まれるんだし、早いか遅いかの話だという気もするのだが、俺としてはまだ大々的には動きたくないという気持ちがある。世界の滅亡まであと一九年もあるのだ。せっかくみんなが勇者はエルフだって思ってくれてるんだし、いましばらくは少しでも平穏に暮らしたい。

そうしてウィルを王城に送っていくことになった。敵地なのだと一瞬構えたんだが、よく考えてみれば、ただの家出少年の帰宅である。危険は何もないと、俺とウィル、ミリアムにサティに師匠を加えた五人で、てくてくと王城まで歩いていくこととなった。

あまり物々しい格好だと帝都で目立つかもということで、ウィルは貴族っぽい上等な仕立ての服とその下に鎖帷子《くさりかたびら》。腰には剣を装備。俺は平民の従者のように見える平服に、これも鎖帷子を着込んで短剣だけを目立たないように装備して、ミリアムとサティはいつもの装備で護衛の冒険者といった役回りである。師匠はだいたいいつも同じ格好。普段着に剣のみである。戦場ですら装備らしい装備をつけているところを見たことがない。


途中で馬車を拾って帝都の中心部へと向かう。乗合馬車もあったのだがリッチに一台チャーターした。徒歩でも一時間程度らしいが、人通りが多い中歩くのはトラブルのもとになるかもとの判断である。

実際、場所によっては歩行が困難になりそうなほど人通りは多い。それに治安も、各地から人が集まってくるせいもあって、あまりよろしくないそうだ。特に裏通りや夜間の外出は注意が必要だ。田舎から出てきたおのぼりさんと見られれば、柄の悪いやつらに食い物にされかねない。

柄の悪いのに絡まれても全然平気だが、騒ぎは起こしたくない。特に俺たちはいまだに強そうには見えないし、まさに田舎から来たおのぼりさんである。高確率で絡まれそうだ。

「やたらと人が多いな」

それでも日本だと地元の繁華街くらいだな。東京とかの混みっぷりと比べると密度はさすがに薄い。

「中心部へと向かう一番の大通りですからね。もうすぐ始まる秋の祭りの時期になると、とんでもない人出になりますよ」

王子様モードのウィルがそう教えてくれる。

「剣闘士大会はどこでやるんだ？」

「闘技場はちょうど王城を挟んで反対側になりますね。観《み》に行くのなら早めにチケットを確保しておいたほうがいいかもしれません」

そういえばそうだな。王都の大会ではエルフが席を確保していて特等席で観られたが、今回はウィルの家族を頼れるかどうかわからないし、今の時点では当てにはしたくない。婚姻話がどうにか片がついたらエルド将軍にでも聞いてみよう。

貴族街の手前で馬車を降りる。ここから先、馬車は貴族所有じゃないと入れないそうである。徒歩に関してはあからさまに怪しいとかみすぼらしいとかじゃない限り、警備に止められることはないようだ。そもそもが貴族街に入ってもお店も多いし、人通りもある。いちいち誰何《すいか》していられないということなのだろうか。

裏から目立たないように入りましょうというウィルの提案で、王城の裏手、王家の森のほうへと歩く。王家の森は装飾だけは立派な普通の塀が立っているだけで、簡単に侵入できそうだ。

「監視されてる？」

「そうみたいですね。こちらが変な動きをしなければ大丈夫だと思いますが……あ、門が見えてきましたよ」

侵入しやすいように見せかけて、怪しい者はしっかりマークか。監視は探知がなければわからなかったくらいに巧妙だな。

「油断ならんな」

「王城の警備は精鋭中の精鋭ですからね。兄貴でもそう簡単に突破できませんよ」

「いや、突破とかしないし、する理由もないからな？」

「もし私が囚《とら》われの身になったら……」

「自力でどうにかしろ」

「ヒドイ！」

「おまえ、実家に戻るだけなのになんでそんなに悲観的なの？」

「……帝国の繁栄と存続はあらゆることに優先される。うちの家訓です」

ウィルは帝国の繁栄に寄与できるほどの能力がなかった。だから家を出た。俺たちと共に行くことを選んだのも、無意識にでも帝国の繁栄と存続の利益になると感じたからなのかもしれない。

「そのために必要とあれば、帝国はどんなことでもするでしょう。だから絶対に油断はしないでください」

身内にさえこんなことを言われてしまう。それでみんなあんなにビビってたのか……

「もし離れ離れになっても、おまえのことは絶対に忘れないからな」

「なんですか、その別れの言葉みたいなの!?」

「もし戻ってこれなくなっても、おまえの席はずっと空けておいてやるから」

「そこは助けに来てくださいよ！」

「いやあ、俺でもそう簡単に突破できないらしいからなあ。剣闘士大会には出してもらえそうなんだし、みんなで応援に行くよ」

「話をつけてすぐに戻りますからね!?」

「うんうん。まあ焦らずじっくりやればいいぞ。ここから先、連絡すらできないかもしれないからな。そうしたら自分でできる最善のことをやるんだ」

「わかりました。でも本当にすぐ戻りますからね？」


そんなことを話しているうちに門に到着し、ウィルが名乗るとすぐに出迎えが部隊でやってきた。

「ウィルフレッド様、よくぞご無事で」

「うんまあ……そうだね」

ほんとよく無事で戻れたなって感じだわ。下手したら俺たちと会う前に死んでたかもしれないんだものな。家出はいいとして、よりにもよって冒険者を選ぶとか。

そういえば兄上の助言なんだっけ。ウィルを助けるふりして、助言が死亡率の高い冒険者か。これは明らかな殺意を感じるわ。

むしろここから先のほうが無事で済むかどうか、少し心配になってきた。

「後ろの方たちは私の大事な友人なので無礼のないように。ここまで送ってきてくれたのです」

「じゃあ俺たちは戻るから、何かあれば屋敷に連絡くれよー」

何か言ってやりたかったが、護衛に囲まれ去っていくウィルに、それだけしか言うことができなかった。まあ最悪、捕まったとしても自力でなんとかするだろう。それだけの加護は与えてあるんだし。

それで帰ろうとしたらお金を握らされた。金貨一〇枚。ウィルを送ってくれた謝礼だそうだ。

「儲《もう》けたな。これでお土産でも……いや、エルフの里に行くか。鉄筋城壁の建設がそろそろ始まっているはずだし」

それに鉄筋で思いついたことがある。エルフはまるごと建て替えるつもりのようだが、補強だけなら今ある壁に、鉄筋の壁をくっつけて建てれば簡単である。無論総鉄筋よりは強度は落ちるが、経済的ではあるし時間も短縮できる。

王家の森から離れていくうちに監視は外れ、貴族街の路地にいい感じに人目につかない場所があったので、転移魔法の詠唱を……

「あれ？」

何かいま変な感覚があった。だが詠唱を中断して周囲を探るも特になにもない。師匠も警戒している様子がない。気のせいか……

「いや、なんでもない」

そう言って俺は再び詠唱を開始して、転移を発動させた――

■ ■ ■ ■ ■ ■ ■ ■ ■ ■ ■ ■

「お、置いていかれました？」

ミリアムたちの目の前でマサルは一人、転移して消えてしまった。

「ここのところ忙しかったですから、お疲れだったのかもしれません」

「考え事をしている様子だったな。そして詠唱を一度中断した。何か思いついて、行き先を変えたのかもな」

それでゲート転移をするところを単独の転移にしてしまった。そう考えるのが自然だと剣聖は考えた。

「とにかく屋敷に戻るか。すぐに気がついて迎えに来るかもしれん」

だがその日も、次の日になっても、マサルが戻ってくることはなかった。

第19話　捜索

「マサルが一人で転移してどこかに行った？」

帝都のエルフ屋敷に様子を見に来たエリーが見たのは、サティにしがみついてしくしくと泣いているミリアムと、厳しい表情の剣聖バルナバーシュ殿だった。

「うむ。ウィルを送っていった後、エルフの里に行くと言ってマサルが転移魔法を詠唱したのだが……」

転移は確実に発動していたように見えた。それからすでに二刻《四時間》近く経過している。いくらなんでもおかしい。

マサルがその前に転移を一度中断して、あれ？　と首を傾《かし》げていたのが気にかかるが、すぐに次の詠唱を始めたので、サティたちにはその理由を聞く暇もなかった。

「一度ここに戻ってマサル様が来てないことがわかったので、もう一度、王城の周辺とこの屋敷の近辺も捜してみたのですが」

そうサティが言う。だがマサルは影も形もない。屋敷に常駐しているエルフも当然誰一人マサルを見た者はいない。

「帝国が何かしたって線はないのね？」

「監視も外れて、周囲にも人の気配はまったくありませんでした」

サティと剣聖の目を逃れて何かできる者が、この世界に存在するとは考えにくい。

「とりあえずエルフの里に行ってみるわ」

「一緒に行きます！」

「い、いきますぅ」

エリーの言葉にサティとミリアムが立ち上がる。

「ワシは残ってもう一度王城の周辺を探ってみよう」

エルド将軍に探りを入れることも考えたが、転移術師の誰かが来てマサルの不在がはっきりするまで待つべきだと思ったし、もし帝国が何かしらの関与をしたとしたらエルドも敵に回るかもしれない。慎重にいかねば。そう剣聖は考えた。

エルフの里でもマサルを見た者はいなかった。そしてマサル行方不明の知らせが関係者すべてに伝達され、一斉に捜索が開始された。

マサルが行ったことのある場所。転移ポイントを設定していそうな場所すべてが念入りに調べられた。だがどこにもマサルのいた痕跡すらない。

それで一旦《いったん》集まって善後策を協議することとなった。

「帝国が怪しいんだけど、どうしたって転移に手なんか出しようがないのよね」

それに怪しいだけで疑いをかけては帝国も嬉《うれ》しくはないだろうし、もし帝国が何かやったのなら問い合わせて素直に答えるとも思えない。

「しかし魔法にはわかってない部分も多かろう？」

リリアが言う。魔法に長《た》けたエルフですらそう考えているのだ。特に空間魔法に関しては使い手が少ないこともあって研究が進んでいない。

「マサルが何か変なことを思いついて、変なことをして、変なことになっているとか？」

そうアンが意見を出した。

「例えば転移ポイントがない場所に転移する方法を突然思いついて試してみたとか。それで変な場所にはまり込んで、身動きが取れなくなった」

「やりそうだけど、サティやミリアムがいるのにそんなことするかしら……それよりも神様が何かしたって線はないかしら？」

使徒たるマサルを何かの理由があって回収した。

「それならもう手の出しようがないな」

剣聖が難しい表情で言う。

「アンチマジックメタルは？」

そうティリカが言う。以前ティリカは召喚魔法をアンチマジックメタルで失敗させられた経緯があった。

「あれは魔法を阻害するのであって、発動した転移をどうこうできるとは思えないけど……」

「じゃが実際に扱ったことはなかろう？」

「エルド将軍が回収したアンチマジックメタルは帝都に送ると言っていたわね。今頃輸送中かしら？　少しうちでも確保しておけばよかったわね」

色々と意見を出してはみるが、どれも想像の域を出ない。決め手に欠けた。

「ウィルにも手紙を出して知らせておきましょう」

「捜索の人員を増強して帝都に投入するのじゃ！」

やはり帝国が第一の容疑者だ。最後にマサルがいた場所でもある。

「他に何か意見は？」

そのエリーの言葉にサティが手を挙げた。

「もしマサル様が戻ってきて、色々なことがまったく進んでないと知ったらどう思うでしょうか？」

サティの思わぬ言葉に皆の注目が集まる。

「ウィルさんとの別れ際、マサル様は言いました。ここから先、連絡すらできないかもしれないから。そうしたら自分でできる最善のことをやるんだって」

まるで自分がいなくなるのをわかっていたかのように。サティはそんな思いを振り払い、話を続ける。

「もちろん今はマサル様の捜索が最優先です。ですが他のこともなるべく止めるべきではないと思うんです」

ヒラギス関連で仕事は山積みである。

「そうじゃな。少々浮足立っておったかもしれぬ。我らはマサルがいないと何もできぬ無能では断じてないはずじゃ」

「予定は変更しない。日常生活を大事にしろって何度も言ってたものね……」

「そうね。これまでの仕事に優先度の高いマサルの捜索が加わったと考えて、人員とかスケジュールを少し考え直しましょうか」

リリアとアンが言い、エリーがそうまとめ、ほんの少し前向きになった話し合いが、今しばし続けられることとなった。

■■■■■■■■■■■■

帝国王城某所。

「ウィルフレッド《弟》が帰ってきた？」

お茶を楽しんでいた姉妹のもとに、そう従者からの知らせが入った。ヒラギス奪還作戦での活躍やヒラギスへの婿入りの話は、王城内でもすでに大きな話題になっていた。だがあのウィルフレッドがヒラギスで大活躍したなどと、婿入りの箔《はく》付けのために盛って盛って盛りまくった話に違いないのだ。

時には町へと突入して魔物を殲滅《せんめつ》し、時には剣士隊を率いて城門へと迫る魔物を食い止め、エルフの魔法部隊を指揮しては魔物をことごとく駆逐せしめ、弓を持っては一〇〇発一〇〇中。剣闘士大会に出場予定で優勝候補。

ない。そんなことは絶対にあり得ない。それに剣聖の弟子？　きっとエルド将軍の口利きでねじ込んでもらったのね。そうウィルの姉、ヴァイオレットは確信していた。

「ヴァイオレットお姉様、ウィルフレッドお兄様に会いに行きましょう！」

末の妹のオルフィーナが無邪気に言う。ウィルの母親たちは夏の離宮で避暑を満喫しており不在である。この二人は田舎は退屈だからと王都に残っていた。ウィルの母親が正室で側室が二人おり、三人で八男六女を産んでいる。オルフィーナは側室の子でウィルやヴァイオレットとは異母兄弟ではあるが、女子に関してはわりと分け隔てなく育てられていた。

「そうね。かわいい弟が帰ってきたんですもの。無事をこの目で確認しないとね」

化けの皮を剥《は》いでやろう。そう考えつつも、ヴァイオレットにとってはたった一人の弟である。嬉しさを隠しきれない様子でいそいそと立ち上がり、従者へと案内を頼むのだった。

王族の生活エリアの広々とした居間に王家一家は集まっていた。

「ヴァイオレット姉上、オルフィーナ。久しぶり」

そう言うウィルフレッドの声に元気はなく、顔色もあまりよくないようだった。ははーん、やっぱりいつ嘘《うそ》がバレるかとびくびくしているのね。でもダメ。姉に隠し事なんて許されないわ！

「剣聖の弟子になったんですって？　ウィルフレッドの腕前、ぜひ見てみたいわ」

挨拶もそこそこにヴァイオレットは言う。さあ、さっさと謝ったほうがいいわよ。そんなことを考えながら。

しかしウィルフレッドはすっくと立ち上がり、頷《うなず》いて言った。

「そうですね。見せるのが一番早そうです」

そう言ってニコリと笑うウィルフレッドの顔つきは、家出をする前よりずいぶんと精悍《せいかん》に見えた。

「一番強いのは誰ですか？」

王家の森にある修練場に出たウィルフレッドは訓練用の剣と盾を手にすると、護衛騎士の面々を前にして不敵にもそう言ってのけた。

「騎士団長！」

お父様の呼びかけに一際《ひときわ》体格のいい騎士が進み出る。黒の親衛騎士団団長、オルグヘッグ・マーカス。ひょろっとしたウィルフレッドなど一撃で吹き飛ばされそうだ。

「私も昔、ビエルスで修行をしたことがあります。腕には自信があったのですが、剣聖の弟子になるどころか、オーガの一〇位にすら届きませんでしたよ。ウィルフレッド様の腕前、見せてもらうのが楽しみです」

「ああ、一〇位を超えるとみんな強いですからね。私も初めて戦ったときは五位に負けてしまいました。それでも弟子へと引き上げてもらって、とても運がよかった」

いま五位のあいつと戦えば勝てるだろうか？　そんなことを考えながらウィルは剣と盾の具合を確かめる。

「その格好でよろしいので？」

「ええ、この下は鎖帷子《くさりかたびら》ですし、訓練用の剣です。全力できてもらっても構いませんよ」

そう言うとウィルフレッドが剣と盾を構える。ヴァイオレットは剣のことはあまり詳しくはなかったが、ずいぶんと堂に入った、自信に満ちた構えに見えた。

「いきますぞ！」

そう言って上段から振り下ろされた剣に、ウィルフレッドが殺される!?　そう思って思わず顔を背け目を閉じてしまったが、数度の激しい剣と剣とのぶつかる音が静かになってから恐る恐る目を開けると、膝をついていたのは騎士団長のほうだった。

「副団長！」

二人目もそう長くはもたなかった。三人目などひたすら守りに回った挙げ句、ウィルフレッドの剣から逃れようとして派手に吹き飛ばされたのを見て、ヴァイオレットは言葉もなかった。

「こ、これほどとは。まるでエルド殿を相手にしているかのような……」

王家直属の親衛騎士団でも腕利きのはずの三人が、ろくな相手にもならなかった？

「弓、弓も見せるのよ、ウィルフレッド！」

どうやら剣の腕は本当に本当らしい。だが弓まではさすがに嘘だろう。

だがウィルフレッドは移動した弓の修練場で、二〇メートル先の的に軽く当ててみせる。

「ふ、ふうん、なかなかやるじゃない。でもたった一回じゃまぐれかもしれないわ」

一番近い場所の的である。たぶん当てるのなんてすごく簡単に決まっている。そう根拠なくヴァイオレットが考えて見ていたところ、二射目が二〇メートルの的を外し、あらぬ方向に飛んでいってしまう。

「ほら……あ？」

二つ目の矢は五〇メートル先の的のど真ん中に当たっていた。

「次です」

そう言うウィルフレッドが、これまでより慎重に狙う的が今度ははっきりと見て取れた。一番遠い、一〇〇メートル先の的。ウィルフレッドの手から放たれた矢は、ひゅうんとキレイな放物線を描き、的のど真ん中に突き刺さった。

「やっぱり動かない的に当てるのは簡単ですね」

「お兄様、すごいすごーい！」

オルフィーナの声と拍手に、見物に集まってきていた騎士たちからも拍手と歓声があがる。

「さすがはわしの孫じゃ！　これほどの牙を隠し持っていたとは！」

お祖父《じい》様がそう称賛するが、牙を隠していた？　ヴァイオレットは生まれたときからウィルフレッドの面倒をずっと見てきたのだ。剣も、弓も、学問も。何をやらせても並程度。ちょっとした魔法すら使えず、どこまでも平凡だったのがウィルフレッドという少年だった。それが一年も経《た》たずにこんなにも変わるものなの!?

「魔法……まさか魔法も使えるなんてことは……」

「魔法は才能がなかったみたいで」

「そ、そうよね！」

「簡単な魔法しか」

そう言ってあっさりとライトの魔法を使ってみせた。

「ど、どうして？」

何がどうなってここまで変わった？　こいつは本当に私の弟のウィルフレッドなのか。

「それは修行……それも血の滲《にじ》むような……激しい、命がけの……修行を……」

「そ、そう。苦労したのね」

何を思い出したのか、突然弱々しい雰囲気になったウィルフレッドが、ようやく自分の知る弟と被《かぶ》って少し安心したヴァイオレットだった。

うん。ちょっと……だいぶ変わったけど、これは間違いなくウィルフレッドだ。きっと私の長年の教育や助言が実を結んだのね。

「私のお陰ね！」

その言葉に、何が？　と首を傾げるウィルフレッドだった。

「しかしこうしてみると、ウィルフレッドをヒラギスにやるのは少々もったいなく思うな」

城に戻りながら道々話す王家一家。

「ですがお祖父様。もう大々的に発表してしまっております。今になってこちらから断るというのはさすがに問題があります」

そう兄クライアンスがもっともな意見を言う。

「ウィルフレッドはまだ一七そこそこ。しばらく修行に出すと考えればいいか」

「いえ、お祖父様……」

「ウィルフレッドほどの逸材、ヒラギスもそう簡単には手放さないのではないですか、父上？」

そう父司令も言う。

「そのときは……」

「お祖父様！」

「なんだ、ウィルフレッドよ」

帝王が立ち止まって振り返り、移動の隊列もぴたりと止まる。

「そのことでお話が」

「言ってみよ」

「ヒラギス女大公との婚姻、お断りします」

「よく聞こえなかったが……いま、なんと、言った？」

帝王自身は圧をかけているほどでもない平常の声音のつもりだったが、周囲は恐れおののいた。

逆らえば殺される、ヴァイオレットなどもそう思って列の端で首をすくめた。

「まさかこのような良い話、断るつもりではあるまいな？」

「お、お断りします」

そうウィルは震える声で言い切った。

「私には心に決めた方がいるのです。フランチェスカ・ストリンガーという名で――」

フランチェスカのことを説明するウィル。同じ剣聖の弟子で王国の公爵令嬢ということや、剣闘士大会に出ることになった経緯。

「つまり、婚約すらしていないのだな？」

「そ、それはそうなのですが……」

「どうしてもというなら側室に迎えればよかろう。それならば反対はせぬ」

譲歩された提案に、こんなときマサル兄貴ならどうするだろうか、そんなことをウィルは考えた。

（両方貰《もら》ってしまえー）

ですよね。

「約束したのです。剣を捧《ささ》げると」

そうだ。剣に誓ったのだ。違《たが》えるわけにはいかない。そうウィルは決意を新たにした。これは誰のものでもない、自分だけの思い。誓いだ。

「ただの熱に浮かされた若造の戯言《たわごと》。一時の気の迷いだ」

「私は冷静です！」

「ならばなおさら冷静に考えよ。親の反対を押し切った婚姻で幸せになれるとでも思っているのか？　親の言うとおりの相手と結婚するのが子にとっての最善の道だ」

祖父は親ではないのですが。そう思ったウィルだったが、どうやら父上もフランチェスカとの婚姻には反対の様子だ。

「お前も歳《とし》を取ればわしの選択が正しかったとわかろう」

歳を取ったら？　五年か。一〇年か。それとも二〇年後？　そのときにはもう世界がなくなっているかもしれないのだ。

「父上、お祖父様。いままでお世話になりました。私は家を出ます」

「馬鹿なことを考えるな」

「ウィルフレッドはもはや死んだものとお考えください」

そう言って頭を下げ、ウィルは城の外へと歩きだす。マサル兄貴が時に過激に、性急に事を進める気持ちがウィルにもよくわかった。私たちには時間がない。

迷惑をかけるかもしれないが、マサル兄貴ならよくやったと、笑って許してくれるはず。

「止めるのだ！」

その言葉に護衛の騎士団がすばやく動き、ウィルの進路を塞《ふさ》ぐ。

「どうかお戻りください、ウィルフレッド様」

オルグヘッグ騎士団長がそう丁重に願う。

「私に勝てないことは先ほど見せたはずだ」

「数で囲みます。おい、応援を呼べ！」

修練場は近い。そこにはたくさんの騎士たちがいる。

「殺しはしないが、痛いぞ？」

ウィルがすらりと腰の剣を抜く。

「それはこちらのセリフですぞ、ウィルフレッド様。手加減して勝てる相手とは思っておりませぬゆえ」

ウィルと騎士団員が交錯する。だがウィルはひらりひらりと彼らの剣を躱《かわ》し、騎士団員は一人、また一人と脱落していく。

「くっ、プレート装備の騎士をこれほど簡単に!?」

ある者は頭を剣の腹で痛撃され、ある者は剣の鍔《つば》で鎧《よろい》が凹《へこ》むほどの衝撃を与えられた。

「囲め！　数で押すんだ！　一斉に飛びかかれ！」

数人やられた程度ではその包囲はまったく揺るがなかったが、怪我程度なら構わないがさすがに殺すわけにもいかないという縛りが、騎士団側の戦いを一層難しくしていた。

「フル装備で人の捕縛は不向きだな。動きが遅い！」

一人対多人数の戦いはマサル兄貴に散々やらされた。ヒラギスでも何度も魔物の群れに相対した。それに比べればこの程度の相手。

「魔法だ。魔法で止めろ！　少々怪我をさせても構わん！」

不意を打つように、ウィルに魔法が飛んでくる。だがそれも一つとしてまともに当たることがない。

当たらない魔法攻撃に、味方へと当たるのも厭《いと》わずさらに攻撃が加えられたが、ウィルは手慣れた様子で的確に対処していく。

「その程度の魔法では全然ダメだ。私はもっともっと強い魔法使いと何度も何度も戦ってきた！」

マサル兄貴の魔法攻撃に比べれば、速度も威力も何もかもが劣っている。まったく怖くもなんと

もない。

いつしか騎士団はウィルを囲むばかりで、攻めかかることもできなくなってしまった。

魔法も、フル装備の騎士団では大きな傷とはなりえなかったが、それでも味方に当たるばかりでは攻撃を続けることはできなかった。

それにウィルは明らかに団員らが大きな怪我をしないように手加減をしていた。だから余計に騎士団側も過激な攻撃手段を取れなかった。

「ダメです。これ以上は殺すつもりでもなければ止められません！」

騎士団長の悲痛な言葉に帝王は大きなため息をついた。

「貴様らが無能なのか、ウィルフレッドが強いのか……」

「ウィルフレッド様が強すぎるのです。恐ろしく戦い慣れております。どれほどの実戦経験を積んできたのか……」

決して騎士団が無能なのではない。ただ、剣聖の弟子クラスの達人を殺さずに捕まえる、実戦でもそんな経験が皆無だっただけだ。

「もう行っても？　お祖父様」

「待て。フランチェスカとやらのこと、認めよう」

「お祖父様!?　ヒラギスにはどう説明するのです？」

兄クライアンスがそう異を唱える。だがどのみち、ここでウィルが出ていけばヒラギスとの婚姻どころの話ではない。

「ここであったことを、すべて正直に話せばよかろう。騎士団を打ち破るほどの力と覚悟を見せたのだ。帝国の威信には少々傷がつくかもしれぬが、ウィルフレッドのことは強き帝国王家の象徴として良き宣伝となろう」

「お祖父様……」

「ただし！　剣闘士大会での優勝が条件だ。できねばヒラギス女大公と結婚してもらうぞ。よいな？」

「はい、お祖父様。必ずや優勝してみせましょう」

「よかったわね、ウィルフレッド！」

「格好いいです、ウィルフレッドお兄様！」

　ハラハラとして進展を見守るしかなかった姉妹がウィルフレッドに駆け寄る。他国の姫に剣を捧げ、戦う。まるで物語の主人公のようだ。そうヴァイオレットは思い、ウィルのことを大いに見直した。愛がウィルを強くしたのだと。

「宴《うたげ》の用意をせよ！　ウィルフレッドの帰還を盛大に祝うのだ！」

　急遽《きゅうきょ》催された宴会は、王家とその親しい者だけ集められた帝国としてはささやかなものだったのだが、そこで語られるウィルフレッド王子の武勇伝とロマンスにより、ウィルのことが広く知られるようになった。

第20話 虜囚

「転移術師を捕獲した？」

長い宴会を終え、自室に向かおうとした帝国軍総司令ランディーズ・ガレイに副官の一人がそう報告してきた。

「はい。罠《わな》に引っかかったようです」

転移魔法にのみ効果がある罠が王城の周囲には張り巡らせてあり、それは一部の者にしか知らされていない。存在が明るみに出れば罠としての効果はなくなるし、転移を防ぐ罠の作り方をよそに知られても厄介だからだ。

「まさかエルフではあるまいな？」

もしエルフなら十中八九、ウィルフレッドを送ってくれた者だろう。解放せねばなるまい。そう司令は考えた。

「人間族の男性でしたが、身元がわかるようなものは何も」

「詳しく話せ」

「身なりは平民風ですが、仕立ての良い新品の服でした。その下に鎖帷子《くさりかたびら》を着ており、短剣を隠し持っておりました。歳《とし》の頃は二〇にもならないくらいでしょうか。手には剣ダコがあり、そこそこ鍛えられた風ではありました」

「怪しいな。王城に侵入しようとでもしたか？」

転移魔法を習得しているほどの魔法使いであるのに、剣も鍛える。あり得なくもないが、二〇歳《はたち》そこそこの若さで両方を使い物にするのはとても難しい。

「かもしれません。軽く尋問致しましたが何も喋《しゃべ》ろうとしなかったので、今は魔法封じの首輪をつけて、薬で眠らせております」

「そのまま眠らせておけ。尋問は明日にする」

すぐにでも詮議せねばならないのだろうが、難しい判断が必要となる。宴会で浴びるように飲んだあとでは無理だ、そう考え司令は処理を後回しにすることにした。

しかしこのタイミングで転移術師か。ウィルフレッドを送ってきた人物かもしれない。だが何も喋ろうとしなかったのだ。それに王城に侵入しようとした罪は重い。

そのウィルフレッドから宴会中に語られた冒険譚《たん》だが、なぜか勇者の話が一切なかった。ウィルフレッドに剣と魔法を教え、剣聖の弟子にまで腕を引き上げた人物。単にパーティのリーダーとしか言及されなかった勇者、マサル・ヤマノス。ヒラギスに話が移るとエルフとの話に終始して、まったく話に出なかった。

司令にとっては都合が良かったのだが、勇者のことは秘匿しようとしているのか。

もっと詳しい情報が欲しかったが、この件に関しては迂闊《うかつ》にウィルフレッドには話せない。同じ理由で次に勇者に詳しいエルド将軍もダメだ。ウィルフレッドの仲間ということは剣聖の仲間でもあるのだ。どこまで信用できるか判断できない。

せっかく手の内に飛び込んできてくれたのだ。たとえ勇者の関係者だとしても隠し通す価値はある。さらに人を運べるほどとなると、帝国でも二人しか確保していないほどの転移術師なので貴重な存在だ。

「しっかりと見張っておけ。万が一にも逃すことのないように」

身柄は手の内にあるのだ。急ぐ必要はない。

■ ■ ■ ■ ■ ■ ■ ■ ■ ■ ■ ■

目を覚ますと手錠と足枷《あしかせ》をつけられ、さらにそこから鎖で壁に繋《つな》がれて、石の床で寝ていた。殺風景な部屋。その部屋には一人、少し離れた場所にもう一人。そして探知の範囲には結構な数の人が行き交っている。ここは地下のようだ。

目を覚ます前のことも思い出した。エルフの里へと転移しようとして……失敗した？

そして暗い場所に出たと思ったら、顔に何かの液体を食らって昏倒《こんとう》したようだ。訳がわからん。

「気がついたか。名前は？　何者だ？」

俺が体を起こしたのに気がついて軍人風の男がそう声をかけてきた。絶対に油断をするな。別れ際のウィルの言葉を不意に思い出した。帝国が何かした。そして捕まった？

「おい、何か話せ」

サティとミリアム、それに師匠はどこにもいない。どうやら捕まったのは俺だけか。それとも別々にされている？

「名前は！　何者だ！」

黙っている俺にそいつが語気を荒らげて再び聞いてくる。近くにはこいつだけ。転移で逃げるか。いや、サティたちが捕まっていることも考えて、まずこいつを魔法で無力化して……使えない!?

首輪か。恐らく魔法を封じるやつ。用意がいいな。

しかしどうやって捕まった？　なぜ捕まった？　理由がわからないと迂闊に話すのも危険だ。

「ここは？」

「俺が聞いているのだ！　名前を言え！」

状況がわからなすぎるが、少なくとも友好的な雰囲気は皆無だ。

「ちっ。まあいい。しばらく眠っておけ」

黙っていると何か薬品を嗅がされ、俺はまた意識を手放した。

次は刺激臭でむせて目が覚めた。ごほんごほんと咳《せき》をしていると、大丈夫かと声がかかった。

「ただの気つけ薬です」

大丈夫じゃねーよ、そう言いたかったが俺に聞いたんじゃなかったか。視線を上げると俺を眠らせてくれた軍人風のやつに壮年の立派な衣装の男性。

「何者だ？　名前は？」

再びそう尋問される。

「ここはどこだ？　おまえらこそ誰だ？」

相変わらず首輪に両手両足の鎖だし、こいつらは何も答えない。どうしたものかと思っていると、また何かの薬品を嗅がされた。

「尋問薬です」

ぼそぼそと聴覚探知がなければ聞こえないくらいの小声で、軍人が立派なほうのやつ、上司だろうか、に言う。尋問薬とは初めて聞く名だが、自白薬みたいなものだろうか。

「効果が出るまで少し待ちます」

徐々に頭がぼーっとしてきた。ていうかどれだけ時間が経《た》った？　めちゃくちゃ喉が渇いたし、腹が減っている。メニューを開いて時間を確認する。ウィルを送っていった次の日の朝か。メニューは使えるんだな。ということはアイテムボックスも使えるか。

大岩を出してこいつらつぶしちゃうか。

「首輪は魔法封じか？」

「寝ている間に隷属の首輪に交換してあります」

それを聞くと上司のほうは満足そうに頷《うなず》いた。隷属の首輪!?　殺すのもやむなしと大岩を二人の頭上に出現させようとするが……操作できなかった。奴隷に主人は傷つけられない。

魔法は……使える。手のひらに水を出して喉を潤す。

「魔法は使うな！」

軍人風の男の命令。首輪の主人はこっちか。これで魔法ももう使えない。どのみち隷属の首輪には初期設定で逃走禁止の縛りもある。魔法が使えたところでどうしようもない。

だがこの隷属の首輪、お喋りは自由にできるのだ。それで尋問薬が必要だった。

「隷属の首輪は違法だ。くそっ、二度目だよ……」

考えただけのはずのことがぽろりと口から出た。まずい、尋問薬が効いてきたか？

「犯罪者相手に限っては違法ではない。お前には王城侵入の嫌疑がかけられている」

そう軍人が告げる。ということはやはりここは帝都の王城か？　そして俺を冤罪《えんざい》で嵌《は》めるつもりだとしたら、何を言っても無駄か。

ふと思いついてメニューを開く。毒耐性10ポイント。果たして効果はいかほどか……


「もうそろそろよろしいかと。尋問薬の効果時間があるのでなるべく手短にお願いします」

俺の妙な腕の動きに首を傾《かし》げた軍人風の男が、上司にそう告げた。

「お前は何者だ？」

上司の質問に答えるのを我慢しようとする。

「ぼ、冒険者」

だが意に反して俺の口がそう答える。毒耐性の効果が出てるのかさっぱりわからん。少し我慢はできたから多少の効果はあったような感じはするのだが、そもそも尋問薬は毒の範疇《はんちゅう》に入るのだろうか？

「冒険者か。パーティは組んでいるのか？　名前は？」

俺の名前は答えたくはない。そこでこれはパーティ名を聞かれてるのではと解釈して答えてみた。

「パーティは組んでいる。サムライ」

「妙な名前だな」

「うちのほうでは普通だ」

なにがしかの耐性はあるのか？　多少は発言をコントロールできそうだ。それとも尋問薬がその程度の効能なのかもしれない。

「お前は転移術師だな？　腕前はどの程度だ？　レベル5？　レベル5とはなんだ？　スキルレベル？」

質問に淡々と答えていく。

「レベルは1から5まである」

「ではレベル1から説明しろ」

「レベル1はアイテムボックスが使える。レベル2は短距離転移。レベル3は長距離の転移。レベル4は人員の転移もできて、レベル5はゲート転移の制限がなくなり、一〇〇人でも運べるようになる」

ただし無制限とはいかない。一〇〇人を超えたあたりから魔力の消費量が幾何級数的に増え、一〇〇〇人なら一〇〇人の一〇倍じゃなくて、一〇〇倍ほどに増えると予想された。増やしすぎると魔力効率が極めて悪くなるのだ。

しかしこいつらの目的は転移術師か。王城に侵入した嫌疑とか言って、そっちの質問がまったくない。

「一〇〇人の転移ができるのか？」

「できる」

そうと聞いて上司は少し驚いたようだ。

「エルフの関係者か？　どういう関係だ？」

「そうだ。嫁がエルフ」

「ヒラギスには参戦していたのか？　エルフを運んでいたのか？」

イエス、イエス。素直に答える。

「マサル・ヤマノスを知っているか？」

「知ってる」

突然の名前に少し動揺する。勇者が目的ということもあるのか？　いや、それなら名前を聞いたりしないよな。

「仲はいいのか？」

「……良くも悪くもない」

少し考え、そう答える。しかし勇者に関する言及はない。ウィルのこともバレてたし、俺の名前が出たくらいだし、知らないってこともないはずだが。まさか捕まってるのが勇者本人だとは思ってないのだろう。

「王城に侵入しようとしたのか？」

「エルフの里に転移をしようとしていただけだ」

それにしてもどうやって俺は捕まった？

「方角は合ってます。たまたま罠に引っかかったようですね」

相変わらずこちらに情報を渡す気はないようで、聴覚探知がなければ絶対に聞こえないくらいの小声でそう軍人が上司に囁《ささや》いた。罠。転移術師を捕まえる罠があるのか。方角は……王城の裏手からエルフの里への直線ルートをたどれば、王城を一部通過するラインとなる？

転移術師を捕まえることのできる網でもあるのか？　網……転移を妨害する網。

魔力を阻害する鉱石。アンチマジックメタルで作った捕獲罠か？

ふむ……と上司はその情報に考え込んでいる様子だ。冤罪だとわかったろ？　解放してくれ。

「とりあえず転移が見たい」

だがその願いも虚《むな》しく、上司はそう言う。たまたま、たまたま運が悪く罠に……いや、そうじゃないな。予兆はあった。何か変な感触はあったのだ。それを確認しなかった俺が悪い。まあ悪意なく、たまたま罠にかかった俺を、どうやら解放する気がまったくなさそうなこいつらのほうが圧倒的に悪いのだが。

軍人風の男が許可なく魔法は使うなと念を押してから俺を繋ぐ鎖を外す。しかし手錠と足枷はそのまま。用心しすぎとも思えるが、やろうと思えば上司のほうになら襲いかかることもできるのだ。

「人員を転移できるか試させろ」

軍人はそのオーダーに少し考えると部屋の扉を開き、俺についてこいと促した。廊下に出る。

「俺を連れてあそこまで転移できるか？」

そう言って廊下の端を指し示す。

「一度普通に移動して転移ポイントを設定しないといけない」

俺がそう言うと俺を廊下の端まで連れていき、また戻ってきた。足枷で歩きづらい。ここで抵抗しても無意味だろうと、大人しくゆっくり詠唱を始めた。普通の魔法使いの詠唱速度を意識し、ゲート転移を発動させた。

「魔力量はどうだ？」

歩いて戻ってきた俺に上司がそう質問をする。

「この程度なら減りもしない」

それで満足したのか再び鎖に繋ぐように命じられる。

「手放すのは惜しいな」

俺に聞こえないと思って小声で相談する二人。


「奴隷紋を刻みますか？」

「このまま地下牢《ろう》……いや、塔のほうへ閉じ込めておけ。なるべく丁重にな」

やはり転移術師に興味があるのか。このまま奴隷化して利用するつもりか……

「ウィルフレッド王子を呼べ。俺はあいつの友人だ」

「その必要はない」

やっぱダメか。王子様、役に立たんな。

「俺を解放しておかないときっと後悔するぞ？」

「お前がここにいることは誰も知りようがない。大人しく処置が決まるのを待つんだな」

勇者である、神の使徒であると名乗り出てどういう反応を示すだろうか？　素直に解放してくれるか？　それとも最悪、消されるなんてことも……

そこまでいかずとも勇者であることを利用しようとするかもしれない。まだ薬の影響で頭がはっきりしない。

神様、助けて！　貴方《あなた》の敬虔《けいけん》な信徒が奴隷にされそうになってますよ！

だが怒りの雷が軍人や上司に落ちることもなく、俺は頭から袋を被《かぶ》せられ、塔とやらへ荷物のように輸送されるのだった。

「部屋から一歩も出るなよ。もちろん転移も魔法も使用するな」

そこはトイレ完備の上等な牢獄のようだ。手入れがされていないのか埃《ほこり》っぽいが、広さはそれなり。家具類も一通り、そこそこ立派なのが備え付けられている。手の届かない高さに小さな窓が一つ。鉄格子が嵌められ猫でも通過できなさそうなのが唯一の牢獄っぽさを醸し出している。

軍人はそのまま監視を継続するつもりのようで、俺から目を離さずにソファーにどっかりと腰を下ろした。

「頭が痛い……」

「よくある薬の後遺症だ。半日も我慢していれば治る」

いや、まじで頭が痛くなってきたんだけど。ふらふらとベッドへと倒れ込み、体を丸める。ちくしょう、ほんとなんで俺がこんな目に。帝国はもう絶対許さんぞ……。


「お腹が減った」

半日ほどもベッドに転がってうんうん唸《うな》っていたらようやく頭痛が治まってきた。もう一日以上なんも食べてない。それに暑い。エルフといれば誰かが空調管理をしてくれるんだが。

食事はすでに用意してあった。パンと冷めたスープ。軍人は相変わらず俺の監視を続けている。それを横目に考える。

脱出は無理だ。隷属の首輪で逃走は禁じられているし、魔法の使用も禁止された。手錠と足枷はそのままだ。部屋の外には監視が二名。

どうにか助けを求めないと。一番近くにいるのはウィルだろうか。ちくしょう。なんであいつじゃなくて俺が捕まってんだ。

せめて魔法が使えたらな。召喚が使えることは知られてないし、あの小窓からでもフクロウなら出られそうだ。しかし魔法は禁止されている。アイテムボックスは……たぶん使えるな。

大岩を塔の外に出現させて落下させる。何事かと人が見に来るだろう。ウィルなら俺の大岩だとわかるはずだ。

わかるか？　ウィルを連れ回すようになってから大岩ってあんまり使ってないな。気がつかれなかったら、魔法を禁止しているのにもかかわらず、アイテムボックスが使える件を追及される。

手紙を書いて外に投げる？　誰に拾われるかわからん。

食べているうちにようやく頭がすっきりしてきた。

さてと。やってみるか。

「暑いぞ」

塔で直射日光がもろに当たるうえに、外気は小さな窓からのみで余計に熱がこもるんだな。しかも俺がいるのは塔のかなり上のほうのようだ。下からの熱気が昇ってくる。

「我慢しろ」

「魔法で涼しくできるが？」

「……やってみろ」

少し考えた軍人が言った。

「魔法を使っていいか？」

「構わんが、転移は絶対に使うなよ」

やったー。魔法の許可を貰《もら》えたぞ！　喜びを隠して頷き、魔法で冷風を出して部屋を涼しくする。やっと少しは快適になった。

ここが一番難しいところだったのだが、隷属の首輪をしていることで油断しているのだろう。ほんと、これつけられてるとどうしようもないしなあ。

「何か水を入れる桶《おけ》とかないか？　氷を作ろう。ずっと涼しくできるぞ」

「ちょっと待ってろ」

軍人が立ち上がって扉のほうへ向かった隙《すき》に召喚レベル1を詠唱する。レベル1だから一瞬だ。魔法の使用に気がついた軍人がこちらを見るが、続けて詠唱をした浄化を発動させた。

「勝手なことをするな」

「部屋が埃だらけで汚いんだよ」

「急なことで掃除する暇なんてなかったんだ」

軍人がそう言い訳をする。やっぱり魔力感知くらいできるか。危ないところだった。だが俺の背中にフクロウがいるとは到底思うまい。最悪バレても外から迷い込んだのだろうと誤魔化すつもりだった。それで外に逃せばいい。

続けて氷づくり。桶に入りきらないくらいの大きな氷を作る。がちゃんと、氷を落とす。

「おい気をつけろ。桶が壊れちまうだろう」

軍人が氷に気を取られている隙にフクロウを窓へと取り付かせることに成功した。

「桶なんかいくらでもあるだろ」

話してるうちに無事フクロウのフクは鉄格子の狭い窓から外へと出た。ここはどこだろうか。フクロウを飛び立たせて共有した視覚で周辺を確認する。やはり帝都の王城か。見覚えのある尖塔《せんとう》に、王家の森。俺がいるのは、その尖塔のうちの一つ。

「よし。もう魔法は使うなよ」

頷く。召喚は……維持できている。召喚の維持に魔力は必要で、何らかのラインが繋がっているようなのだが、魔法の行使とは言い難い。セーフセーフ！

ウィルを捜すか？　どこにいるかわからんか。それよりエルフの屋敷のほうが確実だ。ウィルがエルフ屋敷の反対側に闘技場があると言っていたな。闘技場ってあれか。屋敷は王城を挟んで反対側。これが王城へ来たとき使った大通りかな？　たぶんそうだ。

しばらくたどると帝都の外れに近づき、そして見覚えのある商店街。

エルフ屋敷は……あった。

どうなることかと思ったが、これで助けが呼べる。なんとかなりそうだ……。

MFブックス

ニートだけどハロワにいったら異《い》世《せ》界《かい》につれてかれた 12

2024年2月25日　初版第一刷発行

著者　桂かすが
発行者　山下直久
発行　株式会社KADOKAWA
〒102-8177　東京都千代田区富士見2-13-3
0570-002-301（ナビダイヤル）
印刷・製本　株式会社広済堂ネクスト
ISBN 978-4-04-683379-2 C0093

企画　株式会社フロンティアワークス
担当編集　小寺盛巳／福島瑠衣子（株式会社フロンティアワークス）
ブックデザイン　ウエダデザイン室
デザインフォーマット　AFTERGLOW
イラスト　さめだ小判

ぎあまん
[イラスト] 吉武
底辺おっさん、
チート覚醒で
異世界楽々ライフ
異世界で不自由なく、
冒険者らしく暮らしたい!
底辺サラリーマンから底辺冒険者へ転生するが、持っていたスキルは【ゲーム】。
異世界に来てまでゲーム三昧の、先がない二度目の人生……。
これは、そんなどん底から大逆転するおっさんの異世界チート生活録!!
MFブックス新シリーズ発売中!!
MFブックス

召喚スキルを継承したので、極めてみようと思います!
~モフモフ魔法生物と異世界ライフを満喫中~
えながゆうき
イラスト:nyanya
謎だらけなスキルで召喚されたのは——
個性豊かすぎる“魔法生物”!?
自由気ままに異世界でモフモフライフを楽しみます!
STORY
モフモフ好きな青年は、気づくとエラドリア王国の第三王子・ルーファスに転生していた。継承した“召喚スキル”を広めるため、様々な魔法生物たちを召喚しながら、ルーファスの異世界モフモフライフが始まる!
カクヨム発
MFブックス新シリーズ発売中!!
MFブックス

MFブックス既刊

アラフォー賢者の異世界生活日記 ①～⑲
著：寿安清／イラスト：ジョンディー
40歳おっさん、ゲームの能力を引き継いで異世界に転生す！

アラフォー賢者の異世界生活日記 ZERO ―ソード・アンド・ソーサリス・ワールド― ①
著：寿安清／イラスト：ジョンディー
アラフォーおっさん、VRRPG《ソード・アンド・ソーサリス》で大冒険！

手札が多めのビクトリア ①～③
著：守雨／イラスト：牛野こも／キャラクター原案：藤実なんな
凄腕元工作員、夢に見た「普通《しあわせ》」な人生を楽しみます！

赤ん坊の異世界ハイハイ奮闘録 ①～②
著：そえだ信／イラスト：フェルネモ
不作による飢餓、害獣の大繁殖。大ピンチの領地を救うのは、赤ちゃん!?

隠れ転生勇者 ～チートスキルと勇者ジョブを隠して第二の人生を楽しんでやる！～ ①～②
著：なんじゃもんじゃ／イラスト：ゆーにっと
ある時は村人、探索者、暗殺者……その正体は転生勇者!?

ご縁がなかったということで！ ～選ばれない私は異世界を旅する～ ①～②
著：高杉なつる／イラスト：喜ノ崎ユオ
運命に抗うように、無縁と別れを告げ、私は望んだ未来を生きてゆく！

カリグラファーの美文字異世界生活 ～コレクションと文字魔法で日常生活無双？～ ①～②
著：磯風／イラスト：戸部淑
カリグラフィーを駆使した【文字魔法】で美味しいものや物作りをするぞ！

転生令嬢アリステリアは今度こそ自立して楽しく生きる ～街に出てこっそり知識供与を始めました～ ①
著：野菜ばたけ／イラスト：風ことら
知識を伝えて、みんな自立して幸せになります！

転生したら、子どもに厳しい世界でした ①
著：梨香／イラスト：朝日アオ
0歳児のエルフに転生した少女の、ほのぼの＆ハードモード物語!?

モブだけど最強を目指します！ ～ゲーム世界に転生した俺は自由に強さを追い求める～ ①
著：反面教師／イラスト：大熊猫介
極めたゲーマーはモブキャラから最強を目指す!?

召喚スキルを継承したので、極めてみようと思います！ ～モフモフ魔法生物と異世界ライフを満喫中～ ①
著：えながゆうき／イラスト：nyanya
謎だらけなスキルによって召喚されたのは――モフモフな〝魔法生物〟!?

家臣に恵まれた転生貴族の幸せな日常 ①
著：企業戦士／イラスト：とよた瑣織
領民は0。領地はほとんど魔獣の巣。だけど家臣の忠誠心は青天井！

勇者じゃなかった回復魔法使い ①
著：はらくろ／イラスト：蓮深ふみ
お人好し回復魔法使いの、自由でのんびりな異世界交流記。

「こぼれ話」の内容は、
あとがきだったり
ショートストーリーだったり、
タイトルによってさまざまです。
読んでみてのお楽しみ！

アンケートに答えて
著者書き下ろし
「こぼれ話」を読もう！

よりよい本作りのため、
読者の皆様のご意見を参考にさせて頂きたく、
アンケートを実施しております。

奥付掲載の二次元コード（またはURL）にお手持ちの端末でアクセス。

↓

奥付掲載のパスワードを入力すると、アンケートページが開きます。

↓

アンケートにご協力頂きますと、著者書き下ろしの「こぼれ話」がWEBで読めます。

- PC・スマートフォンに対応しております（一部対応していない機種もございます）。
- サイトにアクセスする際や、登録・メール送信時にかかる通信費はご負担ください。
- やむを得ない事情により公開を中断・終了する場合があります。

オトナのエンターテインメントノベル　MFブックス　毎月25日発売